Wiedersehen in Norby

ANNE M. WEILANDT

Wiedersehen in Norby

Roman

Bibliografische Information der Deutschen Nationalbibliothek.
Die Deutsche Nationalbibliothek verzeichnet diese Publikation in der
Deutschen Nationalbibliografie; detaillierte bibliografische Daten sind im
Internet über http://dnb.dnb.de abrufbar.

Covergrafik: lisima/ Ozz Design/ Shutterstock.com
Satz, Umschlaggestaltung, Herstellung und Verlag: BoD – Books on
Demand, Norderstedt
ISBN 978-3-7534-6621-7

I

Jütland, Ribe Amt, Norby, Ende April 1925

»Nur noch ein wenig Geduld, Liebe. Wir gehen gleich hinunter.« Tilda Jul lächelte ihre Hündin an, die aus dem Körbchen vorm Bett erwartungsvoll zu ihr aufschaute. Seit der Vater ihr am Heiligen Abend den kleinen Cockerspaniel mit dem goldbraun gefleckten Fell und den lockigen Ohren in den Arm gelegt hatte, waren die beiden unzertrennlich. »Ich beeile mich schon, Melusine, siehst du?«

Sie griff zur Bürste und glättete energisch ihre kastanienbraunen Locken. Unterdessen zog der Duft von frisch aufgebrühtem Bohnenkaffee in ihre Dachkammer. Wie immer waren die Mutter und ihre Schwägerin Sofie vor ihr in der Küche, um gemeinsam das Frühstück vorzubereiten. Heute waren sie allerdings besonders früh dran, denn die Familie erwartete ihren Bruder James aus Schottland zurück. Nach Ostern war er mit seinen Freunden Axel und Christian aufgebrochen, um die ersten Tiere für seine Zucht schottischer Hochlandrinder nach Norby zu überführen. Gegen Mittag sollte der Dampfer am Hafen von Esbjerg eintreffen.

Gottlob brachte die Rückkehr des Bruders Abwechslung in die stillen Tage auf Julsgård. Tilda seufzte und begann, ihr Haar zum Zopf zu flechten. Wenn sie nur nach Kopenhagen zurückkönnte! Seit ihrem Besuch bei Sofies Mutter träumte sie davon, in der Hauptstadt zu leben. Doch das war leider genauso unmöglich wie ein Studium der Tiermedizin. *Der Beruf des Tierarztes passt genauso wenig für eine Frau wie ein Leben als Junggesellin in der Großstadt*, würden ihre Eltern sagen und darauf bestehen, dass sie weiter bei ihnen in Norby lebte.

Bedrückt schlang Tilda die losen Enden ihres Zopfs ineinander und ging zum Bett hinüber. Was blieb ihr bei diesen kümmerlichen Aussichten noch, außer in Trübsal zu versinken? *Ich könnte mich auch in jemanden verlieben*, überlegte sie. Seit Sofie und James sich gefunden hatten, brauchten sie zum Glücklichsein nur einander. Tilda schüttelte ihr Kopfkissen auf und zog die Steppdecke zurecht. Könnte Christian Pedersen dieser *Jemand* sein? Sie mochten sich doch gut leiden. Außerdem hatte er wie sie einige Zeit in Kopenhagen verbracht. Er verstand, weshalb sie vom Strand bei der Stadt und den hell erleuchteten Straßen schwärmte. Bei ihrer Weihnachtsgesellschaft auf Julsgård hatte er sogar das Marzipanschweinchen aus seiner Mandelgabe mit ihr geteilt. Vielleicht lag ihm ja mehr an ihr, als sie bislang gedacht hatte?

Sie reckte sich hoch und schloss das Gaubenfenster vor ihrem Bett. »Auf, Melusine!«, sagte sie munter. »Gehen wir frühstücken!«

Theo Jul trat wohlgelaunt zu seiner Schwiegertochter an den Komfur, um sich von ihr Kaffee einschenken zu lassen. »Guten Morgen, meine Liebe«, sagte er, sich die Hände reibend. »Du bist sicher genauso froh wie ich, dass James endlich nach Hause kommt, wie?«

Sofie nickte lächelnd und füllte ihm die Tasse. Theo mochte seine Schwiegertochter sehr und war froh, dass sie sich gut auf Julsgård eingelebt hatte. Sofie war gescheit und gab sich alle Mühe, zu lernen, was eine Hausfrau auf einem abgelegenen westjütischen Hof können musste. Ohne Anschluss an Gas- und Wasserleitungen war das keine einfache Aufgabe, zumal sie aus Kopenhagen kam und vor ihrer Hochzeit ein sehr komfortables Leben geführt hatte. Außerdem rechnete er ihr hoch an, dass sie Frieden mit ihrer Schwiegermutter hielt. James und Sofie würden ja auf Julsgård leben, bis sie ein eigenes Haus bauen konnten, und Freja war bisweilen schwierig, wenn es in ihrem gemeinsamen Haushalt nicht nach ihrem Willen ging. Aber Sofie behielt immer die Ruhe. Und sie hatte Vater und Sohn wieder näher zueinander gebracht. Gut, dass sie ihn darum gebeten hatte, James mit der Rinderzucht seinen eigenen Weg gehen zu lassen.

»Danke dir.« Theo drückte Sofies Schulter, nahm seinen Kaffee und ging zu Frau und Tochter hinüber an den Küchentisch. »Bitte, Tilda!«, sagte er milde tadelnd, als sie Melusine auf ihren Schoß hob. Nicht einmal Tapper, der betagte Cockerspaniel, durfte während des Essens an den Familientisch kommen.

»Nur ausnahmsweise«, bat Tilda. »Schließlich lasse ich Melusine heute zum ersten Mal länger allein und sie ist doch fast noch ein Baby.«

»Aber Mette Steensen kommt doch nachher und wird auf sie achtgeben«, erinnerte Theo sie lächelnd. Ach, seine Jüngste hatte so viel Liebe in sich und wusste nicht, wohin damit. Er sah Tildas bittenden Blick auf sich gerichtet und ließ sich erweichen. »Na, von mir aus. Aber wirklich nur dieses eine Mal«, sagte er und bat dann Freja, ihm Milch in seinen Kaffee zu gießen.

Sofie schraubte den Deckel auf die letzte Wärmekanne mit heißem Kaffee. Bald vierzehn Tage war James nun schon mit ihrem Stier und den beiden Kühen unterwegs. Von Inverness mit dem Zug nach Grimsby und dann weiter mit dem Dampfer über die Nordsee. Es war eine Reise mit vielen Unterbrechungen, damit die Tiere zwischenzeitlich ausruhen und grasen konnten. Sofie hatte James' Route auf der Karte verfolgt und sich dabei an ihre Hochzeitsreise nach Schottland erinnert.

Sie ließ ihre Hand auf dem Kannendeckel liegen und richtete ihren Blick versonnen auf die Küchenwand. Seit sie im letzten September geheiratet hatten, waren James und sie nun zum ersten Mal voneinander getrennt. Zwar verbrachte er oft mehrere Tage in Esbjerg, um als Tierarzt bei den Exportställen zu arbeiten, doch so lange musste sie ihn noch nie entbehren. Gottlob konnte sie ihren Mann heute endlich wieder in die Arme schließen. Der Bote hatte ihnen vorgestern James' Telegramme gebracht. Eins mit der Nachricht über seine Ankunftszeit, damit der Schwiegervater den Tageswagen und die Lastautos für den Transport der Tiere bestellen konnte, und eins für sie. *Sofie, mein Herz, kann es kaum erwarten, dir unsere drei Schätze nach Hause zu bringen. Vermisse dich, James,* stand in dem Formularbogen, den sie wie einen Schatz kleingefaltet unter ihrem Hemd trug. Sie griff nach dem großen Picknickkorb und setzte die Kannen hinein. *Und ich vermisse dich …*

Die nächsten Tage würden sie in ihrem alten Häuschen bei den Wiesen an der Landstraße nach Ringkøbing wohnen, um nah bei den Hochländern zu sein. Sofie hatte allerlei Vorräte hinausgeschafft, dazu Bettzeug und Kleidung, die Zinkwanne für ihr Waschwasser, Holz und Kohle zum Beheizen der offenen Feuerstelle in der Spülküche und zum Schluss noch den großen Kessel, der nun recht wacklig auf dem Dreibein in der Feuerstelle stand. Die Schwiegermutter und Tilda hatten ihr geholfen, die Stube zu säubern und die Chaiselongue aus der Gartenlaube in die Kate hinüberzutragen; so mussten James und sie nicht in dem unbequemen Alkoven in der Stube schlafen. Der Schwiegervater hatte nicht nur die Zollformalitäten geregelt und die Lastwagen angemietet. Er hatte sich auch hingebungsvoll um den Stacheldrahtzaun, das Gatter und den Brunnen für die Trinkstelle gekümmert, als wären die Hochländer seine eigenen Tiere. Vielleicht wollte er gutmachen, dass er James letztes Jahr wegen seiner Zuchtpläne noch einen Kindskopf geschimpft hatte?

Sie stellte die letzte Kanne in den Korb und legte die Brotdosen für ihren Imbiss am Hafen dazu. Dann setzte sie sich neben Tilda an den Küchentisch.

»Danke«, sagte sie mit Tränen in den Augen, »lieben Dank euch allen. Ich bin so froh über eure Hilfe, auch für James.«

»Na, na«, erwiderte Theo gerührt, »wir freuen uns doch genauso wie ihr auf die Hochländer.«

»Ja, wirklich, Sofie«, nahm Tilda das Wort, »die Aufregung um James' Reise hat wenigstens mal Abwechslung in die ewige Langeweile auf Julsgård gebracht.«

Freja schüttelte unwillig den Kopf: »Übertreib nicht so, Tilda!« Sie wandte den Blick zu Sofie. Wie blass sie ausschaute! Und diese feinen Schatten unter ihren Augen … Sicher hatte sie die letzten Tage über ihre Kräfte gearbeitet. Und natürlich vermisste sie James schmerzlich. Freja lächelte in sich hinein. Oder war am Ende noch was ganz anderes mit ihrer Schwiegertochter?

»Jetzt frühstücke erst mal ordentlich«, sagte sie fürsorglich.

»Bitte nicht«, wehrte Sofie hastig ab. »Ich mag nichts essen.«

»Na, aber doch eine Kleinigkeit. Vielleicht ein Marmeladenbrot?«, fragte Freja aufmunternd und bestrich eine Scheibe Weißbrot mit Butter und Himbeermarmelade für sie, schön gleichmäßig und nicht zu dick.

Die Tür ging auf und Mette Steensen kam herein, gefolgt von Kathrine Söderblom.

»Ah, nun sind wir komplett«, sagte Theo vergnügt.

Den Steensens gehörte Norbys Krug, den sie gemeinsam bewirtschafteten. Heute hatte sich Mette von ihrer Arbeit in der Gaststube freigenommen, um auf Julsgård einzuhüten. Kathrine wollte mit nach Esbjerg fahren, um ihren Mann und ihren Bruder vom Schiff abzuholen.

Als die beiden Frauen näher zum Tisch traten, hob Tapper nur kurz den Kopf über den Rand seines Körbchens. Dafür drängte Melusine umso heftiger von Tildas Schoß und jagte begeistert um Mettes und Kathrines Beine. Tilda holte die Küchenhocker für die Gäste und Freja füllte ihnen die Tassen.

Theo blinzelte Kathrine zu. »Wie geht's denn mit dem Umbau eures Hotels voran?«

Kathrine lächelte. »Gut. Trotzdem ich bin froh, dass Axel und Christian heute zurückkommen. Bis zur Eröffnung ist noch einiges zu tun. Und bis zum Eröffnungsfest sind es ja nur noch zwei Wochen.« Sie nippte an ihrem Kaffee.

Das Gespräch am Tisch wandte sich dem Wetter zu. Zwar war es ein bisschen frisch für die Jahreszeit, aber dafür hatten die Männer Glück mit der Überfahrt. Gott sei Dank war die See die Reise über ruhig geblieben!

Sofie beteiligte sich nicht an der fröhlichen Unterhaltung. Sie saß still vor ihrem Marmeladenbrot und kämpfte wieder einmal gegen die Müdigkeit, die sie in letzter Zeit so plagte.

II

Krausesvej, Østerbro, Kopenhagen

Anders als Sofie hatten Helle Møller und Søren Lauridsen ihr Frühstück im Wintergarten der møllerschen Villa voller Appetit verzehrt. Sie waren heute früh mit dem Nachtboot von Bornholm gekommen, wo sie das letzte halbe Jahr lang gelebt hatten. Nach seiner aufgelösten Verlobung mit Sofie hatte Søren eine Lehrerstelle in Rønne angenommen. Und Helle war mit ihm mitgereist, um dem Freund und Kameraden auf der verschlafenen Insel im Nirgendwo, wie sie Bornholm nannte, in seinem Liebeskummer beizustehen.

»Gut, dass du deine alte Stubenwohnung in Nørrebro wieder beziehen kannst«, bemerkte Helle und lehnte sich im Korbsofa zurück. »Oh, und denk dran, auf dem Heimweg fürs Abendessen einzukaufen, Darling.«

Søren lächelte. »Mach dir meinetwegen keine Gedanken, Butzelchen. Nach diesem großzügigen Frühstück brauche ich erst mal nichts weiter.« Er deutete eine Verneigung gegen Helles Mutter an, die ihnen gegenübersaß und ihre Kaffeetasse im Schoß balancierte.

Helle legte den Kopf schief. »Du wirst dich wundern, wie schnell du wieder hungrig sein wirst«, widersprach sie. »Also, kauf' dir wenigstens ein Brot und etwas Milch. Und Kaffee natürlich.«

Sie betragen sich so vertraut wie ein altes Ehepaar, dachte Eveline Møller, die das trauliche Bild über ihr Pincenez hinweg betrachtete. Besonders Helle schien völlig ungeniert. Sie saß lässig an Hr. Lauridsens Schulter gelehnt und stützte den Kopf gegen die Rückenlehne des Sofas. Eben hatte er ihr Feuer gegeben und zündete sich nun selbst eine Zigarette aus dem marmornen Kästchen auf dem Beistelltisch an.

Was sollte hier in Kopenhagen aus dieser seltsamen Freundschaft werden? *Darling. Butzelchen …* Eveline runzelte die Stirn.

Die beiden waren doch nur Freunde? Kusine Lisbet hatte in ihren Briefen jedenfalls nichts Gegenteiliges berichtet. Stattdessen hatte sie von den einnehmenden Manieren des jungen Mathematiklehrers mit den hübschen, brünetten Locken und den haselnussbraunen Augen geschwärmt, der Helle und ihr bei seinen Besuchen in ihrem stillen Haus stets so eine reizende Gesellschaft war. Er übte sogar Nachsicht, wenn die liebe Helle in ihrem Eifer die Regeln beim Kartenspiel gelegentlich zu eigenwillig deutete. Bei der Erinnerung an diese Worte musste Eveline lächeln. Offenbar hatte sich die weltfremde alte Dame nie gefragt, ob Hr. Lauridsens Nachsicht mit Helles Schummeleien nur von seiner Großherzigkeit herrührte oder eher auf zartere Gefühle schließen ließ. Aber natürlich musste diese Frage um Helles willen gestellt werden. Vor allem aber wäre zu fragen, wie ihre Tochter zu Hr. Lauridsen stand. Zwar hatte Helle sich ihr nie anvertraut, doch Eveline meinte, dass sie schon früher ein kleines Tendre für Sofies ehemaligen Verlobten gehabt hatte. Immerhin waren Helle und Sofie beste Freundinnen. Da könnte es Anstoß erregen und Helles Ruf schaden, wenn sie ihn nun, ein knappes halbes Jahr nach seiner Entlobung mit Sofie, zu mehr als einer freundschaftlichen Verbindung ermuntern würde. Auch wäre es im Hinblick aufs Geschäft völlig unpassend, würde Helles Vater überdies sagen. Behutsam stellte Eveline ihre Tasse auf den Korbtisch.

»Ich hoffe, es hat geschmeckt«, sagte sie und erhob sich. »Sie werden mich entschuldigen, Hr. Lauridsen. Frøken Janne braucht mich für den Einkaufszettel. Vater kommt heute sehr pünktlich zum Mittagessen, Helle«, setzte sie auf dem Weg zur Tür hinzu. »Deinetwegen.«

»Schon gut«, erwiderte Helle, »ich laufe nicht weg, Mutter.«

Eveline nickte. So kannte sie ihre Tochter. Munter, sorglos und eine Spur zu forsch. Diese Helle gefiel ihr besser als die junge Frau, die heute Morgen Hr. Lauridsen in der Havnegade vor der *Frem* besorgt den Schal zurechtgezupft hatte und sich jetzt um sein Wohlergehen bekümmerte. Nun, wenn Helle erst einmal ihr gewohntes Leben wieder aufnahm, würde sie hoffentlich bald die Alte sein.

»Ich wünsche einen guten Tag«, sagte sie und öffnete die Tür zum Korridor. »Pünktlich um zwölf, Helle. Vater bringt jemanden mit. Also lass uns bitte nicht warten.« Sie trat in den Flur hinaus und schloss die Tür hinter sich.

Hoffentlich nicht einen der vielversprechenden jungen Männer, die der Vater ihr gern als möglichen Schwiegersohn an die Seite setzte, dachte Helle. Sie drückte ihre Zigarette aus und sah Søren an, der ihren Blick erwiderte. Oh, wie sie es mochte, wenn sein Lächeln sein ganzes Gesicht erhellte und seine Augen goldbraun schimmerten. Er schaute sie bald so liebevoll an wie früher Sofie. Nur waren sie beide nicht Liebende, sondern Freunde. Und deshalb nannte Helle Søren unverfänglich *Darling*, obwohl sie viel lieber *Liebling* zu ihm sagen würde ...

»Ich sollte wohl bald gehen«, sagte Søren lustlos.

»Nicht meinetwegen, Darling«, erwiderte Helle und lehnte sich wieder an ihn, »bis zum Mittagessen ist es noch lange hin. Lass uns lieber überlegen, was wir am Sonntag unternehmen wollen. Bummeln gehen? Am Gefionbrunnen stehen? An den Seen entlangspazieren? Die Hirschsprungsche Sammlung besuchen?« Lächelnd zählte sie alle Vergnügungen auf, denen sie bei ihren Strandspaziergängen auf Bornholm nachgetrauert hatten.

Søren seufzte und griff nach dem Aschenbecher, um seine Zigarette neben ihrer auszudrücken. »Am liebsten alles auf einmal. Aber als guter Sohn werde ich zu meinem alten Herrn nach Dragør hinüberfahren und mich bei ihm zurückmelden.«

Seine Stimme klang bitter. Zwischen dem alten und dem jungen Lauridsen stand es nicht zum Besten. Der Alte hatte seinem Sohn nicht verziehen, dass er lieber Lehrer sein wollte, statt der Familientradition zu folgen und wie der Vater Lotse auf dem Øresund zu werden. Søren wiederum konnte seinem Vater die Härte nicht vergeben, mit der er ihn erzogen hatte, nachdem er die Mutter aus dem Haus getrieben hatte – Gott weiß, wohin.

Helle nickte mitfühlend. »Ich könnte doch mitkommen und im Strandhotel auf dich warten«, schlug sie vor. »Und nach deinem Besuch bummeln wir zum Hafen hinunter und schauen ein bisschen über den Sund.«

Søren lächelte. »Das wäre schön. Nur würde mein alter Herr alles ganz falsch verstehen. Ich komme mit einer jungen Frau nach Dragør hinüber und stelle sie ihm nicht vor? Das kann für ihn nur eins bedeuten … Und glaub' nicht, dass er deinen Besuch nicht bemerken würde. Man würde ihm schnell genug von dir erzählen.«

Helle setzte sich aufrecht hin. »Es ist mir egal, was dein Vater von mir denkt«, erwiderte sie kämpferisch.

Sørens Lächeln vertiefte sich. »Aber mir nicht. Und da ich ihn nicht daran hindern kann, schlecht von dir zu denken, bleibst du besser hier.«

Helle fuhr sich mit einem Seufzer durch ihre kurzen, blonden Haare. »Dann sehen wir uns wohl nicht am S…Sonntag?« Wenn Helle traurig oder sehr bewegt war, zog sie beim Sprechen gern den Anlaut ein wenig in die Länge. Allerdings erlaubte sie sich diese Eigenart nur bei Menschen, die sie mochte und denen sie vertraute.

Søren verstand und nahm ihre Hand. »Nein. Tut mir leid.«

»M … macht doch nichts«, erwiderte Helle betont lässig, »es kommen ja noch viele Sonntage, nicht?« Sie ließ sich wieder gegen die Sofalehne sinken. »Soll Frøken Janne noch mal Rührei für dich machen? Mit eingelegten Pilzen?«

Aber Søren ließ sich nicht verlocken. »Lass gut sein, Helle. Einmal muss ich ja doch los.«

»Dann sollten wir jetzt wohl das Abschiednehmen hinter uns bringen.« Helle achtete sorgfältig auf ihre Aussprache. Søren bemerkte auch das und drückte ihre Hand.

»Ich hab' gehofft, du bringst mich noch zur Straßenbahn«, sagte er aufmunternd. »Wie sieht es übrigens mit deinem Samstagnachmittag aus?«

»Gut!«, entgegnete Helle wieder fröhlich.

»Dann sehen wir uns also am Samstag? Wir könnten in die Hirschsprungsche Sammlung gehen.«

»Abgemacht.« Søren stand auf. »Wo hat Frøken Janne eigentlich meinen Rucksack hingestellt?«

***

Freja stellte ihre leere Kaffeetasse auf die Kühlerhaube des Tageswagens, den Tor Torsten, ihr Wagenmann, bei der Auffahrt zum Kai geparkt hatte. Plötzlich nervös, hatte Theo nach dem Frühstück ungeduldig zum Aufbruch gedrängt. Er wollte nochmals mit dem Zollinspektor sprechen und lieber rechtzeitig am Hafen sein, falls die Lastwagen vor der ausgemachten Zeit ankommen würden. Jetzt waren sie viel zu früh dran.

Sie wandte sich um und schaute zu den Rindern, die von der Hafenbahn zu den Exportställen hinter ihr gebracht wurden. Nicht alle ließen sich gutwillig führen. Was es wohl erst geben würde, wenn die wilden Hochländer vom Schiff heruntersollten? Sie lächelte. Nun, Theo und James würden das Entladen schon gemeinsam zurechtbringen. Ach, es war solch eine Freude, zu sehen, wie gut Vater und Sohn nach den vielen Reibereien der letzten Jahre jetzt miteinander auskamen!

Sie drehte sich zu Sofie, die neben ihr am Wagen lehnte, auf die See hinausblickte und dabei fröstelnd die Schultern zusammenzog.

»Geht es dir gut?«, fragte sie besorgt. »Wir könnten uns auch in den Wagen setzen, da hätten wir's wärmer.«

Sofie winkte ab. »Es ist nur die Aufregung. Und ich bin neuerdings oft müde.«

Freja nickte. »So ging es mir mit James und Tilda auch.«

Ein kleines Lächeln umzog Sofies Mund. »Behalt' die Neuigkeit noch für dich«, bat sie, »ich will mir erst ganz sicher sein.«

»Bestimmt«, versprach Freja. Sie legte die Hand an Sofies Arm. »Diese Müdigkeit geht übrigens schnell vorüber. Vielleicht hast du sie bis zum Eröffnungsfest des Strandhotels schon überstanden.«

»Das wäre schön. Sie ist mir nämlich sehr lästig, gerade jetzt, wo James mich doch so braucht.«

»Und du ihn«, entgegnete Freja bestimmt. »James wird sicher nicht wollen, dass du dir zu viel zumutest.«

»Nein«, seufzte Sofie. James vergaß gern, dass sie kräftiger war, als ihre zarte Figur vermuten ließ.

Theo kehrte mit Tilda vom Zollamt zurück. »Inspektor Thomsen kommt nachher persönlich ans Schiff. Er möchte gern selbst nach den Tieren und den Zollpapieren sehen«, sagte er zufrieden und nahm Freja um die Taille.

Sie drückte ihn an sich. »Was wären wir ohne dich, mein Lieber.«

»Meine alte Bekanntschaft mit Thomsen macht eben manches möglich«, erwiderte Theo leichthin. »Außerdem hat der Tierarzt in Grimsby schon per Telegramm bestätigt, dass die Tiere gesund an Bord gegangen sind. Deshalb ist Thomsen auch einverstanden, dass wir sie gleich mitnehmen, wenn ich hier noch mal nach ihnen gesehen habe.«

Sofie lächelte ihn an. »Ach, Schwiegervater, James und ich können dir gar nicht genug danken.«

Theo schüttelte den Kopf. »Thomsen erlässt euren Rindern die Quarantäne nur, weil James die Zollformalitäten in England so sorgfältig erledigt hat. Also, lob' lieber deinen Mann, Sofie.«

Sie strahlte. »Das werde ich bestimmt!«

»Und jetzt komm mit«, verlangte Tilda. Sie fasste Sofie am Ärmel. »Vorn an der Kaikante ist die Aussicht doch viel besser als hier.«

***

In sich gekehrt blickte Søren auf die Fassaden der Mietshäuser, während die Straßenbahn den Blegdamsvej entlangratterte. Wie gern Helle und er einander doch mochten! Als sie sich vor dem Wartepavillon auf Trianglen zum Abschied umarmt hatten, war sie genauso betrübt gewesen wie er. Aber sie hatten sich beide zusammengenommen, um den anderen nicht mit der eigenen Traurigkeit zu bekümmern.

Ach, er vermisste ihr gemeinsames Leben auf Bornholm jetzt schon. Wehmütig dachte er an die gemütlichen Abende in Kusine Lisbets guter Stube mit ihren Plaudereien über den letzten Schulklatsch und die Neuigkeiten aus Kopenhagen. Auch die Badmintonspiele in Kusine Lisbets Garten waren Helle und ihm schnell zu einer lieben Gewohnheit geworden. Er lächelte bei der Erinnerung an ihr Weihnachtsmatch in Wintermänteln und Handschuhen. Helle hatte ihm eifrig die Federbälle abgejagt und er hatte ebenso eifrig ihre Aufschläge pariert, während es langsam anfing zu schneien. Seitdem nannte er sie »Butzelchen«, weil sie ihm mit ihren strahlend grünen Augen und den geröteten Wangen wie ein Winterkobold vorgekommen war; ein rechter Butz.

Søren nahm seinen Rucksack auf und schob sich zwischen den Fahrgästen im Gang zum Ausstieg des Straßenbahnwagens vor. Auf ihren langen Strandspaziergängen hatten Helle und er allmählich begonnen, sich einander anzuvertrauen. Endlich konnte er darüber reden, wie sehr er als Junge die Mutter entbehrt hatte. Und Helle hatte ihn zum ersten Mal die kleinen Schleifer in ihren Anlauten hören lassen, als sie von ihrer Furcht vor der Ehe und dem eintönigen Leben als Hausfrau sprach, das ihr wie eine Falle vorkam.

Die Straßenbahn hielt. Søren sprang behände vom Trittbrett auf das Pflaster des Sankt Hans Torv hinab. Es hätte mit ihrem guten Leben auf Bornholm immer so weitergehen können, wenn ihm nicht seine Lehrerkollegen zugesetzt hätten. Sie hatten von ihm verlangt, dass er im Klassenzimmer härter durchgreifen solle. Obwohl er es für falsch hielt, wurde er gegen die eigene Überzeugung ungeduldiger mit seinen Schülern. Er schämte sich, weil er fast so streng und fordernd auftrat wie sein Vater. Aber Helle hatte nur den Kopf über seine Gewissensbisse geschüttelt und darauf bestanden, dass sie nach Kopenhagen zurückkehrten. An seiner alten Schule würde es ihm besser gehen. »In Frøken Rasmussens Lehrinstitut für junge Damen wird die Mathematik nicht so ernst genommen«, hatte sie gesagt. »Und die Lehrer auch nicht.«

Søren schmunzelte. Helle kannte sich mittlerweile bald besser mit ihm aus als er selbst. Und sie hatte eine sehr treffende, heilsame Art, die Dinge beim Namen zu nennen.

Er schritt zügig über den Platz. Gleich war er zu Hause. Am Rand des Sankt Hans Torv blieb er für einen Augenblick stehen, um die Schultern unter der drückenden Last seines Rucksacks zu dehnen. Nur von einem wusste Helle nicht und sollte es auch nicht wissen, dachte er. Dass er sie begehrte. Sehr. Und auch liebte? Vielleicht …

Nachdenklich umfasste er die Tragegurte seines Rucksacks und ging weiter. Liebe war so ein großes Gefühl, mit dem man nicht leichtfertig umgehen durfte. Und hatte er nicht vor einem halben Jahr noch geschworen, niemals jemand anderen zu lieben als Sofie? Außerdem war Helles Herz vergeben. An wen, behielt sie allerdings für sich. Søren wusste nur, dass der von fern Geliebte nichts von Helles Zuneigung ahnte. Nun, er würde bestimmt nicht an ihre besondere Freundschaft rühren, indem er Helle mit seinen Gefühlen plagte.

Er bog in die Ahornsgade ein und legte rasch die paar Schritte zu seiner Haustür zurück. Vor den Eingangsstufen blieb er stehen, um den Geruch der Straße einzuatmen. Es roch wie immer, dachte er lächelnd, nach Erbsensuppe, Staub und Bratkartoffeln. Die Bäume auf dem kleinen Vorplatz gegenüber hatten ihre hellen, grünen Blätter schon ganz entfaltet. Nun freute er sich doch ein wenig, nach Hause zu kommen.

Die alte Fru Johanesen lehnte sich aus einem der unteren Fenster, seinen Wohnungsschlüssel in der Hand. »Hab' schon ä' dich gewä'ded!«, begrüßte sie ihn fröhlich.

Sørens Lächeln vertiefte sich, als er ihren Nørrebroer Zungenschlag hörte. Jetzt war er wirklich daheim.

III

Schon erstaunlich, wie viele Jazzfreunde es hier draußen gab, dachte Kathrine. Tor Torsten war auch einer. Er hatte sich von ihr gerade den Weg zur Jazzkneipe in der Stormgade zeigen lassen, über die sie auf der Fahrt nach Esbjerg gesprochen hatten.

»Dein Mann und du, ihr kommt wohl oft her?«, fragte Tor auf dem Rückweg zu den Exportställen.

Kathrine schüttelte den Kopf. »Der Ausbau unseres Hotels lässt uns kaum Zeit für anderes. Und bei unseren letzten Besuchen haben wir mehr mit den Sängern verhandelt als getanzt. Wir wollten unbedingt Teddy Baker für einen Auftritt gewinnen.«

Tor schmunzelte. »Ihr traut euch ja was.«

Kathrine lächelte auch. »Und wir hatten Glück. Er wird bei unserer Hoteleröffnung singen.«

Der Vertrag mit dem bekannten Sänger war ihre erste Willkommensüberraschung für Axel und Christian. Die zweite war die große Pfanne mit Biksemad auf dem Komfur. Ach, es war höchste Zeit, dass die beiden heimkamen. Zu dritt lebten sie so gut zusammen. Axel und Christian hatten einander wie Brüder angenommen.

Tor nickte anerkennend. »Man hört ja die tollsten Geschichten über Teddys Auftritte«, sagte er. Dann wies er zum Kai hinüber. »Die Lastwagen sind angekommen. Besser, ich spute mich.«

Sie eilten zum Stallgelände. Tor ließ Kathrine höflich den Vortritt am Einlass und schritt dann rasch auf die kleine Gruppe der Wagenmänner zu, die sich um Theo versammelt hatten.

Am Tageswagen stellte Freja Kaffee und Brote für die Männer bereit. Kathrine gesellte sich zu ihr. »Kann ich dir was helfen?«, fragte sie.

Freja winkte ab und deutete auf eine der Wärmekannen: »Nimm dir lieber einen Schluck warmen Kaffee! Wer weiß, wie lange wir hier noch stehen müssen.«

Tilda drehte sich zu ihnen um und rief: »Kommt her, ich seh' was!«

Ihr Vater unterbrach seine Ansprache an die Männer und trat zu ihnen. Tatsächlich, südlich von Fanø kam ein kleines schwarzes Dampfschiff auf. Theo legte einen Arm um Freja, den anderen um Tilda. »Ja, das könnten sie sein«, sagte er und schickte Tor Torsten nach dem Inspektor.

Auch Sofie und Kathrine umarmten einander. Beide zitterten. Langsam war der Namenszug der *Alexandrine* am Bug zu erkennen.

»Jetzt dauert's nicht mehr lange«, sagte Sofie.

»Nein«, erwiderte Kathrine und begann vor Freude und Sehnsucht zu schluchzen.

Die *Alexandrine* ging längsseits und wurde vertäut. Bald war auch die Gangway ausgebracht und die vier Frauen an der Kaikante warteten immer ungeduldiger darauf, dass sich endlich einer ihrer Heimkehrer an der Luke zeigte.

Theo stellte sich an die Zugangsbrücke, um die Tiere gleich zu untersuchen, wenn sie vom Schiff kamen. Während Inspektor Thomsen sich zu ihm gesellte, erschien als Erster ein Matrose in der Lukenöffnung und winkte der Gesellschaft am Kai lässig zur Begrüßung. Theo schmunzelte, als Freja höflich zurückwinkte. Tilda dagegen seufzte nur enttäuscht auf und Sofie und Kathrine umklammerten einander noch fester.

Endlich brachte Christian Pedersen das erste Rind die Brücke herab. Kathrine schaute mit Tränen in den Augen zu, wie der Bruder die kleine schwarze Kuh geduldig über die hölzernen Streben der Gangway führte.

Theo näherte sich ihr vorsichtig. Die Kleine machte einen munteren Eindruck und schien die Fahrt gut überstanden zu haben. Behutsam legte er eine Hand an das Fell über ihrem Hals, um ihre Temperatur zu prüfen. Er sah nach Maul und Klauen und schaute danach kurz auf Augen und Nase, derweil Inspektor Thomsen die Papiere prüfte. Die Frauen beobachteten die Männer in gespanntem Schweigen.

»In Ordnung«, sagte der Inspektor endlich.

»Gesund!«, ergänzte Theo und winkte Christian, seinen Weg zu den Lastwagen fortzusetzen, wo die Wagenmänner fürs Aufladen bereitstanden.

Christian nickte den Frauen im Vorübergehen grüßend zu. Er sah Kathrines Tränen und sagte tröstend: »Axel ist gleich bei dir.«

»Ich hab' euch *beide* vermisst«, erwiderte Kathrine dem Bruder lächelnd und wischte sich über die nassen Wangen.

»Wir dich auch, Nana.«

Tilda blickte Christian nach. Mit seinem blonden Bart sah er wie ein richtiger Seemann aus, ganz anders als der Christian, den sie sonst kannte. Und sie mochte es, dass seine Augen lächelten, wenn er Kathrine ansah. Es wäre schön, wenn er sie auch so anschauen würde, dachte sie und beschloss, es mit dem Verlieben zu probieren.

Die andere, rotbraune Kuh war größer und ängstlicher als die erste. Axel brachte sie nur mit Hilfe des Matrosen die Gangway herunter. Sie folgte nicht gern und die Männer hatten große Mühe, sie nach der Untersuchung zum Wagen zu führen.

Erschöpft und verschwitzt kam Axel endlich zu Kathrine. »Ein Bauer wird aus mir bestimmt nicht mehr«, sagte er und ließ sich von ihr in die Arme nehmen.

»Entschuldige meinen Aufzug, Liebling, ich hätte mich gern noch für dich frisch gemacht.«

Sie strich liebkosend über seine unrasierten Wangen. »Keine Sorge, ich nehme dich auch so zurück. Konntest du unterwegs denn ab und zu etwas zeichnen?«

»Oh, mein Skizzenbuch ist gut gefüllt. In Schottland geht einem als Maler das Herz auf«, erwiderte er lächelnd und hielt Kathrine fest an sich gedrückt.

James brachte den Stier von Bord. »Jamsie, mein Schatz! Endlich bist du da!« Sofie wollte James nicht ablenken und flüsterte ihre Willkommensworte nur, obwohl sie ihre Sehnsucht nach ihm am liebsten laut herausgerufen hätte.

Sie richtete ihren Blick auf den Stier. Mit klopfendem Herzen betrachtete sie die gedrungene Gestalt des rotbraunen Tiers und die ausladenden, geschwungenen Hörner über seinem mächtigen

Schädel. *Wahrhaftig, jeder Zoll ein König!* Und wie ruhig er sich am Halfter die Gangway herabführen ließ! Als ob er wusste, dass er seine Kraft nicht beweisen musste. So hatte James sich diesen Augenblick erträumt, als sie an ihrem Verlobungsfest zum ersten Mal auf dem Sofa in seiner Stube gesessen und die Abbildungen der Hochländer in seinem Buch betrachtet hatten. Und jetzt sah er genauso glücklich aus, wie sie es sich für ihn gewünscht hatte. Er brachte den Stier zu seinem Vater und schaute strahlend zu Sofie hinüber. Sie lächelten sich zu. Nein, sie brauchten keine Worte, um einander zu sagen, dass sie sich liebten.

Als die Tiere aufgeladen waren, kamen die Männer zu Freja an den Tageswagen, um sich zu stärken. Auch Christian ließ sich das üppig belegte Butterbrot zum heißen Kaffee gut schmecken.

Tilda gesellte sich zu ihm. »Du hast dir ja einen Bart wachsen lassen«, sagte sie.

Er zuckte lächelnd die Achseln. »Es war das Einfachste, weißt du.«

Tilda nickte. »Ich … ich mag es leiden«, erwiderte sie und wirkte plötzlich befangen.

Er fuhr sich mit dem Daumen übers Kinn. »So? – Na, vielleicht lass ich ihn stehen, was meinst du?«

Sie nickte wieder. »Ich könnte die Tage ja mal vorbeikommen und du erzählst mir von Schottland.«

»Sicher«, antwortete Christian, erstaunt darüber, dass sie extra anfragte. Tilda kam doch sonst auch zu ihnen herüber, wie es ihr gerade einfiel.

Nun drängte James wegen der Tiere zum Aufbruch. Tilda streckte erst die Arme nach Christian aus und bot ihm dann die Hand.

»Bis bald«, sagte sie errötend.

Er sah sie einmal mehr verwundert an, bevor er ihre Hand ergriff.

Axel nahm ihn beim Arm und sagte fröhlich: »Kathrine hat Biksemad mit Roten Beten für uns gemacht. Ist sie nicht die Beste?«

***

Frøken Janne hatte als Willkommensgruß Helles Lieblingsessen serviert: Hähnchenragout im Reisrand. Der Tisch war mit dem goldgeränderten Geschirr auf dem gestärkten Leinentuch festlich eingedeckt und der Vater hatte zur Feier des Tages sogar seinen guten Riesling spendiert. Nur war Helle nicht feierlich zumute. Sie hatte das zarte Fleisch in der feinen Sauce kaum angerührt und auch am Wein nur eben genippt, und lächelte entschuldigend, als Frøken Janne ihren Teller mit erhobenen Brauen fortnahm.

Ihr Vater lobte die Hauswirtschafterin überschwänglich: »Da ist Ihnen wieder mal ganz was Schönes gelungen, Frøken Janne. Die Sauce ist fast zu gut für ein bescheidenes Mittagessen an einem gewöhnlichen Mittwoch, würde ich meinen.«

Helle seufzte in sich hinein. Die gute Laune ihres Väterchens war nicht nur seiner Freude über ihre Rückkehr geschuldet. Er ließ es sich nicht nehmen, vor Bertel Bertelsen, seinem ersten Buchhalter, den aufgeräumten Hausherrn zu geben. Helle blickte zu dem jungen Mann, der in strammer Haltung und mit geröteten Wangen neben ihr am Tisch saß. Während des Hauptgangs hatte er die kleine Tischgesellschaft erst mit seinen Ausführungen zum Geldgesetz und der unerwartet raschen Aufwertung der Krone unterhalten, um danach, unterstützt von Helles Vater, die Diskontierungsgrundsätze der Frachtreederei Møller darzulegen. Glücklicherweise waren beide Männer damit zufrieden gewesen, als Einzige zu reden, sodass Helle sich auf ihr Gesellschaftslächeln und ein gelegentliches Nicken zurückziehen konnte.

Frøken Janne stellte die Teller auf den Servierwagen und wandte sich zu Helles Mutter: »Der Nachtisch, wenn's beliebt, Frue?«

»Bitte.« Eveline Møller nickte. »Und den Kaffee gleich danach im Wintergarten. Ihr werdet ja doch bald ins Geschäft zurückwollen«, sagte sie zu ihrem Mann.

»Eile mit Weile, Eveline«, erwiderte Hans Sofus jovial und strich sich behaglich über den Bauch. »Hr. Bertelsen soll uns doch nicht für ungastlich halten.« Er zwinkerte dem jungen Mann zu, der noch ein wenig mehr errötete und eilig seinen Löffel in das Schälchen mit Schokoladenpudding tauchte, das Frøken Janne gerade vor ihn hingestellt hatte.

Helle kostete ebenfalls von ihrer Schokoladenspeise. Unwillig lauschte sie Hr. Bertelsens Ausführungen über den Niedergang der Exportrate für Butter. Wie man ein solches Vergnügen daran haben konnte, so viele Zahlen herzusagen, dachte sie. Søren würde es sich niemals einfallen lassen, sie dermaßen zu langweilen. Dazu war er viel zu rücksichtsvoll. Außerdem kannten sie beide kein schöneres Vergnügen, als sich *gemeinsam* an etwas zu freuen.

»Denken Sie nur, Frøken Møller, die Preise sind seit letztem Jahr im gewogenen Durchschnitt um zwanzig Øre das Kilo gefallen.« Bertel Bertelsen lehnte sich eifrig zu ihr herüber. »Rechnen Sie das mal auf eine Tonne hoch!«

Helles Kopf schmerzte noch vom Weinen über ihren Abschiedskummer. Der Verfall der Exportraten für Butter war ihr herzlich egal. Aber natürlich ging es nicht an, sich Hr. Bertelsen gegenüber unhöflich zu zeigen. »Das wären dann zweihundert Kronen, nicht?«, fragte sie freundlich. »Es ist nur eine Schätzung. Sie werden es sicher besser wissen, Hr. Bertelsen.«

»Aber gleich gar nicht, Frøken Møller. Zweihundert Kronen, in der Tat! Mit den Eierpreisen sieht es übrigens ähnlich aus. Ein Desaster. Wer will da noch unsere Frachtraten bezahlen? Wenn das so weitergeht …«

Ja, wie würde es weitergehen? Helle rückte ein wenig von Hr. Bertelsen weg. Auf Bornholm hatten Søren und sie in den Tag hineingelebt und waren glücklich miteinander gewesen. Da hatte sie nie weitergedacht als bis zum nächsten behaglichen Abend, wenn Søren an Kusine Lisbets Damensekretär die Hausaufgaben seiner Schüler korrigierte, während sie las oder Briefe schrieb. *Ach, und unsere leidenschaftlichen Kartenpartien!* Sie lächelte ein wenig. Søren mochte es so sehr, wenn sie ihn herausforderte. Und sie mochte es, dass er ihr nach einigen Vorhaltungen ihre kleinen Tricks vergab. *Immer.* Helle unterdrückte einen Seufzer. Wie würde sie ihre Strandspaziergänge vermissen, bei denen sie nach schön geformten Steinen oder Muscheln gesucht und sich voneinander erzählt hatten! Behutsam löste sie den Pudding vom Rand des Schälchens und schob ihn in der Mitte des Glasbodens zusammen. Sie hatte sich schon zu Søren hingezogen gefühlt, als er noch Sofies und ihr Mathematiklehrer gewesen war. Inzwischen war sie darin geübt, ihr Herz zu hüten, obwohl ihre Zuneigung zu ihm stärker war als ihre Vernunft. Nach ihrer gemeinsamen Zeit auf Bornholm liebte sie ihn noch mehr als vorher, während er nichtsahnend ihre besondere Freundschaft hochhielt. Eine feine Fußangel hatte sie sich da gelegt ...

Bertel Bertelsens Stimme drang an ihr Ohr. »... vielleicht am Samstag?«

Helle legte ihren Löffel auf den Unterteller. »Wie bitte?«, fragte sie, schroffer als beabsichtigt.

»Ich würde Sie gern am Samstagnachmittag nach Kontorschluss zum Spazierengehen abholen«, wiederholte Hr. Bertelsen geduldig und schaute sie bittend an.

Helle sah seinen Blick und bekam Mitleid. Weiß der Himmel, was das Väterchen ihm ihretwegen versprochen hatte. Und Bertel Bertelsen wollte seine Chance natürlich bestmöglich nutzen.

»Tut mir leid«, erwiderte sie sanft, »dieser Samstag ist bereits vergeben.«

»Und der nächste Samstag?«

Sie lächelte höflich. »Ich kann noch nichts versprechen. Aber ich lasse Sie wissen, wie meine Pläne sind.«

Helle sah, wie sich die Blicke ihrer Eltern über den Tisch hinweg trafen. Sie musste nachher mit ihnen sprechen. Sonst würde die Suche nach einem passenden Ehemann für sie weitergehen, die doch zu nichts führen konnte außer dem immer gleichen Verdruss. Das Väterchen war bereits deutlich verstimmt, kniff die Lippen zusammen und betrachtete jetzt das Tischtuch, während Hr. Bertelsen merklich in sich zusammensackte.

Ihre Mutter läutete mit dem silbernen Glöckchen neben ihrem Teller nach Frøken Janne. Dann erhob sie sich. »Ich hoffe, es hat geschmeckt«, sagte sie, »wenn ich dann zum Kaffee nach nebenan bitten dürfte.«

IV

James Jul schaute stolz und erleichtert auf die kleine Herde hinter dem Stacheldrahtzaun. Die anstrengende Reise von Schottland nach Norby hatte auf den Wiesen hinter ihrer Kate ein gutes Ende gefunden. Er war froh, dass er auf Christian und Axel zählen konnte. Auf der Überfahrt hatten sich die beiden damit vergnügt, den Kühen ihre Namen zu geben. Die schwarze sollte Runa heißen, die rotbraune Ragnhild, hatten sie ihm fröhlich verkündet.

Runa war ein echter Kyloe von den Hebriden. Sie hatte die Härten der Überfahrt besser überstanden als Ragnhild, der die beiden Tage in dem engen Verschlag auf der *Alexandrine* gar nicht gefallen hatten. Doch jetzt graste sie ruhig, wenn auch ein wenig abseits von ihren Gefährten. Gelegentlich hob sie den Kopf und schaute sich um, bevor sie gemächlich weiterfraß. James nickte billigend. Auch Ragnhild würde sich bald an ihr neues Zuhause gewöhnen.

Und der Stier? James sah zu dem kräftigen Hochländer hinüber und sein Herz ging auf. Ihn auf die Gangway herauszubringen, Sofies liebevollen Blick zu sehen und zu wissen, dass sie sein Glück mit ihm teilte, war der schönste Augenblick der ganzen Reise gewesen.

Lächelnd wandte er sich zu ihr und zog sie an sich. Sofie lehnte sich gegen ihn.

»Zufrieden?«, fragte sie und zeigte ihm ihr Lächeln mit den Grübchen.

Er strich ihr über die kupferroten Locken. »So zufrieden, wie man nur sein kann. Ich hab' unsere Hochländer wohlbehalten nach Hause gebracht und ich bin wieder bei dir.«

Sofie legte ihm einen Arm um die Hüfte. »Komm ins Haus, sicher ist dein Waschwasser heiß.«

James ließ sich gerne von ihr in die kleine Stube ihrer Kate führen. Sofie hatte die Zinkwanne und eine Schale Seifenflocken auf den Tisch gestellt und ein Handtuch für ihn bereitgelegt. James schlüpfte aus Pullover und Hemd, während sie heißes Wasser aus dem Kessel in einen großen Krug auf der Sitzbank goss. Sie mischte kaltes Wasser dazu, das sie bereits von der Pumpe im Hof geholt hatte.

»So geht es, glaube ich«, sagte sie und benetzte seinen Handrücken mit einigen Wassertropfen.

»Sehr gut.« James beugte sich über die Wanne. »Nach Hause zu kommen ist doch das Schönste«, fuhr er fort und seufzte behaglich, während Sofie ihm vorsichtig das warme Wasser über Kopf und Oberkörper goss, »auch wenn wir gerade in Kopenhagen sein sollten.«

James hatte Sofie für das Frühjahr einen Besuch bei ihrer Mutter versprochen, nur war der Frühling eben auch die günstigste Zeit, um ihre Rinder gut über die Nordsee zu bringen. Deshalb hatten sie die Reise in die Hauptstadt verschoben.

Sofie stellte den Krug zur Seite, fasste ihn um und schmiegte sich gegen seinen Rücken. »Wir sind genau da, wo wir sein sollten. Hier.« Sie streichelte über seine Rippen. »Du hast abgenommen.«

»Stimmt!« Er schmunzelte. »Wenn du wüsstest, wie sehr ich mich nach deinem Essen gesehnt habe. Ich war die Wirtshäuser so leid. Da kann einer sagen, was er will, eine gute Küche führen sie drüben nicht.«

Sofie lachte. »Ich füttere dich schon raus. Für den Anfang gibt es Graupensuppe mit Rauchfleisch und Würstchen zum Mittag. Außerdem hab' ich Unmengen Reispudding für dich gemacht.«

Reispudding mit Kirschen … James lächelte bei dem Gedanken daran, wie sie ihm das erste Mal seine Leibspeise gekocht hatte. Er zog ihre Hände an seinen Mund und küsste sie. »Danke«, erwiderte er weich, »danke für alles, Sofie.«

Sie tupfte einen Kuss auf seinen Rücken. »Wofür? Ich will doch, dass du glücklich bist.«

Er strich über ihre Hände. »Eben dafür.«

Sofie füllte den Wasserkrug auf und James seifte sich die kastanienbraunen Locken ein.

»Warum hat unser Stier eigentlich noch keinen Namen?«, fragte sie. »Ist Christian und Axel nichts mehr eingefallen?«

James hatte den beiden gern die Freude gelassen, nach passenden Namen für ihre Kühe zu suchen. Für den Stier hatte er sich allerdings etwas anderes überlegt. »Ich würde ihn gern nach Vater nennen. Wenn du einverstanden bist?« Er sah Sofie fragend an.

Sie kam mit dem Krug zurück an den Tisch. »Aber ja! So können wir uns wenigstens anständig bei ihm bedanken. Er hat es mehr als verdient.«

James nickte. »Ohne seine Hilfe hätte ich unsere Hochländer nicht nach Hause holen können.«

»Und ich wäre ohne die Familie und unsere Freunde auch nicht zurechtgekommen«, erwiderte Sofie. Sie erzählte ihm, dass Mette Steensen zusammen mit Kathrine die Brombeerhecken vor den Wiesen ausgelichtet hatte. Und seinem Vater hatte Mette dabei geholfen, die neuen Zaunpfähle einzuschlagen.

»Aber es blieb trotzdem noch mehr als genug für dich zu tun, wie?«, fragte er mit einem Nicken zur Stube hin.

Sofie zuckte mit den Schultern. »Nicht der Rede wert«, entgegnete sie leichthin.

James blickte prüfend auf Sofies blasses Gesicht. Die Rundungen ihrer Wangenknochen traten deutlich hervor. Kein Wunder, dass sie nach der Schufterei der letzten beiden Wochen erschöpft war. Er hätte seine Eltern doch bitten sollen, auf Sofie zu achten, auch wenn es ihr natürlich nicht recht gewesen wäre.

»Vater hatte übrigens viele Anfragen für dich wegen der Fleischbeschau bei den Exportställen«, sagte Sofie in seine Gedanken hinein. Sie hob den Wasserkrug.

James neigte wieder den Kopf über die Wanne, um sich von ihr die Seife aus den Haaren spülen zu lassen. »Nicht mehr diese Woche«, sagte er entschieden.

Es gefiel ihm gar nicht, dass er so viel Zeit in Esbjerg verbrachte. Andererseits brachten die Untersuchungen der Tiere und die Fleischbeschauen bei den Exportställen am Hafen gutes Geld, das sie notwendig brauchten. Sie wollten ja die Kate niederlegen, um auf dem Land neu zu bauen. Außerdem hatte die Überführung der Rinder gerade ein kleines Vermögen verschlungen. Neben seinen Rücklagen mussten sie dafür sogar Sofies Erbteil aus dem Nachlass ihres Vaters angreifen. Doch fürs Erste wollte er ihr Wiedersehen genießen. Alles andere konnte warten.

»Ich lass' dich nicht schon wieder allein, Sofie.« Er griff zum Handtuch und begann seine Haare trocken zu reiben.

»Da bin ich froh.« Sofie lächelte ihm zu und unterdrückte rasch ein Gähnen. James bemerkte es gleichwohl.

»Höchste Zeit, dass du dich ausruhst, mein Herz. Ich hätte gleich darauf sehen sollen.«

Sie schüttelte den Kopf. »Ich will uns erst die Suppe wärmen.«

»Nicht doch. Komm!« Er legte das Handtuch neben die Zinkwanne, fasste nach ihrer Hand und führte sie zur Chaiselongue. »Leg dich ein bisschen hin«, sagte er und setzte sich neben sie auf das Ruhebett. »Ich kümmere mich schon um die Suppe.«

Sofie antwortete ihm nicht. Sie war an seinem Arm eingenickt.

***

Der restliche Kaffee in der Kanne auf dem Komfur reichte gerade noch für einen letzten Schluck vor dem Hinausgehen. Christian setzte sich mit der gefüllten Tasse an den Küchentisch und blätterte durch die Karten mit den Farbproben und Stoffmustern für die Gesellschaftsräume des Hotels. Kathrine hatte Axel und ihm gestern Abend stolz ihre Pläne präsentiert: Der Frühstücksraum sollte in Weiß und Gelb gestrichen werden; passend zum dunklen Nussbaumholz der Möbel in Salon und Terrassenzimmer hatte sie einen sanften Orangeton ausgewählt. Sie waren beide von Kathrines leichtem, elegantem Stil begeistert gewesen und Axel hatte ihr versprochen, beim Mischen für den Anstrich akkurat nach ihren Mustern zu gehen, damit die Farben an der Wand genauso herauskommen würden wie auf den Probekarten. Kathrine hatte gestrahlt und sich noch fester in Axels Arm geschmiegt.

Es war schön, die beiden so glücklich zu sehen, dachte Christian. Manchmal wünschte er sich auch jemanden; aber er wusste ja nicht einmal, welche Frau ihm gefallen würde. Nein, er hatte es nicht eilig, sich zu verlieben. Nachdem er den letzten Sommer als Matrose auf einem Frachtdampfer gefahren war, um seinem ungeliebten Philosophiestudium in Kopenhagen zu entfliehen, reichte es ihm fürs Erste, Schwester und Schwager im Hotel zu helfen und ansonsten für seine Steckenpferde zu leben: das Fotografieren und die Jazzmusik.

Er sah zum Fenster hinaus. Noch stand die Sonne günstig genug, um die Vorderseite des Hauses aufzunehmen. Schon während der Überfahrt nach Esbjerg hatte er sich darauf gefreut, die geweißte Fassade mit dem indigoblauen Schriftzug des Hotels über dem Eingang aufzunehmen. Die schlichten, klaren Lettern nahmen sich genauso elegant aus wie Kathrines Wandfarben in den Innenräumen. Sie würden den Gästen schon von Weitem den richtigen Eindruck vom Strand- und Jazzhotel Norby vermitteln. Lächelnd nahm er den neusten Brief der Mutter auf, den Kathrine ihm auf den Küchentisch gelegt hatte, und überflog den dicht beschriebenen Bogen.

Gesine Pedersen lebte mittlerweile wieder in ihrer Heimatstadt Aalborg. Sie schätzte ihr ruhiges Zimmer im Pastorat ihres Bruders sehr und ließ ihren Kindern und dem Schwiegersohn beim Umbau freie Hand. Ursprünglich wollte sie das Haus nah bei den Dünen verkaufen, um die Familie nach dem Tod ihres Mannes zu ernähren. Als Dichterphilosoph war er zwar in literarischen Kreisen hoch geachtet gewesen, hatte Gesine aber wegen der spärlichen Einnahmen aus seinen Werken nur wenig Geld hinterlassen. Axel hatte sie davon überzeugt, dass ihr Haus, zum Hotel umgebaut, die richtige Ergänzung zu den Sommerhäusern der neu gegründeten Vermietungsgesellschaft sein würde. So könnte es der Familie auf lange Sicht ein besseres Einkommen verschaffen als ein Verkauf. Da Gesine große Stücke auf ihren geschäftstüchtigen Schwiegersohn hielt, hatte sie sich sogar mit Axels und Kathrines Idee angefreundet, Dänemarks erstes Jazzhotel zu eröffnen.

Gut, dass ihr Kathrines Farbwahl auch gefiel, dachte Christian, während er den Briefbogen zusammenfaltete. Und gottlob hatte sie verstanden, dass er in Norby besser aufgehoben war als am philosophischen Seminar in Kopenhagen.

Er trank seinen Kaffee aus und ging zur Spülküche durch, wo neben den Vorratsregalen neuerdings ihr Stromgenerator stand, der zusammen mit den Wasserklosetts und den beiden Badestuben für den modernen Komfort des Hotels sorgte. Das Bretterhäuschen und die Pumpe im Hof waren nur noch eine Erinnerung. Zufrieden strich er über das Metallgehäuse des summenden Motors, nahm Jacke und Kameratasche vom Haken neben der Tür und verließ das Haus.

***

Der Amagertorv im Herzen Kopenhagens war um die Mittagszeit recht belebt. Malvine Hansen trat ein Stück vom Gehweg zurück, um vor dem Schaufenster der Løve Apotek einen Blick auf ihr Spiegelbild zu werfen. Die Schneiderin hatte gut daran getan, ihr zu dem taubenblauen Jersey-Kostüm zu raten, dachte sie zufrieden. Der weichfallende Stoff machte ein Korsett überflüssig und betonte außerdem den Goldton ihrer Haare. Beschwingten Schritts schloss sie sich wieder den zahlreichen Passanten auf dem Gehweg an und schlenderte weiter die Straße hinauf, den Verkaufsständen auf dem benachbarten Højbro Plads entgegen.

Nach dem Tod ihres Mannes war Malvine die letzten siebzehn Jahre vor allem Geschäftsfrau und Mutter gewesen. Doch mit Sofies Heirat in Norby hatte sich vieles verändert, auch für sie. Inzwischen hatte sie das Tagesgeschäft ihres Groß- und Fahrradhandels in die Hände des Prokuristen gelegt. Und seit sie sich erlaubt hatte, endlich mit ihrer Ehe abzuschließen, lebte sie fast so unbeschwert wie in ihren Mädchentagen.

Am Storchenbrunnen überquerte sie den Platz, um zu den Gemüse- und Blumenständen zu gelangen. Sie wollte nach Lilien oder Tulpen ausschauen, die zu den Farben ihres neu ausgeschmückten Esszimmers passen würden. Zwischen den Kohlköpfen und Zwiebelzöpfen am Tisch einer Amagerfrau ragte ein Eimer mit orangeroten Lilien in die Höhe. Malvine trat näher. Nein, bei genauem Hinsehen schien der Farbton doch zu kräftig. Zwar würden die feuerfarbenen Blüten gut zum Wurzelholz der Möbel und zum rauchblauen Teppich passen, doch das zarte Lachsrosa der Stuhlpolster würde gegen die Lilien verblassen.

Sie ging langsam weiter und ließ ihren Blick über die Verkaufstische schweifen. Die Neugestaltung ihres Speisezimmers war das Ergebnis zahlreicher Briefwechsel zwischen Sofie und ihr. Obwohl ihre Tochter jetzt weit weg von ihr lebte, standen sie einander näher als früher. Sie war froh, dass Sofie sie mit ihren ausführlichen Schreiben an ihrem Leben in Norby teilnehmen ließ. Gerade hatte sie ihr von der vielen Arbeit beim Herrichten ihrer Kate berichtet und nebenbei erwähnt, dass sie neuerdings manchmal mitten am Tag einschlafen könnte. Nun, vielleicht war Sofie nicht nur von der Arbeit müde. Gut, dass die Eröffnungsfeier des Strandhotels bald stattfand und sie danach noch einige Tage bei ihrer Tochter verbringen konnte.

Malvine richtete den Blick auf einige cremefarbene Tulpen am Stand neben ihr. *Die könnten passen*, überlegte sie und bat die Verkäuferin, ihr eine der Tulpen zur Ansicht hinzuhalten. Prüfend betrachtete sie die feingefransten Blütenblätter von allen Seiten. Dann nickte sie zustimmend. »Sieben Stück, bitte.«

Die Bäuerin schlug die Blumen in weißes Papier ein und sah missbilligend auf Malvines Zehnkronenschein, als sie ihr das Bund über den Tisch reichte. »Wer hat, der hat«, bemerkte sie anzüglich, »geht's nicht ein bisschen kleiner, Frue?«

»Leider nicht!«, entschuldigte Malvine sich.

»Darf ich dir helfen?«, fragte eine Männerstimme hinter ihr.

Malvine drehte sich um. Vor ihr stand ein bärtiger, dunkelblonder Mann in grauem Anzug, der gerade den Stumpen seines Zigarillos auf dem Pflaster austrat. Überrascht erkannte sie in ihm den eiligen Herrn, der sie im vergangenen Sommer auf der Webersgade versehentlich angerempelt und sie damals vage an einen ehemaligen Freund ihres Hauses erinnert hatte.

Sie sah forschend in sein Gesicht. »Bruno!«

»Ich hätte dich fast nicht erkannt«, sagte er lächelnd. »In meiner Erinnerung trägst du noch lange Kleider mit Seidenblumenbuketts am Gürtel.«

Sie lächelte auch. »Deshalb hast du mich im letzten Sommer wohl für eine Unbekannte gehalten.«

Er überlegte einen Augenblick. »Die Dame, die gedankenverloren zu den Hauswänden der Webersgade hochsah«, sagte er dann. »Ich hab' dich angestoßen, nicht?«

Sie bejahte. »Meine Stimme kam dir anscheinend bekannt vor. Aber bevor ich mehr sagen konnte, warst du schon weitergegangen.«

»Ich dachte, der flüchtige Eindruck hätte mich getäuscht.« Er holte einige Münzen aus seiner Anzugtasche und legte sie der Verkäuferin auf die Hand. »Genügt das?«

Sie zählte nach und gab Malvine den Geldschein zurück.

Malvine wandte sich mit einem Zwinkern zu Bruno. »Danke für die Blumen. Du bist sicher zu Besuch bei deinem Bruder?«

Er nickte. »Ihr seht einander nicht mehr, oder?«

Malvine verneinte. Seit die Firma Krogh Hansen ihre Geschäftsräume aus der Innenstadt in die Nørrebrogade verlegt hatte, war die Verbindung zu den ehemaligen Nachbarn am Højbro Plads abgebrochen. »Allerdings habe ich Vilhelm zum Tod eures Vaters im letzten Sommer kondoliert. Es tut mir sehr leid, für euch beide.«

Bruno neigte dankend den Kopf. »Leider kam ich zu spät, um mich von Vater zu verabschieden. Ich habe erst aus der Zeitung von seinem Tod erfahren.« Mit zusammengepressten Lippen sah er auf den ausgebrannten Stumpen nieder.

Malvine fühlte mit ihm. Bruno Kaufmand war vor bald zehn Jahren plötzlich und ohne Erklärung aus ihren Kreisen verschwunden. Alle waren über sein rätselhaftes Benehmen irritiert gewesen, das reichlich Anlass für Spekulationen gegeben hatte. Dennoch hielt sie nichts von den Gerüchten über Unregelmäßigkeiten in der Firma seiner Familie. Es hieß, Bruno sei nach den Vereinigten Staaten oder Kanada ausgewandert, um einer Untersuchung zu entgehen. Malvine kannte Bruno jedoch als ehrbaren Kaufmann und verlässlichen Freund ihres Hauses und mochte ihm nichts Schlechtes zutrauen. Vor allem erinnerte sie, dass der alte Friedrich Kaufmand und sein ältester Sohn einander sehr gemocht hatten und sich bei der Führung des Familiengeschäfts blind vertrauten. Was immer auch geschehen war, es musste schrecklich für Bruno gewesen sein, unvorbereitet vom Tod des Vaters zu lesen.

Er schob den Stumpenrest mit der Schuhspitze beiseite und hob den Blick. »Nun, mea culpa«, sagte er kurz angebunden.

Malvine hob überrascht die Brauen und suchte nach einer Entgegnung auf Brunos selbstanklagende Worte.

Seine Gesichtszüge hellten sich auf. »Aber immerhin habe ich meine Familie wieder«, fuhr er fort. »Du kennst sicher meine Schwägerin und meinen Neffen noch nicht. Machst du mir die Freude, mich zu ihnen zu begleiten?«

V

Christian hatte bereits eine Menge Aufnahmen gemacht und prüfte gerade noch einmal die Belichtungszeit, als auf der Landstraße ein Automobil herankam. *Ein Tageswagen von der Garage in Nybøl?*, wunderte er sich. Sollten sie denn Besuch bekommen? Kathrine hatte gestern nichts erwähnt.

Er legte den Belichtungsmesser und seine Ica zurück in die Tasche und ging vor zum Zaun. Als der blaue Ford sich näherte, erkannte er Tor Torsten am Steuer, neben ihm saß eine zierliche junge Dame in einem messinggelben Mantel und mit passendem Hut. Sie lehnte sich aus dem Wagen, um das Haus zu betrachten, während Tor den Ford vor den Zaun lenkte.

Tor stieg beschwingt aus. »So schnell sieht man sich wieder«, begrüßte er Christian lässig und ging um den Wagen herum, um der Dame die Tür zu öffnen.

Sie kletterte behände heraus, streifte die Handschuhe ab und suchte ein Weilchen in ihrer Manteltasche herum. Schließlich hielt sie Tor einige Münzen und einen Zwanzigkronenschein hin. »Bitte sehr, stimmt so.«

Erstaunt sah Christian auf den Geldschein. Soviel er wusste, betrug die Gebühr der Garage für eine Fahrt von Nybøl nach Norby sechs Kronen fünfzig Øre, was teuer genug war. Tor Torsten steckte das Geld mit einem knappen Dank ein, reichte der Dame die Reisetasche von der Rückbank und verabschiedete sich.

Christian betrachtete die junge Frau unauffällig, während Tor den Wagen wendete und davonfuhr. Der schicke Hut mit der großen Feder an der aufgebogenen Krempe und die schwarze Bügeltasche mit dem aufgestickten Rosenmuster gaben ihr den Anschein einer Dame von Welt. Dennoch schätzte er sie höchstens auf Anfang zwanzig. Ihr zartes Gesicht mit den dunklen Augen und den sanft gerundeten Wangen wirkte fast noch mädchenhaft. Sie nahm ihren Hut ab und fuhr sich durch die kurzen, dunklen Locken.

»Schön haben Sie's hier«, bemerkte sie im Plauderton und nahm einen tiefen Atemzug. »Es riecht so gut nach Meer und Sand. Ich bin übrigens Julia Krøger.« Ihre Augen glänzten so warm und tiefschwarz wie reife Brombeeren in der Sonne. Christian hatte Mühe, den Blick abzuwenden.

»Sehr erfreut, Christian Pedersen«, erwiderte er mit einer kleinen Verbeugung.

»Oh, ich weiß, wer Sie sind«, antwortete Julia strahlend. »Ihr Bild war doch in der Zeitung.«

Tatsächlich hatte das *Nybøl Dagblad* kurz vor ihrer Abreise nach Schottland einen vielbeachteten Bericht über die neuen Sommerhäuser und das zukünftige Strand- und Jazzhotel in Norby gebracht.

»Das stimmt«, meinte Christian. »Aber ich denke, es gab wohl ein Missverständnis, Frøken Krøger«, sagte er höflich und wies auf die Tasche zu ihren Füßen. »Wir eröffnen erst Mitte Mai.«

»Das weiß ich doch«, entgegnete sie ein wenig ungeduldig. »Ich komme nicht, um Ferien zu machen. Ich suche Arbeit! Und Sie können doch bestimmt jemanden brauchen, der die Betten aufschüttelt und Tabletts herumträgt.«

Christian sah sie überrascht an. Frøken Krøger machte ihm auf den ersten Blick nicht den Eindruck, als hätte sie es nötig, zu arbeiten. Er überlegte, ob sie die Tochter der Krøgers aus Nybøl war, die am Søndre Landevej einen der großen Kaufmannshöfe der Stadt besaßen. Der Kaufherr Krøger war einer von Axels Auftraggebern gewesen, als er noch hauptsächlich als Werbekünstler gearbeitet hatte. Sicher würde Hr. Krøger es nicht gern sehen, wenn seine Tochter sich bei ihnen als Stubenmädchen verdingte. Und sie konnten ganz bestimmt keinen Ärger gebrauchen.

»So weit ist es noch nicht«, entgegnete Christian leichthin. »Sie würden sich wundern, Frøken Krøger. Bis die ersten Gäste bedient werden können, gibt es noch einige Wände zu streichen und allerhand Vorhänge aufzustecken.«

Sie zuckte mit den Schultern. »Dann helfe ich eben beim Anstreichen. Sagen Sie mir, was zu tun ist, und ich tue es.«

Die dringliche Bitte hinter Julia Krøgers munterem Ton rührte ihn. Aber ihr knappes Budget erlaubte es ihnen keinesfalls, eine zusätzliche Hilfskraft einzustellen. »Sie sind sehr liebenswürdig, Frøken Krøger«, entgegnete er freundlich. »Nur müssten wir Sie natürlich für Ihre Hilfe bezahlen, und das können wir leider nicht.«

Das Strahlen in ihren Augen erlosch. Als sie den Blick senkte und ihre Schuhspitzen betrachtete, ertappte er sich bei dem Gedanken, dass er sie gern wieder fröhlich sehen würde.

»Aber das macht doch nichts«, sagte sie nach einer Weile. »Ich brauche vorerst nur ein Bett und etwas zu essen.« Sie lächelte ihm aufmunternd zu.

Christian spürte, dass er diesem Lächeln nicht mehr viel entgegenzusetzen hatte, versuchte es aber trotzdem. »Ich bedaure. Wir haben bereits zwei Hausmädchen für die Saison engagiert.«

»Verstehe.« Sie biss sich auf die Lippe, dann trat sie näher zu ihm heran. »Wollen Sie's nicht doch mit mir versuchen?«, fragte sie. »Es könnte ja sein, dass eines der Mädchen ausfällt. Was dann?«

Wie sollte er dagegenhalten, wenn sie ihn so bat? »Geben Sie mir Ihre Tasche, Frøken Krøger«, sagte er.

Sofort begannen ihre Augen wieder zu glänzen.

Er ließ ihr den Vortritt in den Korridor.

Julia wies auf die frisch geweißten Wände. »Hier sind Sie wohl schon fertig?«

»Nur mit dem ersten Anstrich«, erwiderte Christian und erzählte ihr, welche Farben Kathrine ausgewählt hatte.

Julia nickte zustimmend. »Zeigen Sie mir die Räume?«

»Gern«, antwortete er lächelnd. »Auch wenn's noch nicht viel zu sehen gibt. Die Möbel werden ja erst geliefert.«

Er führte sie durch den leeren Salon ins Terrassenzimmer, wo die Konzerte stattfinden sollten.

»Immerhin haben Sie schon ein Klavier«, bemerkte Julia. »Erlauben Sie?«

Sie gab Christian ihren Mantel zum Halten, klappte den Deckel hoch und begann zu spielen. Nach einigen suchenden Akkorden erklang eine schwungvolle, perlende Melodie.

»*Take me to heaven*«, sagte Christian überrascht.

Sie nickte und sang leise mit, während sie den Refrain spielte und dann zur Melodie zurückkehrte. »Mögen Sie den Song?«, fragte sie ihn über ihr Spiel hin.

Christian trat neben sie. »Sehr. Besonders, wenn er so gut gespielt wird wie jetzt.«

»Oh, danke schön.« Sie ließ die Finger still auf den Tasten liegen und wandte sich zu ihm. »Hope Valentines Songs sind mir überhaupt die liebsten«, sagte sie mit einem kleinen Lächeln.

Er nickte. »Sie lassen einen einfach alles vergessen.«

»Ja.« Sie begann wieder zu spielen. »Kommen Sie, wir zusammen!«

Er versuchte sich mit einer Hand an der Melodie und sie übernahm die Begleitung. Schließlich lachte er über sein unbeholfenes Geklimper. »Tut mir leid. Ich habe nie richtig spielen gelernt.«

Julia schüttelte leicht den Kopf, während sie unbeirrt weiterspielte. Als sie wieder anfing zu singen, summte er mit.

***

Malvine und Bruno schlenderten über den Højbro Plads zur Häuserreihe vor der Nikolaj Kirke hinüber.

»Du bist also Onkel«, sagte sie.

»Ein ziemlich stolzer Onkel sogar«, antwortete Bruno. »Frieder ist ein kräftiger kleiner Kerl und kann mit seinen fünf Jahren schon ein bisschen an den Fingern abzählen.«

Malvine lächelte. »Wie es sich für einen Kaufmand gehört!«

Sie blieben vor den ebenerdigen Schaufenstern des kaufmandschen Wein- und Gewürzhandels stehen.

»Und du heißt immer noch Hansen?«, erkundigte sich Bruno.

Malvine bejahte.

Sein Blick wanderte rasch an ihr hinab. »Erstaunlich!«, sagte er mehr zu sich als zu ihr. Er stieg die ausgetretenen Steinstufen hinunter, um ihr die Ladentür aufzuhalten. »Und wie geht es Sofie? Sie müsste doch mittlerweile volljährig sein.«

»Sie wird dieses Jahr zweiundzwanzig und ist seit letztem Sommer mit einem Tierarzt an der Westküste verheiratet!«, antwortete

Malvine beim Eintreten. »Vielleicht werde ich demnächst Großmutter«, fügte sie hinzu.

Bruno ließ die Ladentür hinter sich zufallen. »Du?«, fragte er so
verblüfft, dass sie schmunzeln musste.

»Oh, das richtige Alter hätte ich wohl«, entgegnete sie heiter und
trat vor den Verkaufstresen, um sich umzusehen.

Auf den ersten Blick hatte sich nichts verändert, seit sie das letzte
Mal hier gewesen war. Das Mittagslicht zeichnete helle Vierecke auf
den rot lackierten Dielenboden vor dem Ladentisch, hinter dem die
Fässer für die Weinproben aufgestapelt waren. Malvine sog den
Atem ein. Der süße Duft von Zucker und Mandeln mischte sich
mit den herberen Gerüchen der Gewürze, die im hinteren Teil des
Ladenlokals lagerten. Bei Kaufmands konnte man das Marzipan
noch wie in den alten Tagen lose kaufen und sich seine Gewürzmi-
schungen in kleine Säckchen abpacken lassen. Sachte fuhr sie über
die dicken, honigfarbenen Eichenholzbohlen des Verkaufstresens.
Auch er stand noch an seinem alten Platz. Hatte sich im Ladengeschäft überhaupt etwas geändert, seit die Familie nach dem großen
Stadtbrand vor gut hundertdreißig Jahren in ihr neues Haus am
Højbro Plads gezogen war? Sie wandte den Kopf.

Vilhelm Kaufmand kam aus den hinteren Ladenräumen. Der
Prinzipal des Handelshauses war ein wenig kleiner und massiger
als sein großer Bruder, doch sonst, bis hin zum sorgfältig gestutz-
ten Vollbart, sein jüngeres Abbild.

»Es ist gottlob nichts mit dem Lastmobil«, sagte er zu Bruno,
»ich habe Viggo angewiesen, in Zukunft vorsichtiger beim An-
lassen zu sein.«

Malvine lächelte in sich hinein. *Etwas* war doch neu. Als sie
vom Højbro Plads fortzog, hatten sich noch die kaufmandschen
Lieferkutschen durch die große Hofeinfahrt neben dem Haus ge-
schoben.

Vilhelm trat zu ihr heran. »Frue?«, fragte er höflich. Doch dann
erkannte er sie. »Malvine!«, rief er überrascht aus.

Bruno lächelte. »Ich hab' Malvine drüben bei den Blumenständen entdeckt und gleich hergebracht, damit sie Hulda und Frieder
kennenlernt.«

Vilhelm schüttelte Malvines Hand. »Sie sind im Hof, um unser Lastmobil abfahren zu sehen. Frieder liebt Automobile und ist oft mit unserem Fahrer unterwegs«, erklärte er. »Aber da seine Mutter ihn gleich zu einer Freundin mitnehmen will, darf er heute nicht mit.« Er wandte sich zum Hof und rief seiner Frau zu: »Hulda, Liebste, wir haben Besuch!« Dann trat er hinter den Ladentisch. »Sollen wir mit einem Glas Roten aufs Wiedersehen anstoßen?«

Während er ihnen die Gläser füllte, kam die junge Fru Kaufmand mit ihrem Sohn an der Hand herein. In seinem Matrosenanzug und den glänzenden Stiefelchen war er offensichtlich schon für den Besuch herausgeputzt. Der kleine Frieder hatte in der Tat die kräftige Statur des Vaters, seine fedrigen, blonden Locken und den zarten Teint dagegen von seiner hübschen Mutter. Die anmutige junge Frau trug zu ihrem weißen Nachmittagskleid eine Schnur eleganter roter Jadeperlen. Als Malvine ihr die Hand hinstreckte, deutete sie charmant einen Knicks vor der Älteren an. Dann forderte sie ihren Sohn auf, seinen Diener zu machen.

Frieder neigte den Kopf mit den sorgsam gescheitelten Locken. »Mutter und ich gehen auf Besuch«, erklärte er Malvine. »Deshalb fahre ich heute nicht mit Viggo aus.« Dann verzog er trotzig den Mund: »Ich mag nicht auf Besuch gehen!«, setzte er nachdrücklich hinzu.

»Entschuldigung«, sagte Hulda Kaufmand hastig.

Malvine winkte ab und wandte sich zu Frieder. »Da du so oft mit Viggo ausfährst, könntest du doch deiner Mutter heute die Freude machen und mit ihr gehen?«, fragte sie freundlich.

Frieder schüttelte den Kopf.

»Frieder!«, mahnte sein Vater.

Bruno schmunzelte. »Na los, hab dich nicht so. Ein Kaufmand gibt einer Dame immer die Ehre!« Offensichtlich machten die Worte des Onkels dem Kleinen Eindruck, denn er löste sich von der Hand seiner Mutter und trat auf Bruno zu.

»Ich *bin* ein Kaufmand«, sagte er stolz.

Bruno klopfte seinem Neffen auf die Schulter. »Dann benimm dich auch wie einer!«, sagte er und reichte Malvine ihr Glas.

Nach dem Anstoßen plauderten die beiden Frauen im kleinen Kontor hinter dem Verkaufsraum miteinander.

»Kommen Sie aus Lübeck?«, fragte Malvine Brunos Schwägerin. Hulda nickte. »Ich bin eine gebürtige Bertram. Die Bertrams sind Lübecker Weinhändler und verhandeln ihre Weine in Kopenhagen über die Kaufmands«, erklärte sie. »Hoffentlich klingt Ihnen mein Akzent nicht allzu grässlich in den Ohren«, fügte sie mit einem feinen Lächeln hinzu. »Das Dänische ist für eine deutsche Zunge manchmal schwer zu bewältigen.«

»Davon habe ich nichts bemerkt«, versicherte Malvine. »Ich fragte, weil ich die kaufmandsche Tradition der Lübecker Bräute kenne.«

Die Kaufmands stammten ursprünglich aus Lübeck und waren bereits seit Frederik IV. als Kaufleute in Kopenhagen ansässig. Sie betrachteten sich schon lange als Dänen und auch ihr Name lehnte sich mittlerweile ans Dänische an. Dennoch hatten sie die familiären Bindungen zur Kaufmannschaft ihrer alten Heimatstadt stets aufrechterhalten. Mindestens der älteste Sohn suchte sich seine Frau in einer Lübecker Kaufmannsfamilie.

»Sprechen Sie und Vilhelm eigentlich Deutsch miteinander?«

»Oft«, erwiderte Hulda mit einem zärtlichen Nicken zu ihrem Mann hinüber. »Und unser Frieder lernt es auch schon.« Nach einem schnellen Blick auf ihre Armbanduhr stellte sie ihr Glas auf den Schreibtisch. »Ich fürchte, ich muss gehen. Bitte entschuldigen Sie mich.«

Malvine reichte der jungen Frau ihre Karte hin. »Plaudern wir ein anderes Mal weiter? Ich würde mich über Ihren Besuch freuen. Und vielleicht mag Ihr Frieder ja in meinem Garten spielen?«

»Glückwunsch zu deiner reizenden Schwägerin und zum Neffen«, sagte Malvine, als Hulda Kaufmand mit Mann und Sohn hinausgegangen war.

»Der kleine Bursche ist richtig, wie?«, entgegnete Bruno stolz. »Auch wenn er sich nur zu gern seinen guten Willen abschmeicheln lässt.«

Malvine lächelte. »Aber nicht von dir.«

»Weil ich ihn bei seiner Ehre packe und nicht mit ihm verhandle.« Bruno nahm den letzten Schluck Wein und stellte sein Glas nieder. »Und weil ich mit ihm in den Zoo und in den Tivoli gehe und ihm mit seinem Drachen helfe, schätze ich.« Er klang belustigt, doch sein Blick war weich.

Malvines Lächeln vertiefte sich. »Du genießt es, Frieders Onkel zu sein, nicht?«

»Sehr. Und ich bin Vilhelm und Hulda dankbar, dass sie mich lassen.« Er zog ein Zigarillo aus dem Etui. »Erlaubst du?«, fragte er.

Sie nickte und er trat zum Rauchen an die offene Tür zum Hof.

»Empfängst du noch im Café Paraplyen?«, erkundigte er sich zwischen zwei Zügen.

Malvine hatte das Café am Rathausplatz früher für zwanglose Treffen mit nahestehenden Geschäftsfreunden genutzt.

Sie trat neben ihn. »Schon lange nicht mehr«, antwortete sie. »Irgendwann schien es mir bequemer, auch die kleinen Gesellschaften im Krausesvej zu geben, statt extra in die Stadt zu fahren.«

Er blickte dem Rauch nach. »Sollen wir mal schauen, ob die Palmen noch immer im Weg herumstehen?«

Malvine lachte. Die eleganten Pflanzen in den glasierten Töpfen waren bei den Kellnern des Cafés wegen ihrer ausladenden Wedel seinerzeit recht unbeliebt gewesen. »Um den alten Zeiten nachzusinnen?«, fragte sie.

Er nahm einen kräftigen Zug und stieß langsam den Rauch aus. »Auch.«

VI

Julia löschte das Licht und schlüpfte unter ihre Bettdecke. Ob der Vater schon nach ihr suchen ließ? Sicher wollte er sie finden, bevor sich ihr Auszug aus dem Søndre Landevej in der guten Gesellschaft Nybøls herumsprach. Deshalb hatte sie der Mutter in ihrem Abschiedsbrief auch nicht verraten, wohin sie wollte. Aber immerhin hatte sie ihr versprochen, gut auf sich achtzugeben, um ihr die schlimmste Sorge um sich zu ersparen.

Fröstelnd zog sie den Bettbezug unters Kinn. Sich vorzustellen, dass die Mutter sich ihretwegen bekümmerte, gab ihr einen Stich ins Herz. Warum nur verstand ihr Vater nicht, dass sie mehr wollte, als die Gäste ihrer Mutter bei den Treffen der Poetischen Gesellschaft und des wohltätigen Vereins mit gefälligem Klavierspiel zu unterhalten? Hätte er ihr wenigstens gelegentlich die eigene Musik erlaubt, dann wäre sie sicher nicht fortgegangen. Doch er hielt ihre Jazzmusik für ungesittet und wollte sie in seinem Haus nicht hören. Aber sie konnte nicht anders. Ihre Melodien *mussten* aus ihr heraus, sonst wurde sie unruhig und traurig. Da half es auch nicht, dass ihre Mutter sie immer wieder an die christliche Ordnung erinnerte und sie bat, sich dem Vater zu fügen.

Das gestärkte Laken raschelte leise, als Julia sich unter der Decke zusammenrollte. Gut, dass sie hier unter Gleichgesinnten war! Christian und die Söderbloms waren genauso jazzverrückt wie sie. Sie hatte den Eindruck, dass die drei ihr kleines Konzert vor dem Schlafengehen sehr genossen hatten. Es war ein schöner Anblick, Kathrine und Axel auf der Terrasse tanzen zu sehen. Christian hatte neben ihr auf dem Klavierhocker gesessen und mitgesungen. Sie musste lächeln. In seiner Gegenwart wurde sie auch ruhig. Sie hatte es sofort gespürt, als sie heute Morgen vor ihm stand. Durch den Bart erschienen seine Züge auf den ersten Blick rau, doch seine Augen waren so still und blank wie der graublaue Himmel nach einem Oktobersturm. Und wie seine Stimme trugen sie ein Lächeln in sich. Ob er merkte, dass er ihr gefiel? *Sie* gefiel ihm jedenfalls, aber das war ja meistens so. Manchmal war es direkt eine Plage, hübsch zu sein. Die Männer blickten in ihre strahlenden Augen, sahen die kleinen weißen Zähne zwischen ihren lächelnden Lippen aufblitzen und waren verliebt. Ein Verehrer auf dem Winterball der Poetischen Gesellschaft ließ sich sogar dazu hinreißen, sie den süßesten Schmetterling von ganz Nybøl zu nennen.

Julia schob die Hände unter ihre Wange. Die Herren wussten ja nicht, dass unter dem süßen Schmetterling auch ein dunkler Falter schlummerte. Was Christian wohl tun würde, wenn sie, wie der Vater es nannte, *schwierig* wurde? Nachdenklich schloss sie die Augen.

***

An diesem Samstag hatte Helle gern auf den Kaffee nach dem Mittagessen verzichtet. Der Vater und sie lagen wegen ihrer Absage an Hr. Bertelsen im Streit miteinander und die angespannte Stimmung daheim lud wahrlich nicht zum Verweilen ein. Außerdem wollte sie Søren an ihrem ersten gemeinsamen Samstag in Kopenhagen die Freude machen, besonders pünktlich zu sein. In Rønne hatte sie ihn oft genug mit ihrer Bummelei geplagt …

Sie ließ die Straßenbahn vorbeifahren und wechselte rasch die Straßenseite. Als sie in die Stockholmsgade einbog, sah sie, dass Søren bereits am Treppenaufgang zur Hirschsprungschen Sammlung auf sie wartete. Er war in seine schwarze Sonntagshose und ein weißes Hemd gekleidet und trug seine blaue Seemannsjacke, die ihm so gut zu Gesicht stand. Hatte er sich extra für ihr Samstagnachmittagsvergnügen fein gemacht? Helles Herz schlug schneller. Er kam ihr über den Vorplatz des kleinen Museums entgegen und sie winkte ihm zu. Als er seine Arme für sie ausbreitete, lief sie die letzten Schritte zu ihm hin.

»Ich bin doch nicht zu spät?«, fragte sie atemlos.

Søren drückte sie an sich. »Diesmal nicht. *Ich* bin viel zu früh dran, weil ich's nicht erwarten konnte, herzukommen.«

Helle strahlte. »Ich hab' mich auch beeilt.« Sie legte den Arm um

Sørens Mitte und sah ihn vergnügt an. »Du hast dich ja ordentlich schick gemacht, Darling!«

Søren lächelte über ihr Kompliment. »Ich wollte doch unser Wiedersehen feiern.« Er rührte an das Revers ihres primelfarbenen Mantels. »Du gefällst mir aber auch, Butzelchen.«

»Oh, danke schön!«

Sie blinzelte ihm zu. »Flott, mein Hosenkostüm, nicht?«, sagte sie zufrieden. »Mir war nämlich auch nach Feiern.«

An Sørens Arm ging sie die Eingangsstufen zum Museum hinauf. Wie sehr er sich auf Bornholm doch verändert hatte, dachte Helle. Er gab sich ungezwungener, war freier in seinen Ansichten geworden und mochte es mittlerweile sogar leiden, wenn sie Hosen trug. Und das hatte sie mit ihm gemacht. Ihre unbefangene Art, auf die Dinge zu sehen, ließ ihn über vieles neu nachdenken. Er hatte es ihr auf ihren Spaziergängen oft genug gesagt.

Gemächlich bummelten sie durch die lichten Galerien des kleinen Museums. Es war genauso vergnüglich, wie sie es sich bei ihren Strandspaziergängen auf Bornholm ausgemalt hatten. Helle hielt sich dicht an Sørens Seite, während sie die Bilder der Goldaltermaler betrachteten. Sie drückte seinen Arm.

»Schau nur! Geschickt, nicht?« Sie waren vor Eckerbergs Bildnis einer jungen Frau bei der Morgentoilette angelangt. Das kleine Bild zeigte dem Betrachter ihren halb entblößten Rücken und den Ansatz ihres Dekolletés im Spiegelbild. »Man sieht alles und nichts.«

»Aber man *könnte* sich allerhand denken«, erwiderte Søren trocken.

»Man könnte es nicht nur, man *soll* es wohl auch«, entgegnete Helle und trat noch einen Schritt weiter an die Wand heran, um die Position des Spiegels aus der Nähe anzusehen. »Stell dir vor, Eckersberg hätte den Spiegel nur ein wenig höher oder tiefer gemalt. Das ganze Bild wäre verdorben gewesen.«

Søren stellte sich hinter sie, um ihr über die Schulter zu sehen. »Vielleicht wollte er sein Modell ja vor neugierigen Blicken schützen«, erwiderte er ernsthaft und beugte sich noch ein wenig vor. »Sieh mal, wie der rechte Arm den Mund und das Kinn im

Spiegelbild verdeckt. Eckersberg zeigt uns die junge Frau, ohne ihr Gesicht preiszugeben.«

Helle wandte ihren Kopf zu ihm. »Darling, ich mag es so, dass du in allem das Gute siehst.«

»Sagen wir mal, ich versuche es.« Søren sah auf Helles lächelndes Gesicht unter der zartgelben, mit goldfarbenen Satinfäden durchwirkten Kappe. Gerade schimmerten ihre Augen moosgrün und wurden, wie immer, ein wenig dunkler, wenn sie ihn anschaute. Einen Augenblick war er versucht, alle Bedenken zu vergessen, sein Gesicht über ihres zu neigen und sie einfach zu küssen.

Schnell flüchtete er sich in die Bildbetrachtung. Er legte Helle die rechte Hand auf den Rücken und wies mit der linken auf das Bildnis. »Sieh nur, wie Eckersberg bei dem dunklen, stumpfwinkligen Dreieck um die Taille seines Modells mit Licht und Schatten spielt. Sehen wir einen Schattenwurf auf der Haut, oder ist es der Körperumriss, der den Schatten formt?«

Helle blickte mit zusammengekniffenen Augen an Sørens Arm entlang. »Schwer zu sagen. Aber anscheinend hatte Eckersberg was für Geometrie übrig. Bildet der hochgereckte Arm an ihrem Haarknoten nicht ebenfalls ein Dreieck?«

Auch Søren sah noch schärfer hin. »Zumindest ergeben Ober- und Unterarm einen spitzen Winkel gegeneinander.«

Helle drückte ihn schmunzelnd an sich. »Jetzt nehmen wir es aber ganz genau, Herr Lehrer.«

»Verzeihung!«, störte eine männliche Stimme ihren traulichen Augenblick. Ein älterer Herr in Gehrock und graumelierten Hosen trat neben sie. »Sie erlauben wohl?«

»Selbstverständlich.« Søren führte Helle ein wenig beiseite. »Sollen wir noch mal zu den modernen Malern gehen?«, fragte er.

Helle überlegte. »Ich glaube, ich brauche frische Luft«, erwiderte sie. »Und eine Tasse Kaffee. Führst du mich in die Kaffeestube aus?«

***

Hans Sofus Møller saß in seinem Sessel und war in die Lektüre der *Berlingske Tidende* vertieft. Eveline ließ ihren Blick hinunter zu seinen Saffianlederpantoffeln wandern und dann zum Beistelltisch neben ihm. Ihr Mann hatte seine Zigarre nur angeraucht und die Kaffeetasse nach einem lustlosen Probierschluck auf den Tisch zurückgestellt. Nun, der Ärmste hatte wirklich gute Gründe, schlecht gelaunt zu sein! Neben dem vielen Ärger um die Exportraten sorgte er sich zunehmend um die Geschäftsnachfolge. Natürlich hatte er erwartet, dass Helle seinem Buchhalter zumindest eine Chance geben würde, nachdem sie ein halbes Jahr Urlaub von allen gesellschaftlichen Verpflichtungen genießen durfte. Er wusste ja nicht, dass Helles Herz vergeben war, und hielt ihre Weigerung, mit Hr. Bertelsen näher bekannt zu werden, für bloße Ziererei.

Eveline schob ihr Plaid über den Füßen zurecht, um ihre Beine besser gegen den kühlen Luftzug vom Wintergarten abzuschirmen. Nach Helles und Hans Sofus' Streit um seinen Buchhalter hatte die Tochter ihr anvertraut, dass sie Søren Lauridsen liebte. Nun, Eveline war nicht sonderlich überrascht gewesen. Erstaunt hatte sie eher, mit welcher Unbedingtheit ihre Tochter an ihm festhielt: Auch wenn Søren ihre Liebe nie erwidern würde, einen anderen wollte sie nicht, hatte sie unmissverständlich erklärt. Eveline hatte daraufhin all ihre Bedenken beiseitegeschoben, ihrer traurigen Tochter das Haar aus dem Gesicht gestrichen und versprochen, dem Vater fürs Erste nichts zu erzählen und sich vor allem einen Ausweg zu überlegen. Aber das war leichter gesagt als getan!

Während sie die Fransen an ihrer Decke richtete, erinnerte sie sich an das Drama um die Geschäftsnachfolge, das sich im letzten Sommer zwischen Fru Hansen und Sofie in der Villa Hansen gegenüber abgespielt hatte. Sofie hatte sich damals gegen den Willen der Mutter gestellt, und Helle würde sich ebenfalls nicht um geschäftlicher Interessen willen verheiraten lassen. Dessen war sich Eveline sicher. Nun, das Drama bei den Hansens sollte sich in ihrem Haus jedenfalls nicht wiederholen!

Sie setzte sich aufrechter hin. Ach, alles Ungemach kam doch nur daher, dass sich für junge Männer und junge Frauen nicht dasselbe schickte. Warum konnte eine Tochter nicht genau wie ein

Sohn fürs Geschäft ausgebildet werden? Aber nicht einmal Malvine Hansen war auf diesen naheliegenden Einfall gekommen, obwohl sie als Witwe erfolgreich dem eigenen Handelshaus vorstand. Sie hatte immer nur an einen passenden Schwiegersohn gedacht, genau wie Hans Sofus. Durch Sofies überraschende Heirat mit diesem Tierarzt in Jütland musste sie allerdings umdenken.

Sinnend betrachtete Eveline das Schottenmuster ihrer Wolldecke. Es wäre doch interessant, zu erfahren, wie Fru Hansen die Nachfolge nun geregelt hatte. Vielleicht würde es Hans Sofus milder stimmen? Zumal er von der Nachbarin mit Hochachtung sprach, obgleich er Frauen im Allgemeinen nicht viel Geschäftssinn zutraute.

Sie wandte den Kopf zu ihrem Mann. »Hans?«

Hans Sofus regte sich nicht. Er war hinter seiner Zeitung weggenickt.

Eveline versuchte es nachdrücklicher. »Hans Sofus?«

Nun schreckte er hoch, ließ das Blatt sinken und schaute sie ungnädig an. Konnte ein Mann denn nicht einmal in seinem eigenen Haus für ein Stündchen seine Ruhe haben? Wenn ihm schon die Zigarre und sein Kaffee nicht geschmeckt hatten, wollte er doch wenigstens ein Weilchen ungestört hinter der Zeitung dösen. Der Streit mit Helle ging ihm mehr nach, als er zunächst meinte. Sie hatte ihm ins Gesicht hinein gesagt, dass sie keinen der jungen Männer heiraten würde, um die er sich bemühte. Ihr stand nun mal der Sinn nicht nach der Ehe. Da war er das erste Mal seit zweiundzwanzig Jahren ungemütlich mit seiner Tochter geworden, hatte sie undankbar geschimpft und verlangt, nein, befohlen, dass sie auch ans Geschäft und nicht nur an sich selbst denken solle. Helle hatte ihn eine Weile ruhig über seinen Schreibtisch hinweg angesehen, dann war sie mit ihrer Mutter zusammen hinausgegangen. Seitdem schwieg sie. Und Eveline wirkte gedankenverloren wie selten. Gestern hatte sie gar eine Suppe zum Mittagessen auftragen lassen statt eines freitäglichen Fischgerichts. Hans Sofus hätte sich am liebsten vor Unbehagen geschüttelt. Nichts war, wie es sein sollte!

Allein die rasche Aufwertung der Krone und der drohende Transportarbeiterstreik waren Grund genug, seinen Magen durcheinanderzubringen. Ausgerechnet jetzt, wo er das Hauptgeschäft vom Exporthandel auf seine neue Schiffsmaklerei verlagern wollte! Und wie er jetzt vor Bertelsen dastand! Er hatte seinem Buchhalter Helles Hand doch praktisch versprochen, im Vertrauen darauf, dass sie vernünftig sein würde. Seine Nerven waren wahrlich aufs Äußerste gespannt. Und nun verlangte Eveline nach seiner Aufmerksamkeit, obwohl sie doch wusste, wie sehr er seine Ruhe brauchte. Aber vielleicht hatte sie ja bei Helle etwas erreicht? Er legte die *Berlingske Tidende* in den Schoß und sah seine Frau fragend an.

»Ich habe überlegt, Fru Hansen auf eine Tasse Kaffee einzuladen«, begann sie munter, »es wäre doch interessant, zu erfahren, wie sie über die Nachfolge für ihr Handelshaus denkt, nicht?«

Aha, daher wehte der Wind! »Es wäre vor allem interessant, zu erfahren, was unserer Tochter an Hr. Bertelsen nicht gefällt«, erwiderte Hans Sofus misslaunig. »Mir scheint, er hat alles, was sich eine junge Frau von ihrem zukünftigen Ehemann wünschen kann. Außerdem ist er tüchtig und kennt sich im Geschäft aus. Wir wären mit ihm als Schwiegersohn gut dran, das weißt du, Eveline.«

Sie lächelte verhalten. »Sicher. Nur sollte eine Frau sich doch auch zu ihrem Mann hingezogen fühlen, meinst du nicht?«

Hans Sofus schüttelte ablehnend den Kopf. »Man kann wohl lernen, einander zu lieben, denke ich. Bertelsen würde sich Helle schon angenehm genug machen.«

Nun schüttelte Eveline den Kopf. »Er langweilt sie und er tut ihr leid. Das sind keine guten Voraussetzungen für die beiden, scheint mir. Übrigens stelle ich mir eine Ehe ohne Liebe ganz unerträglich vor«, fügte sie versonnen hinzu, »du nicht auch, Lieber?«

Hans Sofus wusste wohl, dass Evelines träumerischer Blick über ihr Pincenez hinweg auch Berechnung war. Dennoch verfehlte er seine Wirkung nicht. Er lächelte ein wenig. »Doch, natürlich.«

Eveline nickte zufrieden. »Ich glaube, wenn unsere jungen Frauen sich genauso ausbilden würden wie die jungen Männer, wäre vieles einfacher«, fuhr sie nachdenklich fort.

Hans Sofus sah sie überrascht an. Seine Eveline eine Frauenrechtlerin? Er hatte immer angenommen, dass sie als Hausfrau und Mutter glücklich war. Ihr größtes Vergnügen bestand doch darin, in ihrem eleganten Wintergarten ihre Damenkränzchen abzuhalten! »Ich hätte nicht vermutet, dass du der Sache der Frauen so zugetan bist«, sagte er trocken.

»Jede Frau ist der Sache der Frauen zugetan, denke ich«, erwiderte Eveline sanft, »auch wenn wir es unsere Männer natürlich nicht immer merken lassen.«

Nun war er doch beunruhigt. »So? Du ... du bist doch zufrieden, hoffe ich?« Er sah unauffällig zu ihr hinüber, während er sich bequemer im Sessel zurechtsetzte.

»Vollkommen zufrieden«, versicherte sie ihm mit einem feinen Lächeln.

Oh ... Hans Sofus gestand sich ein, nicht nur erleichtert, sondern auch ein wenig geschmeichelt zu sein, und ließ sich bereitwillig einfangen. Wenn Eveline so mit ihm war, konnte er ihr nichts abschlagen – und wollte es, ehrlich betrachtet, auch gar nicht. Nun, vielleicht wusste Fru Hansen ja wirklich guten Rat.

»Dann bitte Fru Hansen von mir aus herüber«, sagte er. »Nicht dass du mir wieder nach Vordingborg davonläufst«, fügte er hinzu und lächelte bei der Erinnerung an die Anfangsjahre ihrer Ehe.

Damals war Eveline gelegentlich zu ihrer Schwester ans äußerste Ende Seelands geflüchtet, wenn er nach einem Streit gar nicht einlenken wollte.

»Ich habe tatsächlich darüber nachgedacht«, gestand sie, »du schienst mir so dermaßen aufgebracht.«

»Weil einfach nichts ist, wie es sein sollte«, entgegnete er seufzend.

Eveline sah ihn nachsichtig an. »Mir scheint, du brauchst Abwechslung vom Geschäft«, sagte sie, auf seine unberührte Tasse weisend. »Wenn du auf andere Gedanken kämst, würde es auch deinem Magen besser gehen.«

Hans Sofus nahm seine Zeitung wieder auf. »Du willst mich wohl nach Amager hinüberlocken?«, fragte er schmunzelnd.

»Wir waren in diesem Frühjahr noch nicht einmal drüben«,

sagte Eveline lächelnd. »Wirst du geduldig mit Helle sein und ihr ein bisschen Zeit geben, nachzudenken, Lieber?«, fügte sie bittend hinzu.

Hans Sofus hob die *Berlingske Tidende* vors Gesicht. »Meinetwegen. Aber sag ihr, dass ich nicht ewig warten werde.«

VII

Die Kaffeestube am Ausgang der Elmegade war gut besucht. Anders als in den übrigen Wirtshäusern des Viertels wurde kein Alkohol ausgeschenkt, deshalb führten viele junge Männer ihr Mädchen hierher aus. Zum Kaffee oder zur heißen Schokolade wurden belegte Brote und Gebäck angeboten, und für die wirklich Hungrigen eine Erbsensuppe. Eine Bedienung gab es nicht, man bestellte und wartete am Tresen auf sein Tablett, um es dann selbst an einen der Tische mit den gescheuerten Holzplatten zu tragen. Früher hatten Helle und Sofie gern zusammen die Kaffeestube besucht, und Sofie hatte sich hier, weit weg von ihrer wachsamen Mutter, gelegentlich auch mit Søren getroffen.

Helle und Søren suchten sich einen Platz an den hinteren Fenstern des Lokals. Dort war man inmitten des Trubels für sich und genoss trotzdem einen schönen Ausblick auf den Sankt Hans Torv. Søren schenkte ihnen Kaffee ein, während Helle stirnrunzelnd auf die belegten Brote und das Gebäck auf ihren Tabletts blickte.

»Das Mädchen am Tresen hat uns nur einen Spandauer aufgelegt, dabei hatten wir doch jeder einen bestellt.« Sie liebten beide die mit Marzipancreme gefüllten Blätterteigtaschen. Schon in der Straßenbahn nach Nørrebro hinüber hatten sie sich gegenseitig den Mund nach ihnen wässrig gemacht.

Helle griff nach ihrer Plunderschnitte, teilte sie in der Mitte durch und legte Søren die eine Hälfte auf seinen Teller. »Da hast du erst mal.« Dann schaute sie abschätzend zur Schlange am Tresen hinüber. »Übers Anstehen um einen zweiten Spandauer würde sicher unser Kaffee kalt werden.«

Søren winkte ab und wies auf sein Stück vom Plundergebäck. »Was meinst du, Butzelchen: Gleich genießen oder das Beste bis zum Schluss aufsparen?«

»Gleich genießen, natürlich«, antwortete Helle und biss hungrig von ihrem Gebäckstück ab. »Hmm ... Außen knusprig und in der Mitte saftig und süß. Genau, wie Spandauer sein sollen«, sagte sie genüsslich kauend. »Solche guten gab es in Rønne nicht, wie?«

Søren wischte sich ein paar Krümel aus den Mundwinkeln. »Nein, so köstlich schmecken sie nur hier in der Kaffeestube. Hast du übrigens schon entschieden, ob du nach Norby fährst?«

Unwillig blickte Helle auf den Rest ihres Spandauers nieder. Musste Søren ausgerechnet jetzt nach ihren Plänen fragen, wo sie es gerade so gemütlich hatten? Kurz vor ihrer Rückkehr nach Kopenhagen hatte sie noch ein Brief von Sofie erreicht, mit den besten Wünschen für eine gute Heimreise. Anbei lag eine Einladung zum Eröffnungsfest des Strandhotels am zweiten Samstag im Mai. Søren wusste von dem Fest, allerdings hatte Helle ihm nicht erzählt, dass die Einladung an »Frøken Helle Møller und Begleitung« gerichtet war.

Sie war unschlüssig, was den Besuch in Norby betraf. Natürlich würde sie Sofie gern wiedersehen, nur hatte sie überhaupt keine Lust, ohne Søren aufs Eröffnungsfest zu gehen. Doch konnte sie ihn wohl kaum bitten, sie zu begleiten. Sicher, er war längst über seinen Liebeskummer hinweg und grollte Sofie nicht mehr, auf Bornholm hatte er sich sogar aus ihren Briefen vorlesen lassen. Etwas anderes war es aber, sie glücklich an der Seite ihres Mannes sehen zu müssen. Ach, wenn sie Søren nur sagen könnte, was sie für ihn empfand!

Die Augen auf ihr Gebäckstück gerichtet, zuckte sie mit den Schultern. »Mal sehen.«

Søren schenkte ihnen Kaffee nach. »Na, hör' mal, Butzelchen, deine beste Freundin lädt dich auf Besuch nach Jütland ein, und du guckst, als solltest du zum Zahnarzt gehen. Was ist denn nur mit dir?«

Helle hob den Blick und zwang sich zu einem Lächeln. »G … gar nichts!«

Søren sah sie prüfend an, dann griff er nach ihrer Hand. »Du zögerst doch nicht etwa meinetwegen? Weil du dich darüber kränkst, dass ich nicht eingeladen bin?«

Sie konnte nicht antworten.

»Aber, Helle!«, fuhr er fort. »Ich freu' mich doch für dich! Und wir hatten ausgemacht, dass Sofie nicht zwischen uns stehen soll. Richtig?«

Sie nickte.

»Na, also! Dann sag' ihr endlich zu. Fahr nach Norby und vergnüg' dich!«

Was konnte sie darauf noch erwidern? »Ja«, entgegnete sie und achtete sorgfältig darauf, dass ihr Lächeln auch ihre Augen erreichte.

Mit einem zufriedenen kleinen Seufzer ließ Søren ihre Hand los.

»Gut so.« Er sah zum Tresen hinüber und stand auf. »Jetzt könnte es mit dem Anstellen klappen.«

***

Nun war Hans Sofus doch wieder eingenickt. Eveline nahm ihrem Mann die *Berlingske Tidende* aus der Hand. Sie legte die Zeitung ordentlich gefaltet neben die Kaffeetasse auf den Beistelltisch und strich ihm zärtlich über die Schulter. Dann ging sie leise hinaus, um Frøken Janne Anweisungen für das Abendessen zu geben.

Die Wirtschafterin saß mit ihrem Romanheft bei einer Tasse Kaffee am Küchentisch und wollte aufstehen, als Eveline hereinkam.

»Bitte bleiben Sie sitzen, Frøken Janne. Ich hoffe, der Kaffee schmeckt«, winkte sie ab. »Mein Mann bekommt zum Abendessen nur dünnen schwarzen Tee und einige Zwiebäcke. Und ich hätte gern ein Butterbrot. Sie brauchen den Tisch nicht zu decken, wir essen in der Wohnstube vom Servierbrett. Ach, und würden Sie noch mein Billett zu Fru Hansen hinüberbringen?«

Sie überreichte Frøken Janne den Briefumschlag mit der Einladung an Malvine Hansen. »Das wäre dann alles für heute. Und lassen Sie unser Tablett nur im Speisenaufzug stehen, ich ziehe es nachher selbst hinauf.«

Frøken Janne nickte. »Wie Sie wünschen, Frue.«

***

Søren wollte für den Besuch bei seinem Vater am morgigen Sonntag ausgeschlafen sein. Deshalb spazierten Helle und er nach dem

Besuch der Kaffeestube lieber an den Seen entlang, statt in der Stadt auf den Bummel zu gehen.

Nachdenklich ließ Søren seinen Blick über die Gewässer schweifen, die dunkel in der Abenddämmerung lagen. Hier und da spiegelte sich das hellgoldene Licht der eben entzündeten Straßenlaternen auf der stillen Wasseroberfläche.

»Schön, nicht?«, fragte Helle.

Søren nickte nur, denn ihn plagte sein schlechtes Gewissen. Er hatte nicht geahnt, dass Helle seinetwegen zögern würde, zu Sofie nach Norby zu fahren. Sie verhielt sich so rücksichtsvoll ihm gegenüber. Und was tat er? Schon auf Bornholm hatte er sich vorgeworfen, ihr als Freund nicht genug zur Seite zu stehen. Statt Helle zu helfen, ihre unglückliche Liebe zu überwinden, hatte er ihre Gesellschaft genossen und sie nicht ein einziges Mal gefragt, *warum* ihr Geliebter nichts von ihrer Liebe wissen sollte. Weil er sie nur allzu gern für sich hatte … Und jetzt hätte sie seinetwegen sogar auf die Reise an die Westküste verzichtet!

Sie hatten das Ende der Fredensbro erreicht. Die Brücke über den Sortedams Sø war gewöhnlich der letzte Halt auf ihren Spaziergängen, bevor Helle sich auf den Heimweg nach Østerbro machte.

»Soll ich dich nach Hause bringen oder willst du die Straßenbahn nehmen?«, fragte er.

Helle holte tief Luft. »Ich gehe heute nicht heim«, erwiderte sie bestimmt.

»So?«, antwortete Søren ruhig. Er wusste, dass er jetzt behutsam mit ihr sein musste. Für gewöhnlich war Helle direkt und sagte geradeheraus, was sie dachte. Doch wenn sie geniert oder traurig war, konnte sie sehr verschwiegen sein. Er fragte sich, was es bei den Møllers gegeben haben könnte. Aus Helles Erzählungen wusste er, dass Hr. Møller sich gelegentlich an ihrem allzu flotten Lebenswandel störte. Manchmal stritten sie auch über die jungen Männer, die er ihr als Heiratskandidaten vorstellte. Doch da Vater und Tochter sich sehr zugetan waren, pflegten sie einander nie lange zu grollen. Außerdem ließ ihr der Vater, trotz seiner Bedenken, für gewöhnlich ihren Willen.

»Lass mich raten, was geschehen ist«, bat er.

Helle nickte.

»Dein Vater hat am Mittwoch einen vielversprechenden jungen Mann zum Essen mitgebracht.«

Sie lächelte ein wenig. »Ja, seinen ersten Buchhalter. Bertel Bertelsen. Er hat sich mächtig ins Zeug gelegt, um mir zu gefallen. Nur genützt hat es ihm nichts. Ich interessiere mich nun mal nicht für Frachtraten und die Aufwertung der Krone. Obwohl ich es vielleicht sollte«, sagte sie nachdenklich. »Aber Zahlen verwirren mich nur, das weißt du ja.«

Jetzt musste Søren doch schmunzeln. Als seine Mathematikschülerin hatte Helle ihn oft genug mit ihren ungewöhnlichen Rechenergebnissen überrascht. »Überlass die Zahlen nur den Buchhaltern und Mathematiklehrern«, sagte er aufmunternd. »Und weiter?«

Helle zuckte mit den Schultern. »Hr. Bertelsen wollte heute mit mir spazieren gehen, aber ich hab' ihm einen Korb gegeben. Da hat Vater mich vor seinen Schreibtisch zitiert und verlangt, dass Schluss sein muss mit meiner Ziererei, ich solle gefälligst ans Geschäft denken. Darauf hab' ich ihm erklärt, dass ich keinen von seinen jungen Männern heiraten werde, Geschäft hin oder her. Wir haben so schlimm gestritten wie noch nie.« Sie atmete langsam aus. Ihre Augen schimmerten so eisig wie die Ostsee in der Winterkälte. »Jetzt reden Vater und ich nicht mehr miteinander«, fuhr sie fort. »Und weil ich Vaters verbiestertes Gesicht nicht mehr sehen mag, gehe ich heute nicht heim.«

Søren überlegte. Helle schien in einer ähnlichen Zwickmühle zu stecken wie Sofie im vergangenen Sommer. Die wohlhabenden Eltern umsorgten ihre Töchter zwar und bereiteten ihnen allerlei Annehmlichkeiten, doch wenn es um den Fortbestand des Geschäfts ging, zählten die Gefühle der jungen Frauen wenig.

»Vater muss verstehen, dass er mich nicht zu einer Heirat zwingen kann«, sagte Helle in seine Gedanken hinein. »Mutter ist übrigens auf meiner Seite. Sie wird sich was überlegen. Notfalls fährt sie eben wie früher eine Weile zu Moster Henriette nach Vordingborg.«

Von den gelegentlichen Besuchen Eveline Møllers bei ihrer Schwester hatte Søren auf Bornholm bereits gehört. Helle hatte ihn bestens mit diesen Geschichten unterhalten. Allerdings musste Vater Møller das Wasser schon bis zum Hals stehen, bevor er nachgab, soviel war aus Helles Anekdoten auch hervorgegangen. Und das konnte dauern ... Er sah auf Helles entschlossene Miene und musste wieder lächeln. Sie hatte ja recht, sich nicht zu beugen.

»Und wo willst du heute Nacht bleiben?«

Sie sah ihn erstaunt an. »Ich hab' auf dich gerechnet.«

Søren sog rasch den Atem ein. Helle wollte das Bett mit ihm teilen? *Aber* ... Er rief sich zur Ordnung. *Wie, aber!* Helle war in einer misslichen Lage und er ihr bester Freund. Selbstverständlich sollte sie bei ihm übernachten, auch wenn es ihn quälen würde, dass sie neben ihm lag und er sie nicht berühren durfte.

Er strich ihr eine Haarsträhne aus dem Gesicht. »Entschuldige meine idiotische Frage, Butzelchen. Natürlich kommst du mit zu mir.«

Helle hielt einen Augenblick seine Hand fest, dann sagte sie lächelnd: »Danke schön, Darling. Ich wusste ja, dass du mich nicht auf der Brücke stehen lässt.«

»Bestimmt nicht!«, erwiderte Søren. Gut, dass Helle in der Dämmerung nicht sehen konnte, wie er errötete!

***

»... to heaven with you!« Schwungvoll beendete Christian die letzte Strophe von *Take me to heaven* und schaute dabei zu Julia, die ihre Finger nach dem Schlussakkord des Songs im Schoß verschränkte.

Nun hob sie die Augen zu ihm auf. »Ich *muss* meine eigene Musik machen«, sagte sie leise. »Sonst werde ich ganz unleidlich.«

Christian sah sie überrascht an.

Julia schob ihre Finger fester ineinander. »Aber mein Vater erlaubt am Søndre Landevej keine Jazzmusik. Nicht einmal, wenn ich sie nur für mich spielen würde. Er versteht nicht, dass der Jazz mein Leben ist.«

Bei ihren Worten kam Christian der letzte Nachmittag wieder in den Sinn. Julia und er hatten zusammen Leimfarbe angerührt. Er hatte ihr dabei von seiner Fahrenszeit auf dem Øresund erzählt und sie ihm von den Gesellschaften ihrer Mutter, bei denen sie zur Unterhaltung der Gäste Klavier spielte. Mit einem Augenzwinkern hatte sie ihm vorgemacht, wie Frøken Bettine, die Haushälterin der Krøgers, während Julias Konzerten mit dem Servierbrett durch den Salon zu huschen pflegte und jedes Mal zum Standbild erstarrte, wenn einer der Gäste versehentlich mit der Tasse klirrte oder mit dem Löffel klapperte. Sie hatten zusammen gelacht und er hatte sich einmal mehr gefragt, warum Julia von Zuhause fortgegangen war. Nun verstand er sie allerdings besser.

»Wie schwer es dir gefallen sein muss, auf deine Musik zu verzichten«, sagte er.

Julia nickte. »Ich konnte es nicht mehr ertragen, nur Psalmenchoräle und Walzer zu spielen«, erwiderte sie. »Aber zum Glück wusste ich ja von eurem Hotel. Also hab' ich mir einen Tageswagen nach Norby genommen und Tor Torsten gebeten, mich nicht zu verraten.«

Christian erlaubte sich ein kleines Schmunzeln. »Daher das üppige Trinkgeld!«

Julia nickte wieder. »Hoffentlich störst du dich nicht daran, dass ich eine Ausreißerin bin«, sagte sie nach einem Augenblick zögernd. »Und Kathrine und Axel auch nicht.«

Christian sah sie fragend an. »Warum sollten wir?«

»Man könnte mich deshalb für schwierig halten, nicht?«

Er hörte die Verletzlichkeit hinter ihrer Frage und schüttelte lächelnd den Kopf. »Nur die Dummen würden das«, sagte er sanft.

Einen Augenblick sah Julia ihn schweigend an. Schließlich lächelte sie auch. »Nur die Dummen«, wiederholte sie so langsam, als ob sie sich jedes Wort auf der Zunge zergehen lassen wollte. Dann erhob sie sich und ging summend auf den Korridor hinaus.

Christian folgte ihr.

Bei der Treppe blieben sie stehen.

»Gute Nacht und danke für den schönen Abend«, sagte sie.

Er neigte den Kopf so tief wie ein Kavalier alter Schule. »Ich muss mich bedanken. Ich mach' so gern mit dir Musik, Julia.«

»Nenn mich *Jule*«, bat sie. »Es klingt ...«

»... vertrauter?«, beendete er ihren Satz.

Sie nickte. »Ja.«

Als sie die Treppe hinaufstieg, glitt ihr der blumenbestickte Seidenschal von den Schultern. Der dünne Stoff ihres silbergrünen Kleides enthüllte die feinen Linien ihres Nackens und ihrer Arme. Mit klopfendem Herzen sah Christian zu, wie Julia mit einer geschmeidigen Bewegung ihren Schal wieder an sich zog, um dann den Saum ihres Kleides ein wenig anzuheben. Alles an ihr war bezaubernd schön, dachte er. Und das Schönste an ihr war das Lächeln, mit dem sie ihm eben für seine tröstende Bemerkung über die Dummen gedankt hatte.

Auf dem Treppenabsatz drehte sie sich noch einmal nach ihm um. »Schlaf schön«, sagte sie.

»Du auch«, erwiderte er und wusste, dass er nur schwer in den Schlaf finden würde.

VIII

Mit der Zigarette in der Hand saß Helle behaglich ins Kopfkissen zurückgelehnt und schaute zu Søren hinüber. Er stand vor dem Küchenbord und putzte über einer Lage Zeitungspapier seine Stiefel blank. Sie mochte es, wie er auf sich und seine geringe Habe hielt. Lächelnd beugte sie sich vor, um ein wenig Asche von der Bettdecke zu pusten. Heute gab er sich allerdings besondere Mühe mit dem Stiefelleder. Er wollte so ordentlich wie möglich vor seinen Vater treten, um den Alten nicht gleich zu Beginn seines Besuchs zu verärgern.

Auf Bornholm hatte Søren ihr erzählt, dass er schon als Kind vor Laurids Lauridsens strengem Blick gezittert hatte. Sogar als erwachsener junger Mann fürchtete er sich noch vor dem schroffen Urteil des Vaters. Um den Ehrgeiz seines Sohnes anzureizen, hatte der alte Lauridsen ihm oft mehr aufgegeben, als er bewältigen konnte; gleich, ob er nun den Wassereimer von der Pumpe nach Hause tragen oder nautische Berechnungen erlernen sollte. Weil er dem Vater nie genügen konnte, hatte Søren sich umso enger an die Mutter angeschlossen, die durch ihre Liebe gutmachte, was ihr Mann an ihm versäumte.

Helle schmiegte schützend die Hand um den Rand der Untertasse, während sie behutsam etwas Asche von ihrer Zigarette streifte. Søren konnte bis heute nicht verwinden, dass die Mutter kurz nach seinem zehnten Geburtstag plötzlich fort gewesen war. Seitdem hatte er nie mehr von ihr gehört. Da er aber nicht glauben mochte, dass sie nicht einmal an Weihnachten oder zu seinem Geburtstag an ihn dachte, vermutete er, dass sein Vater ihm ihre Grüße vorenthielt. Der Alte hatte damals zusammen mit dem Webstuhl alle Habe der Mutter weggegeben, weil er nicht an seine Frau erinnert werden wollte. Noch immer weigerte er sich hartnäckig, Sørens Fragen nach ihrem Verbleib zu beantworten. Doch obwohl Søren oft genug der Zorn packte, wenn er von seinem Vater sprach, und jeder Besuch daheim in Dragør ihn Überwindung kostete, mochte er dem Alten seine Härte nicht mit gleicher Münze heimzahlen.

»Ich will nach der Mutter nicht auch noch den Vater verlieren«, hatte er Helle heute Morgen beim Frühstück erklärt und traurig hinzugefügt: »Ich hab' nur noch ihn.«

»Und mich!«, hatte sie erwidert und nach seiner Hand gefasst. Wenn sein Vater doch nur sehen könnte, wie viel Mühe sich Søren seinetwegen gab, dachte Helle. Gerührt schaute sie ihm zu, wie er in seine blank geputzten Stiefel hineinschlüpfte und sorgfältig die Schnürsenkel durch die Haken führte. Der Alte wusste gar nicht, was er an seinem Sohn hatte.

Sie drückte ihre Zigarette aus und schwang die Beine aus dem Bett. »Komm mal her zu mir, Darling«, sagte sie weich.

Er trat vor sie und Helle zog ihn an sich.

»Versprich mir, dass du dir nicht zu Herzen nimmst, was dein Vater sagt. Lass dich nur nicht von ihm ärgern.«

Er lächelte. »Ich versuch's. Obwohl wir sicher wieder streiten werden, wenn ich ihn nach Mutter frage.«

Helle stellte sich ein wenig auf die Zehenspitzen und legte für einen Moment ihre Wange an seine. »Frag ihn trotzdem. Einmal muss er ja sagen, was er weiß.«

Ein goldener Schimmer trat in seine Augen. »Versprochen.«

Sie zwang sich, ihre Arme von ihm zu nehmen. »Besser, du gehst jetzt. Sonst verpasst du noch die Bahn nach Amager hinüber.«

Helle winkte ihm vom Treppenhausfenster aus nach, bis er um die Straßenecke verschwunden war. Dann ging sie langsam in seine Stubenwohnung zurück, um sich auf dem Gaskocher ihr Waschwasser zu wärmen. Hoffentlich würde der alte Lauridsen seinen Sohn einigermaßen freundlich empfangen. Sie wünschte es Søren so sehr. Sein Vater war wirklich ein wunderlicher Mensch, dachte sie und entzündete das Gas unter dem Kessel. In seinen seltenen Briefen nach Bornholm ließ er nie eine väterliche Gefühlsregung erkennen. Er berichtete immer nur von den Wetterverhältnissen und den Schiffsbewegungen im Øresund. Die knappen Zeilen beschloss er stets mit der Aufforderung, Søren solle sich ordentlich halten, wie es einem Lauridsen anstehe. Selbst Sørens Geburtstag an Ostern war ihm nur einen kurzen Gruß wert gewesen. Er wünsche ihm Gesundheit und vor allem Einsicht in das Richtige, hatte der Alte beiläufig geschrieben und dann seinen Unmut über die demnächst bevorstehende Eröffnung des Lufthafens auf Amager kundgetan. Doch Kusine Lisbet und sie hatten die Sprödigkeit des Alten mit ihren Glückwünschen und Geburtstagsgaben doppelt gutgemacht. Søren hatte ihnen dann beim Nachmittagskaffee aus seinem neuen Buch vorgelesen, und sie hatte neben ihm auf dem Sofa gesessen, glücklich darüber, dass *er* glücklich war.

Mit einem langen Seufzer stellte Helle die große Waschschüssel auf das Küchenbord. Wenn sie doch immer beieinander sein könnten ... Sie beugte sich hinunter zu den unteren Fächern des Küchenregals, um nach einem Seifenlappen und einem Handtuch zu suchen. Hinter dem geblümten Vorhang roch es nach Kernseife und Kardamom. Letzteres streute Søren nicht nur gern in seinen Kaffee, sondern legte es auch in kleinen Säckchen als Mottenfalle zwischen seine Tücher. Der nüchterne Geruch von Seife und Gewürz gehörte zu ihm und war Helle vertraut. Doch gestern Nacht hatte sie zum ersten Mal den warmen, süßeren Duft seiner Haut eingeatmet. Während er neben ihr schlief, hatte sie ihn angeschaut und sehnsüchtig davon geträumt, seine Liebste zu sein. Und sie hatte ihn geküsst, vorsichtig, einmal, noch einmal, und dann lieber aufgehört, als er sich im Schlaf bewegte.

Sie legte Handtuch und Seifenlappen neben die Schüssel und öffnete das Fenster, um das Bettzeug zum Lüften auszulegen. Glücklicherweise hatte Søren es heute Morgen mit dem Aufstehen nicht eilig gehabt. Nebeneinander zu liegen, schläfrig über den kommenden Tag zu sprechen und dabei seinen Herzschlag zu spüren, war das Schönste überhaupt gewesen.

Der Kessel gab Signal. Helle überlegte kurz, bevor sie das Gas abdrehte. Dann nahm sie die Schüssel und sammelte das Frühstücksgeschirr ein. Warum sich beeilen mit dem Anziehen? Sie hatte doch Zeit! Lächelnd sah sie auf ihre Hände nieder, die von den Schlafanzugärmeln halb verdeckt wurden. Behaglich in Sørens Schlafanzug gehüllt, könnte sie doch lieber den Nachmittag im Bett vertrödeln und auf ihn warten. Sie schob die Ärmel hoch und goss das heiße Wasser aus dem Kessel über die Becher und Teller in der Schüssel.

***

Die Juls hatten ihre Sonntagsgesellschaft vor dem Gartenhaus bei der Kate versammelt. Im Windschatten des Häuschens saß man behaglich warm auf den Wolldecken und hatte einen guten Blick über die Wiesen mit den grasenden Rindern. Eben hatten sie mit ihren Eltern und Tilda, den Steensens und den Söderbloms, Julia und Christian auf die glückliche Ankunft der Hochländer getrunken. Auch Tapper und Melusine genossen den Nachmittag. Tapper hatte sich neben Freja zu einem Schläfchen zusammengerollt und Melusine spürte vor den Decken den Gerüchen am Boden nach.

»Sollen wir mal sehen, was das Feuer macht, mein Sohn?« Theo legte einen Arm um James' Schultern und drückte ihn kurz an sich, immer noch gerührt darüber, dass Sofie und er ihren Stier nach ihm benannt hatten.

Die beiden Männer gingen mit Tilda zur Kate hinüber, um über der Feuerstelle in der Spülküche Speck und Würste zu braten. Mette und Freja ließen ihre Gebäckschachteln und die Wärmekannen mit heißem Kaffee herumgehen.

»Hast du schon Antwort von Helle?«, fragte Kathrine Sofie. Sie tunkte einen Kammerjunker in ihren süßen Kaffee und reichte den Keks an Axel weiter, der es sich mit dem Kopf in ihrem Schoß gemütlich gemacht hatte.

»Noch nicht«, antwortete Sofie und lächelte der Freundin zu. »Aber Helle ist ja auch erst letzten Mittwoch nach Hause gekommen. Sicher musste sie gleich viele Besuche machen.«

»Na, ich halte weiter zwei Zimmer für sie frei«, erwiderte Kathrine, darum bemüht, allen Anfragen nach den zwölf Einzelzimmern zum Eröffnungsfest gerecht zu werden.

»Aber Ernst Rav hat seine Ankunft für Mitte der Woche bestätigt«, warf Steen Steensen ein. »Kannst du ihm schon ein Zimmer geben, Kathrine?« Steen hatte den Reporter des *Magasin* selbst nach Norby eingeladen. Als Vormann der Vermietungsgesellschaft nutzte er jede Möglichkeit, Norby einem breiten Publikum bekannt zu machen. Ernst Ravs Reisebericht von der Westküste sollte zusammen mit einer Auswahl von Axels Zeichnungen und Kathrines Geschichten in der nächsten Ausgabe der Zeitschrift für Unterhaltung und Kulturleben erscheinen. Zum Artikel passend, hatte Steen außerdem eine Reklamebeilage für Norbys Sommerhäuser beauftragt.

Kathrine überlegte. »Sicher kann er ein Zimmer beziehen, nur gemütlich wird er's nicht haben. Wir beginnen morgen mit dem Anstrich der unteren Räume und für Mitte der Woche erwarten wir außerdem die Möbel für den Salon und das Frühstückszimmer.«

Mette runzelte die Stirn. »Ein Gast, der zwischen Farbeimern und Möbeldecken herumwandert? Lass nur, Kathrine. Hr. Rav kann doch bei uns wohnen, Steen«, schlug sie ihrem Mann vor, »dann hättest du ihn für eure Besprechungen auch gleich bei der Hand.«

Steen nickte. Seine Mette hatte, wie fast immer, recht. »Es bleibt doch dabei, dass du dir Zeit für Hr. Rav nimmst, Sofie? Ich habe dich als Fremdenführerin fest eingerechnet.«

Steen hatte Sofie gebeten, mit dem jungen Journalisten aus der Hauptstadt auszufahren, weil sie sich besser mit dem Geschmack des Kopenhagener Publikums auskannte als er. Sie sollte Ernst Rav bei einer kleinen Landpartie Norbys Schönheit nahebringen und natürlich auch auf charmante Weise die Vorzüge ihrer Sommerhäuser schmackhaft machen.

»Selbstverständlich nehme ich mir Zeit«, winkte Sofie Steens Bedenken ab. »Wir fahren sowieso nach Julsgård zurück. James hat nächste Woche Dienst bei den Exportställen, und ich muss ihn zur Bahn bringen.«

»Ausgezeichnet! Und du stehst Hr. Rav ja auch zur Verfügung.« Steen lächelte zu Axel hinüber. Er schätzte den jungen Mann sehr und behandelte ihn fast wie einen eigenen Sohn. Trotz seiner Jugend hatte er Axel zum Reklamechef der Vermietungsgesellschaft gemacht und seine Entscheidung nicht bereut. Axel war nicht nur ein ausgezeichneter Maler und guter Geschäftsmann, er hatte auch Kathrine ermuntert, ihrem Vater als Dichterin nachzueifern. Ihre poetischen Geschichten über die Westküste und Axels fein illustrierte Zeichnungen waren die beste Reklame, die Norby bekommen konnte.

Axel erwiderte Steens Lächeln. »Jederzeit«, antwortete er und streckte die Hand nach einem weiteren kaffeegetränkten Keks aus.

»Na, dann ist ja alles geregelt.« Steen lehnte sich zufrieden gegen Mette. »Ich hätte auch gern einen von deinen Kammerjunkern, meine Liebe.«

Wie gemütlich es war, so zwanglos miteinander auf einer Decke zu sitzen und zu plaudern, dachte Julia. Die Juls hatten sie ganz selbstverständlich willkommen geheißen und ihr gleich das Gefühl gegeben, unter Freunden zu sein. Sie blätterte die letzte Seite in Axels Skizzenbuch auf und spürte dabei Christians Schulter warm und fest an ihrer. Sie war so froh, dass er anders war als die anderen Männer! Er sah nicht nur ihr hübsches Gesicht, sondern *sie*. Und sie wünschte sich nichts mehr, als von ihm angesehen zu werden. Bei ihm hätte sie nichts dagegen, wenn er sie seinen süßen Schmetterling nennen würde … Sie spürte, dass sie errötete. Um ihre Verlegenheit zu verbergen, deutete sie rasch auf eine von Axels Zeichnungen. Sie zeigte die *Alexandrine* mit rauchendem Schornstein klar zum Auslaufen im Hafen von Grimsby. Axel hatte in der Skizze festgehalten, wie James und ein Matrose den Stier die Gangway hinaufführten. Während James das Halfter hielt, folgte der Matrose dem Tier mit der Hand auf dem Widerrist.

»Theo wollte wohl nicht gern an Bord?«, fragte sie.

Christian sah ihr über die Schulter. »Es war schwieriger mit ihm, als wir gedacht hatten. Wir mussten tüchtig nachhelfen. Dafür hat er sich beim Ausladen umso besser benommen.«

Julia fuhr mit dem Zeigefinger über die dunkel schraffierten Querstreben des Aufgangs. »Das Trappeln der Hufe auf dem Holz, das Kollern und Schleifen über den Streben«, sagte sie versonnen. »Schade, dass man Geräusche nicht malen kann.«

Christian lächelte. »Für dich klingt wohl alles nach Musik, wie?«
Julia hielt ihr Gesicht genussvoll in die Sonne. »Alles«, bestätigte
sie und erzählte ihm, wie sie als kleines Mädchen mit erhobenen
Armen über den krøgerschen Hof gelaufen war, um Wolken zu
fangen.

»Und haben sie sich fangen lassen?«, wollte Christian lächelnd
wissen.

»Nein. Aber irgendwann entdeckte ich, dass ich ihnen Melodien
geben konnte. Da hab' ich verstanden, dass alles Musik ist.«

Christian wandte wie sie das Gesicht dem Sonnenlicht zu. »Hm,
die Wärme tut gut«, sagte er mit einem behaglichen Seufzer. »Was
meinst du, wie klingt der Sonnenschein?«

Julia überlegte. »Viele Läufe mit hellen Tönen für das Flirren
des Lichts. Und kurze, hingetupfte Klänge für das Prickeln auf
der Haut.«

Christian begann, einige Tonfolgen zu summen, und gab
schließlich schmunzelnd auf. »Am Ende wird es doch jedes Mal
Take me to heaven«, sagte er und sah zu, wie Julia ihre Finger in
raschem Lauf über das Skizzenbuch bewegte, als sei es die Tastatur eines Klaviers.

»Der *Sunshine Boogie*«, erklärte sie. »Jedenfalls die ersten Takte.«
Sie ließ ihre Hände in den Schoß sinken. »Ich würde so gern mal
in der Jazzkneipe spielen«, sagte sie mit einem sehnsüchtigen
Seufzer. »Vor richtig großem Publikum.«

Christian blinzelte ihr zu. »Warte nur, eines Tages!«, sagte er.

Julia schaute in seine freundlichen, blanken Augen und wiederholte: »Ja, eines Tages!«

Einige Augenblicke blickten sie einander schweigend an, dann
sagte Christian: »Ich gehe gern zu unserem kleinen See hinunter
und fotografiere, wie das Licht mit dem Wasser spielt. Vielleicht
magst du ja mal mitkommen?«

Julia nickte. Sie lehnte sich ein wenig fester gegen seine Schulter
und lächelte, als ihr Haar seine Wange streifte.

IX

Søren schritt gemächlich an den vertrauten Häuserzeilen Dragørs entlang. Heute Nachmittag war die Luft, trotz der wärmenden Frühlingssonne, noch recht frisch. Daher ging es auf den Straßen ruhiger zu als an anderen Sonntagen, wenn es die Kopenhagener in Scharen mit der Bahn nach Dragør zog. Lächelnd betrachtete er die Reihe grünender Linden am Straßenrand Vestgrønningens. Sie waren sein Willkommensgruß, auch wenn sie ihn zugleich schmerzlich an die Mutter erinnerten. Die Bäume waren gepflanzt worden, als Alma Lauridsen aus Dragør fortging.

Er bog auf das Kopfsteinpflaster der Store Grønnegade ein und blieb bald darauf vor dem niedrigen Holzzaun seines Elternhauses stehen. Wehmütig blickte er auf das Spalier mit der austreibenden Rose neben der Eingangstür. Seine Mutter und er hatten gern zusammen nach den zartroten Blüten geschaut und ihren prickelnden, süßen Duft gerochen. Zwar hatte der Vater im Haus alles weggetan, was ihn an die Mutter erinnerte, die Rose aber hatte er der Nachbarn wegen stehen lassen. Ein Laurids Lauridsens gab nicht preis, dass er sich über den Weggang seiner jungen Frau kränkte.

Anscheinend hatte sein Vater schon auf ihn gewartet, denn als Søren den kleinen Zuweg zum Haus hinaufschritt, trat er vor die Haustür, wie immer in seine schwarzblaue Lotsenuniform gekleidet. Obwohl der Vater schon lange nicht mehr hinausfuhr, war die Lotserei auch im Alter sein Lebenszweck geblieben. Noch immer lief er jeden Tag hinunter zur Station, um vom Turm aus über den Sund zu schauen. Sein ganzer Stolz lag darin, ein Lotse von Dragør zu sein.

Søren ging ihm entgegen und streckte ihm die Hand hin. »Guten Tag, Vater!«

Der Vater ergriff seine Hand und nickte ihm zur Begrüßung zu. Sein Händedruck war unverändert fest und die kräftige, aufrechte Gestalt in dem dunklen Uniformtuch ließ nicht vermuten, dass er schon weit in seinen Siebzigern stand. Wie immer musterte er Søren mit einem durchdringenden Blick. Der Vater hatte sich überhaupt nicht verändert, dachte Søren.

»Sieh an, der Heimkehrer.« Laurids Lauridsen schaute kurz auf seine Taschenuhr. »Und pünktlich, immerhin!«, fügte er zufrieden hinzu. Da weitere oder gar herzlichere Willkommensworte von ihm nicht zu erwarten waren, erwiderte Søren das Nicken seines Vaters nur mit einer leichten Neigung des Kopfs und ging an ihm vorbei in die Stube hinein.

Das Zimmer lag nach Norden und wirkte selbst am hellen Nachmittag düster. Die kleinen, mit Gardinen verhängten Fenster ließen ohnehin wenig Tageslicht herein. Zudem nahm das dunkle Holz der Wandtäfelung und des Bodens viel Licht auf, genauso wie der altertümliche Stubenschrank mit den geschnitzten Holztüren und die Brokatvorhänge des Alkovens. Auf der Schreibkommode mit den blank polierten Messingbeschlägen brannte deshalb die kleine Petroleumlampe. Daneben lag das Journal mit den Aufzeichnungen des Vaters über die Wind- und Wetterverhältnisse im Sund. Über der Kommode hing die Wetterstation mit der Uhr, an der er die täglichen Messwerte für Luftdruck und Luftfeuchtigkeit ablas.

Der Tisch war gedeckt und auf dem Ofen summte der Wasserkessel. Sogar ein Tischtuch hatte der Vater aufgelegt. Vielleicht freute er sich ja doch, ihn zu sehen.

»Der Wind hat heute Morgen leicht auf Ostnordost gedreht.« Mit diesen Worten knöpfte der Alte seine Jacke auf und hängte sie zur Mütze an den Haken bei der Eingangstür. Er strich seine wenigen weißen Haare fest an den Kopf. »Kein Wunder, dass die Kopenhagener alle zu Hause bleiben.« Mit einem abschätzigen Kräuseln der Lippen fügte er hinzu: »Verwöhntes Volk.«

Søren schaute in sein wettergegerbtes Gesicht mit den hellblauen Augen unter den struppigen Augenbrauen. Jede Antwort auf die kleine, wohlüberlegte Herausforderung hätte nur zu einer neuen Stichelei geführt, und er wollte seinem alten Herrn nicht gleich zu Anfang seines Besuchs die Gelegenheit zum Streiten bieten. Schweigend hängte er seine Jacke neben die des Vaters.

Während sein Vater Tee aufgoss, betrachtete Søren die Kacheln an der Wand hinter dem Ofen. Die violetten Fliesenmalereien zeigten Landschaften und biblische Szenen, zu denen die Mutter ihm gern allerhand erzählt hatte, wenn sie allein gewesen waren. Sie war Fischerstocher und von klein auf mit dem Handwerk vertraut, konnte Reusen flicken und räuchern und wusste so manches über die Schifffahrt im Sund. Auch in der Bibel kannte sie sich aus und hatte Søren immer wieder die Geschichte von Jona im Bauch des Walfischs schildern müssen. Er hatte ihr aufmerksam zugehört und dabei die Kachel an der Wand betrachtet, auf der das Motiv zu sehen war. Dass der Prophet aus dem Maul des großen Fischs mit der sprudelnden Fontäne über dem Schädel wohlbehalten zurück an Land gelangen konnte, war ihm als Kind immer wie ein Wunder vorgekommen. Und um dieses Wunder zu wissen, hatte ihn getröstet, wenn sein Vater wieder einmal über alle Maßen streng mit ihm gewesen war.

Der alte Lauridsen kam mit der Teekanne an den Tisch und bedeutete Søren, auf einem der Lehnstühle Platz zu nehmen. Für sich selbst hatte er den Sessel vom Fenster herangerückt.

»Bist du also wieder da«, begann er das Gespräch. Er hob seine Tasse vor den Mund, blies sachte über den Tee hin, um ihn abzukühlen, trank einen Schluck und betrachtete dabei das verschlossene Gesicht seines Sohnes. Es würde wohl wie immer schwierig mit ihm werden, dachte er bedauernd. »Und was willst du nun tun?«, fragte er.

Søren hielt seine Tasse sehr gerade. »Das wird sich zeigen. Vorerst unterrichte ich wieder Mathematik bei Frøken Rasmussen.«

Laurids Lauridsen sah seinen Sohn finster an. Was war nur mit dem Jungen, das er sich so treiben ließ? Das hatte er von seiner Mutter, leider. Ein Lotse wollte er nicht sein. Nun gut, recht betrachtet waren die Zeiten für Lotsen auch schwierig. Der Aufschwung der Lotserei während des Kriegs hatte im Frieden nicht angehalten. Aber Søren bedauerte es nicht einmal, dass er kein Lotse geworden war! Stattdessen gefiel er sich darin, höheren Töchtern zwischen ihren Lektionen im Sticken und Gedichte-Aufsagen ein bisschen Rechnen beizubringen. Frøken Rasmussen mit ihren Salonkünsten! Da hatte ein Mann doch nichts zu suchen. Und dazu Sørens Frauengeschichten! Viel wusste er ja nicht, nur, dass das feine Frøken Hansen aus Østerbro ihm umständehalber die Verlobung aufgekündigt hatte. Von wegen umständehalber! Sitzen gelassen hatte sie ihn! Dabei hatte er gleich gewusst, dass sie für Søren nicht taugte. Bei ihren wenigen Sonntagsbesuchen hatte sie kaum ein Wort herausgebracht und ihn jedes Mal erschreckt angeblickt, wenn er das Wort an sie richtete. Hätte Søren sich nur eine von hier gesucht! Die Frauen von Dragør wussten, wie es im Leben zuging, und konnten anpacken. Aber natürlich wollten sie nur in ordentliche Verhältnisse hineinheiraten …

Sørens Blick suchend sagte er: »Ich habe Geld gespart. Damit du zur Navigationsschule gehen kannst.«

Sein Sohn saß wie versteinert, hielt die Tasse in seiner Hand und sagte nichts. *Zum Donnerwetter!*, dachte Laurids ärgerlich. Was guckte der Junge denn gleich so abweisend?

»Noch bist du jung genug«, fuhr er unbeirrt fort. »Sollte doch mit dem Teufel zugehen, wenn aus dir nicht noch ein Steuermann wird. Oder sogar ein Kapitän.«

»Vater …«, erwiderte Søren zögernd.

»Was denn?«, entgegnete Laurids knapp. Musste er das Richtige denn immer noch in seinen Sohn hineinzwingen? Er spürte die Hitze in seinen Wangen und zwang sich zur Ruhe. »Die Anmeldepapiere liegen ausgefüllt in der Kommode. Du musst nur noch unterschreiben.«

Søren schüttelte den Kopf. »Lass, Vater. Ich möchte mich nicht verändern. Und segeln geh' ich nur zum Vergnügen.«

Der Alte stellte sein Teegeschirr so heftig auf den Tisch zurück, dass Tasse und Untertasse klirrend aneinanderstießen.

»Du wirst dein Leben nicht vergeuden, mein Sohn, hörst du! Wenn schon kein Lotse mehr aus dir wird, dann wenigstens ein Seemann!«

Auch Søren stellte seine Tasse entschlossen auf den Tisch zurück. »Vater, ich bitte doch! Ich bin gerne Lehrer und möchte keinen anderen Beruf. Und die Stelle bei Frøken Rasmussen sagt mir zu. Sie … passt in mein Leben. Vorerst.«

Laurids schüttelte unwillig den Kopf über die neuerliche Widerrede seines Sohns. »Aha, vorerst. Und später? Ein Mann muss wissen, was er will, oder?« Er beugte sich im Sessel vor. »Also, erst die Navigationsschule und dann suchst du dir ein treues, anständiges Mädchen von Amager zur Frau. Eine, die dir nicht kurz vor der Heirat die Verlobung aufkündigt!«

Sørens Blick wurde hart. »Diese Bemerkung verbitte ich mir, Vater! Sofie war durch und durch treu und anständig. Und gegen die Liebe kann nun mal keiner an. Helle hat …« Er presste rasch die Lippen aufeinander und schwieg.

»Helle?!«, entfuhr es Laurids. Nun also das nächste Kopenhagener Dämchen, womöglich wieder eine seiner Schülerinnen? Dass der Junge nicht klug wurde! »Eine von der Insel suchst du dir!«, knurrte er. »Sind ja nicht alle wie deine Mutter, das liederliche Weib!«

Søren fuhr von seinem Stuhl hoch. »Nenn Mutter nicht liederlich!«, sagte er schwer atmend. »Niemals mehr, hörst du! Sie ist eine feine, ordentliche Frau und hätte Besseres verdient als dich. Und da wir schon von ihr sprechen: Wo ist sie? Du weißt es wohl! Also, heraus damit!«

Der Alte erhob sich ebenfalls. Was erlaubte der Junge sich! »Es ist wohl besser, du gehst«, sagte er kurz angebunden.

Søren griff nach seiner Jacke. »Glaub ja nicht, dass ich dich auslasse, Vater. Ich werde weiterfragen, bis du mir sagst, wo ich Mutter finde.« Mit durchgedrücktem Rücken schritt er aus dem Zimmer.

Laurids Lauridsen blickte ihm ratlos hinterher und hörte die Tür ins Schloss fallen. Was hatte er falsch gemacht, dass es immer so endete zwischen ihnen? Sah Søren denn nicht, was seine Mutter ihnen beiden angetan hatte? Er musste doch erinnern, wie schwierig es gewesen war, ohne sie zurechtzukommen. Dabei hatte er Alma geliebt, auch wenn seine Liebe von einer gesetzteren, strengeren Art gewesen war als die Liebe eines Mannes in ihrem Alter. Aber das hatte sie nie verstanden … Und Søren offenbar auch nicht.

Der Alte ging zur Schreibkommode hinüber. Am Ende blieben

Wind, Wetter und die Schiffsbewegungen im Sund. In seinem Journal zu lesen war für ihn so trostspendend wie für andere die Worte der Heiligen Schrift.

Søren lief zum Hafen hinab, bemüht, sich zu fassen. Am liebsten hätte er den Vater für seine beleidigenden Worte geohrfeigt. Dass ihm auch noch Helles Name herausgerutscht war! Dabei wollte er sie doch vor der Missachtung seines alten Herrn schützen. Er versuchte, tief einzuatmen, während er sich zwang, langsamer zu gehen. Weshalb dachte sein Vater nur so schlecht von der Mutter? Sah er denn nicht, dass sie gehen *musste*, um ihr Leben zu retten? Søren erinnerte sich noch gut daran, wie still und bekümmert sie zuletzt gewesen war, weil der Vater nicht mochte, wenn sie fröhlich mit ihm sang und ihm Geschichten erzählte. Doch sich so ernst und gesetzt zu benehmen, wie der Vater es verlangte, wäre ganz gegen ihre Natur gewesen. Aber sein alter Herr hatte ja schon immer nur auf die äußere Ordnung gesehen …

Rasch schritt er an der Bootsbauerei vorüber und trat auf den Hafenplatz hinaus. Sund und Hafen lagen friedlich in der Nachmittagssonne. Vor dem Aussichtsturm der Lotserei blieb er stehen, umfasste eine der Streben und lehnte seine Stirn gegen das warme Holz des Pfeilers.

Der Vater hatte mit seiner Forderung, er solle zur Navigationsschule gehen, einen wunden Punkt berührt. Auf Bornholm hatte Søren verstanden, dass ihn eine gewöhnliche Schule verderben könnte. Die dortigen Zwänge und die Hierarchie im Lehrerzimmer waren ihm zuwider gewesen. Er wollte Lehrer sein, um Kinder auf ihrem Weg zu begleiten, und es lag ihm fern, sie irgendeiner Ordnung passend zu machen. Natürlich konnte er sich nicht für den Rest seines Lebens bei Frøken Rasmussen verstecken. Aber für den Augenblick wollte er nichts tun, was ihn von Helle fortbringen würde.

Er lächelte versonnen. Letzte Nacht hatte er wachgelegen, sie lange angeschaut und vorsichtig über ihr Haar gestrichen, während sie schlief. Ob *Liebe* nicht doch das rechte Wort für seine Gefühle ihr gegenüber war? Er hob den Kopf und blickte zum

Hafenbecken hinüber. Weiter draußen am Anleger lag die *Hanne*, die kleine weiße Jolle seiner Segelgemeinschaft. Könnte er Helle doch ganz für sich behalten und mit ihr davonsegeln, dachte er sehnsüchtig. Langsam ging er zum Anleger hinüber. Es wäre so schön, morgens auf ihr Lächeln zu warten und dabei wie heute den zarten, pudrigen Duft ihres Parfüms einzuatmen, bis sie allmählich erwachte.

Er blieb vor der *Hanne* stehen, beugte sich über die geweißte Bootswand und berührte das Segeltuch auf dem Baum. So begrüßten sie einander immer, das Boot und er. Søren ließ seine Hand auf dem ordentlich aufgetuchten ziegelroten Stoff liegen, während er über das Deck hinsah. Die Planken glänzten, einige Leinen lagen sorgsam aufgeschossen auf dem Holzboden. Die *Hanne* war klar zum Auslaufen. Wenigstens auf den Sund könnten sie doch hinaussegeln, Helle und er. Sie schwärmte ja davon, seit er ihr auf Bornholm von den Touren mit den Kameraden erzählt hatte.

Und der Vater? Søren holte tief Luft. Anders als über die Mutter vermochte er doch nichts über Helle. Warum sollten sie sich also wegen der abfälligen Gedanken seines alten Herrn von einem Segelvergnügen abhalten lassen? Er wandte sich zum Anleger zurück. Es war an der Zeit, nach Hause zu fahren. Vielleicht würde Helle ja noch auf ihn warten. Dann könnte er sie gleich fragen.

***

»Ich hoffe, es schmeckt euch.« Theo stellte die Platte mit den knusprigen Bratwürsten zu den Gemüseschüsseln und Kuchenplatten auf den Holztisch. »Die Würstchen sind recht dunkel geworden. Man muss verflixt schnell sein mit dem Drehen und Wenden auf dem Rost, wie?«, wandte er sich an James, der gerade den Wassereimer mit den Bier- und Mostflaschen zum Tisch brachte.

James schmunzelte. »Das Feuer im Kohlebecken hat uns tüchtig eingeheizt. Aber du hast dich tapfer geschlagen, Vater.« Er reichte Theo eine Flasche Bier und ließ dann Tilda mit dem Eimer herumgehen.

»Gibt es auf eurem Hof am Søndre Landevej auch noch eine Feuerstelle?«, erkundigte er sich bei Julia.

Sie blickte von ihrem Kuchenteller auf. »In der Kellerküche«, erwiderte sie. »Meine Mutter hat dort den Komfur für die Waschkessel aufstellen lassen.«

»Oh, ich erinnere mich noch gut an die Gewölbekeller mit den Aufgängen zum Hof«, sagte Theo. Er öffnete die Flasche und schenkte das Bier langsam in sein Glas. »Und besonders an die vielen hochbeladenen Fuhrwerke vor den offenen Luken. Mein Vater und ich kamen oft zu Krøger & Jacobsen, um Presskuchen und Schrot für unsere Rinder zu kaufen. Und meistens lief Ihr Großvater zwischen den Wagen hin und her, Frøken Julia, um seine Kunden mit Handschlag zu begrüßen und nebenbei ein scharfes Auge auf das Treiben in seinem Hof halten.« Theo trank einen Schluck Bier, dann fuhr er mit einem kleinen Lächeln fort: »Er war eben noch ein Kaufherr vom alten Schlag! Seit der alte Jacobsen ausgeschieden ist, hat Ihr Vater den Futtermittelhandel wohl fast aufgegeben, wie?«, fragte er.

»Mein Vater sieht im Handel mit Öl- und Schmierstoffen das Geschäft der Zukunft«, entgegnete Julia. »Da er die Fässer direkt von der Bahn oder vom Hafen in Esbjerg weiterschicken kann, behält er den Hof nur noch wegen des Familienerbes.«

»Aber den Verkauf der Posten und Partien wird es doch noch geben?«, fragte James. »Als Schuljunge fand ich es immer so aufregend, wenn bei Krøger & Jacobsen die großen Hoftore für den Abverkauf von Sonderposten geöffnet wurden.«

»Denkt nur an die Südfrüchte und das Trockenobst in der Weihnachtszeit«, sagte Kathrine. »Wisst ihr noch, wie wir uns vor den großen Tischen im Hof gedrängelt haben? Und wie glücklich wir waren, wenn wir einen Apfelsinenschnitz oder eine getrocknete Dattel ergattern konnten?«

Christian nickte. »Die Drängelei vor den Kelleraufgängen war immer so eine schöne Vorfreude aufs Weihnachtsfest. Schon im Herbst konnte ich kaum erwarten, dass es endlich losging. Ihr nicht auch?«, fragte er in die Runde.

Die anderen bejahten fröhlich. Nur Julia schwieg.

»Oh, ich war nicht dabei«, antwortete sie schließlich auf die fragenden Blicke aus der Runde. »Mein Vater hielt es nicht für passend«, erklärte sie leichthin in das unbehagliche Schweigen der anderen hinein. Sie stand auf und ging zum Zaun hinüber.

X

Christian folgte ihr. »Tut mir leid, Jule«, sagte er leise. »Hätte ich gewusst …«

»Schon gut«, unterbrach Julia ihn. »Das einsame kleine Mädchen von damals ist nur noch eine Erinnerung.«

»Wirklich?«, fragte er ruhig.

Sie zuckte leicht mit den Schultern. »Jedenfalls meistens.«

Christian setzte zu einer Antwort an, doch dann nickte er nur und griff nach dem Eimer mit Schrot und Presskuchen neben dem Zaun. Er schüttelte ihn, um die Aufmerksamkeit der Tiere zu erlangen. Als Erste kam Runa zu ihnen, gefolgt von Theo, dem Stier. Die Kleine ließ sich bereitwillig streicheln, während sie eifrig von dem ausgestreuten Ölkuchen fraß. Christian schnalzte mit der Zunge und rief nach Ragnhild. Doch die große, schwere Kuh hob nur kurz den Kopf, bevor sie gemächlich weitergraste.

»Warum kommt sie nicht her?«, fragte Julia.

»Ein Andenken an Grimsby, schätze ich«, erwiderte Christian. »Ich habe sie mit einem Eimer Ölkuchen die Gangway heraufgelockt und dann ist ihr die Überfahrt nicht bekommen. Jetzt ist sie lieber vorsichtig.«

Dabei war Ragnhild doch nirgendwo sicherer als bei Christian, dachte Julia mit einem kleinen Lächeln.

»Na los, ihr beiden!«, rief Theo und winkte ihnen mit der Servierzange. »Die Würste werden kalt!«

Christian rührte sacht an ihren Ellbogen. »Wollen wir wieder zu den anderen gehen?«

Tilda setzte Melusine zu Tapper in den Hundekorb und schloss die Tür des Gartenhäuschens hinter sich. Während des Essens sollten die beiden in der Laube bleiben.

So viel zu ihren Plänen, dachte sie, als sie sich wieder neben ihre Mutter auf die Decke setzte. Sie hatte sich darauf gefreut, Christian heute Nachmittag ein wenig für sich zu haben und mit ihm über Schottland zu plaudern. Stattdessen saß er nun mit Julia

Krøger auf der Decke und lächelte zu ihren Bemerkungen über irgendeinen Jazzschlager. Sie dagegen hatte er mit einem flüchtigen Gruß abgespeist und danach nicht weiter beachtet.

Nun ja, das hätte sie sich bereits heute Morgen vor der Kirche denken können. Lächelnd hatte Christian den Norbyern erklärt, ein Irrtum über das Eröffnungsdatum des Hotels habe Frøken Krøger zu ihnen gebracht. Und da sie ausgezeichnet Klavier spiele, habe man sie vom Fleck weg fürs Eröffnungskonzert engagiert. Vielleicht würde sie sogar die Hauspianistin des Strandhotels werden. Als er danach an Julias Seite zum Gottesdienst gegangen war, fühlte sich Tilda wie erstarrt.

Hauspianistin! Sie musste an sich halten, um nicht verächtlich aufzuschnauben. Es passte gar nicht zu Christian, sich so hochtrabend auszudrücken. Das machte natürlich *sie*. Man musste ja nur die große Feder an Julia Krøgers Hut ansehen, um Bescheid zu wissen. Und wenn sie morgen im Strandhotel beim Streichen helfen würde, konnte sie das schicke Frøken gleich den ganzen Vormittag lang bewundern … Mit gefurchter Stirn schaute Tilda zu Julia und Christian hinüber, die sich vergnügt die Bratwurst und das eingelegte Gemüse auf ihrem Teller teilten.

Und was sollte nun aus ihr werden? *Ich weiß es nicht*, dachte sie und spürte, dass ihr die Tränen in die Augen stiegen. *Nur jetzt nicht weinen!* Sie blinzelte die Tränen unauffällig weg und schüttelte wortlos den Kopf, als der Vater ihr noch eine Bratwurst auf den Teller legen wollte.

Freja sah nachdenklich zu ihrer Jüngsten hin. Ganz gegen ihre sonstige Art hatte Tilda nicht versucht, mit Frøken Julia Bekanntschaft zu schließen. Dabei war die junge Frau ihr doch freundlich entgegengekommen.

Seit Tilda aus Kopenhagen zurück war, fand sie das beschauliche Leben in Norby unerträglich. Sie wusste gar nicht mehr, wohin mit sich. Freja seufzte in sich hinein. Nun, sie mussten eben weiter Geduld mit ihr haben. Diese Unruhe würde sich schon noch auswachsen. Vielleicht sollte sie Tilda doch öfter auf Besorgungen nach Nybøl mitnehmen? Natürlich war ihre gemütliche, kleine Stadt nicht mit Kopenhagen vergleichbar, aber immerhin belebter als Norby.

Lächelnd strich sie ihrer Tochter über den Arm. »Mach nicht so ein Gesicht, Liebes. Sieh mal, ich glaube, Sofie könnte Hilfe beim Kuchenaufschneiden gebrauchen.«

»Ich geh' ja schon«, erwiderte Tilda schroff und erhob sich.

***

Søren überquerte den Sankt Hans Torv auf dem Weg zu seiner Wohnung. Auf dem Rückweg von Dragør hatte er sich immer wieder vorgestellt, wie Helle strahlen würde, wenn er sie zum Segeln einlud. Er lächelte. Und ihm würde es große Freude bereiten, ihr das Segeln beizubringen. Wie er Helle kannte, würde sie sicher gern mit den Leinen hantieren und schon bald selbst das Großsegel führen.

Als er in die Ahornsgade einbog, stand plötzlich sie vor ihm, den Mantel lose um die Schultern gelegt. »Du bist wohl auf dem Weg nach Hause?«, fragte er.

Helle wies auf ihre Hose. »Im Schlafanzug? Ich bin auf dem Weg in die Kaffeestube.«

Er sah an ihr herab und musste schmunzeln. So war Helle. Manchmal kam sie formvollendet elegant daher, dann wieder gab sie sich völlig ungeniert und machte sich gar nichts daraus, was andere von ihr dachten.

»Ich hab' auf dich gewartet und irgendwann gemerkt, wie hungrig ich bin«, fuhr sie fort. »Was meinst du, sollen wir uns ein paar belegte Brote holen und du erzählst mir beim Essen von deinem Nachmittag?«

Liebe kleine Helle. Er widerstand der Versuchung, ihre Wange zu streicheln und nickte nur. »Ich könnte wirklich ein paar Butterbrote vertragen.«

Gemeinsam schlenderten sie zur Elmegade hinüber.

»Übrigens ist die *Hanne* klar zum Auslaufen«, meinte er. »Wenn du magst, können wir nächsten Sonntag segeln gehen.«

Helle sah ihn überrascht an. »Und dein Vater?«

Er hob die Achseln. »Soll er denken, was er will. Wenn wir segeln wollen, gehen wir segeln.«

Helle drückte seine Hand. »So gefällst du mir, Darling.«

***

Der Montagmorgen zeigte sich genauso frühlingshaft schön wie der Sonntag. Doch Tilda war nicht danach zumute, sich an der Farbenpracht des blühenden Ginsters und der wilden Stiefmütterchen unter dem blauen Maihimmel zu erfreuen. Der frische Wind vom See ließ sie unter ihrer leichten Jacke frösteln und die Aussicht auf Julia Krøgers Gesellschaft hatte ihr schon beim Aufstehen die Laune verdorben. Sicher würde die feine Dame am Klavier sitzen, während alle anderen sich mit Malerbürste und Pinsel plagten. Missmutig zog Tilda den Jackenkragen enger um ihren Hals und lief den Zuweg zum Hotel hinauf.

Auf ihr Klopfen öffnete niemand. Nach kurzem Warten betrat sie, wie in Norby üblich, das Haus und hörte schon auf dem Korridor Pianoklänge und Gelächter. Vor der offenen Tür zum Terrassenzimmer blieb sie stehen. Axel und Christian saßen zusammen auf dem Klavierhocker und ließen sich von Julia die Hände über die Tasten führen. Tilda ging auf Kathrine zu, die den dreien schmunzelnd zusah.

»Tilda ist da!«, rief Kathrine in ihr Spiel hinein.

Sie versuchte zu lächeln. »Hallo zusammen.«

Die drei am Klavier wünschten ihr fröhlich einen guten Morgen. Tilda sah erstaunt auf Julia, die eine von Kathrines Schürzen über ihrem blauen Wollkleid trug und ein Tuch über die Locken gebunden hatte. Wollte sie sich etwa ihre Hände schmutzig machen und beim Streichen mittun?

Axel streckte sich und stand auf. »Was meint ihr, sollen wir anfangen?«

Die Arbeit war schnell verteilt. Kathrine übernahm es, in der Küche neue Farbe anzurühren und für frischen Kaffee zu sorgen. Christian und Axel wollten im Korridor den zweiten Anstrich aufbringen.

Julia lächelte Tilda zu. »Dann bleiben die Wände im Frühstückszimmer für uns.«

Tilda erwiderte ihr Lächeln nicht. Julia Krøger sollte nur nicht glauben, dass sie sich bei ihr einschmeicheln konnte! Sie zuckte kurz mit den Schultern. »Scheint so.«

Christian brachte ihnen Farbeimer und Quaste. Er blickte besorgt auf Julias Hände: »Die Quaste scheinen mir recht schwer.«

Julia schwenkte ihre Malerbürste einige Male prüfend hin und her. »Es wird schon gehen«, sagte sie leichthin.

Christian trat ein wenig näher an sie heran. »Denk an deine Handgelenke«, mahnte er.

Sie blickte lächelnd zu ihm hoch. »Ich passe auf. Versprochen.«

Tilda sah Julias hingebungsvolles Lächeln und ihre strahlenden Augen. In ihrem Magen begann es zu prickeln und sie spürte einen Kloß im Hals. Plötzlich schämte sie sich ihrer Gedanken. *So* sah *sie* Christian nicht an, obwohl sie sich doch in ihn verlieben wollte. Wie dumm von ihr, zu glauben, dass man sich die Liebe aussuchen konnte wie eine Stricknadel. Warum sollte sie Julia böse sein, die doch nur ihrem Herzen folgte? Sie rückte ihren Eimer näher zur Wand und begann zu streichen.

Eine Weile arbeiteten die jungen Frauen schweigend, dann fragte Julia: »Macht ihr auf Julsgård auch Musik?«

Tilda schüttelte den Kopf. »Nein, aber wir sitzen abends gern zusammen um Sofies Grammophon. Ihre Mutter schickt uns die neuesten Schallplatten aus Kopenhagen.«

»Dann hört ihr sicher auch Jazzschlager?«

»Ach, alles Mögliche. Meine Eltern mögen am liebsten die Walzer und Operettenlieder aus ihrer Jugendzeit.« Tilda nahm mit ihrem Quast ein Rinnsal gelber Farbe auf. »Aber du spielst wohl nur Jazzmusik?«

Julia lächelte. »Wenn es sich einrichten lässt. Und am liebsten mag ich meine eigenen Melodien.«

Oh ... Tilda summte bei der Arbeit gern ihre Lieblingslieder, aber sich selbst ein Lied auszudenken, wäre ihr nie eingefallen. »Und woher kommt deine Musik?«

Julia tauchte ihre Malerbürste in den Eimer und streifte die überschüssige Farbe am Eimerrand ab. »Von überall. Die Musik ist in meinem Kopf und in meinen Händen und Füßen. Ich spüre sie sogar auf meiner Haut. Wenn ich eine neue Melodie probiere, kribbelt alles in mir, bis sie endlich heraus ist.«

Tilda war beeindruckt. Wenn sie nervös wurde, war sie bloß fahrig und verschüttete zum Ärger der Mutter beim Kochen Zucker und Salz oder ließ Gläser und Tassen fallen. »Bestimmt sind deine Eltern sehr stolz auf dich.«

Ein Schatten legte sich über Julias Gesicht. »Nein. Mein Vater will von meinen Melodien nichts wissen. Jazzmusik passt nicht für eine Krøger, sagt er. Und meine Mutter findet, dass ich mich ihm fügen soll.« Sie wandte sich ab und begann wieder zu streichen. »Und deshalb bin ich fortgegangen«, fuhr sie nach einer Weile fort.

Den Blick zur Wand gerichtet, erzählte sie, wie sie etwas Wäsche und einige Kleider in die Reisetasche ihrer Mutter gepackt und von ihrem Nadelgeld einen Tageswagen gemietet hatte. Mit dem war sie direkt hierhergefahren, um beim Strandhotel um Arbeit nachzusuchen.

Tilda schaute Julia bewundernd an. Einfach wegzugehen ... Wie mutig sie war! »Aber hattest du denn gar keine Bedenken?«

Julia zuckte mit den Schultern. »Schon, aber ich *musste* fort von daheim«, erwiderte sie. »Bitte, Tilda, behalt' für dich, was ich dir erzählt habe. Außer dir wissen nur Christian und die Söderbloms, warum ich *wirklich* von zu Hause weggegangen bin.«

Tilda legte einen Finger an die Lippen. »Zu keinem ein Wort!«, versprach sie ernst.

Christian kam mit dem Kaffeetablett zu ihnen herein. Bei seinem Anblick begann Julia wieder zu lächeln.

»Sieh nur, wie gut es mit dem Streichen geht«, sagte sie stolz und wies auf die gelbgetünchte Wandfläche vor sich.

***

James schloss die Tür seines Sprechzimmers und schritt den Korridor entlang. Aus der kleinen Küche am Ende des Flurs duftete es bereits köstlich nach den Karbonaden, die Sofie ihm als schnelles Mittagessen versprochen hatte. Danach mussten sie nach Nybøl zum Bahnhof aufbrechen. Es missfiel ihm sehr, Sofie bis Freitag allein zu lassen. Obwohl er darauf gesehen hatte, dass sie sich ausruhte, schien sie nicht zu Kräften zu kommen. Etwas war mit ihr, das spürte er, mochte Sofie auch sorglos über seine Fragen hinweglächeln. Und nun hatte Steen ihr noch diesen Reporter aus Kopenhagen aufgehalst.

James blieb vor dem Bild über der Kommode stehen, das Axel im letzten Sommer von Sofie und ihm auf der Bank hinter dem Haus gemalt hatte. Er trug seinen rehbraunen Anzug, den Sofie so mochte, und sie ihr rosenrotes Kleid und das Umschlagtuch seiner Großmutter, das er so gerne an ihr sah. Axel hatte den Augenblick festgehalten, als Sofie sich für die Skizze zu ihm geneigt und lächelnd seine Hand genommen hatte, während das weiße James-Kätzchen in ihrem Schoß verschlafen die Augen öffnete.

Wie schnell die Zeit verging, überlegte James und lächelte. Mittlerweile waren Sofie und er schon über ein halbes Jahr verheiratet und ihr Kätzchen war zu einem vorwitzigen Kater herangewachsen, der gern auf Abenteuer ausging. Wie aufs Wort schepperte es in der Küche.

»Schluss jetzt!«, verlangte Sofie kurz darauf energisch. Sie kam mit dem James-Kater auf dem Arm in den Flur heraus und setzte ihn auf den Boden. »Da, lauf!« Der Kater schaute erst sie und dann James prüfend an, bevor er gemächlich davonstolzierte.

»So ein Tunichtgut! Er hätte sich fast die Pfoten an der Pfanne verbrannt, als er an die Karbonaden wollte«, sagte sie aufgebracht.

James schmunzelte. »Wir müssen wohl strenger mit ihm sein.«

Sofie griff mit einem verschmitzten Lächeln nach seiner Hand. »Das sagt mir grad' der Richtige! Übrigens können wir essen.«

Die Haustür öffnete sich und Tilda kam leise herein. Ganz gegen ihre Gewohnheit ging sie gleich auf die Treppe zu, ohne vorher in der Küche nach den Hunden zu sehen.

»Hallo, Tilda«, begrüßte sie Sofie. »Fertig mit Streichen für heute?«

Tilda nickte, schlüpfte aus ihren Holzschuhen und nahm die ersten Treppenstufen.

»Warte, Tildi!« James ging zum Fuß der Treppe. »Was ist los?«

»Nichts!«, antwortete Tilda gedankenverloren.

Sofie stellte sich neben James und fragte hinauf: »Möchtest du mit uns essen? Ich hab' genug gemacht.«

»Nein, danke. Ich bin nicht hungrig.« Tilda wandte sich um und stieg ohne ein weiteres Wort die Stufen hoch.

James schaute der Schwester ratlos nach. »Weißt du, was sie hat? Ich kenne mich gar nicht mehr aus mit ihr.«

»Es ist wegen Christian, schätze ich«, sagte Sofie nachdenklich.

James sah sie verblüfft an. »Tilda und Christian? Aber er hatte gestern doch nur Augen für Julia Krøger.«

Sofie fasste wieder nach seiner Hand. »Eben deshalb«, entgegnete sie trocken.

Und wenn sie auch einfach fortgehen würde? War das der Weg, nach dem sie gesucht hatte? Mit klopfendem Herzen legte Tilda ihr Sparkästchen neben sich auf den Bettüberwurf, hob den Deckel der mit buntem Papier beklebten Zigarrenkiste hoch und schob die wenigen Münzen beiseite, um die Geldscheine zu zählen. Sechs Scheine zu fünf Kronen, einer zu zehn und, ihr größter Schatz, ein Zwanzigkronenschein, der noch aus der Konfirmationsgabe ihrer Mormor stammte. *Sechzig Kronen.* Für eine Fahrkarte nach Kopenhagen und ein billiges Hotelzimmer würde das Geld wohl reichen. Vielleicht könnten Melusine und sie fürs Erste bei Tante Malvine unterkommen? Ach, zu denken, dass sie schon bald unter den Studenten der Tiermedizin an der Königlichen Hochschule sein könnte …

Sie blickte auf die Steppdecke hinunter, die ihr die Eltern, zusammen mit dem Frisiertisch, zu ihrem fünfzehnten Geburtstag geschenkt hatten. Behutsam fuhr sie über die akkurat gearbeiteten Nähte, die ihrer Mutter so viel Mühe bereitet hatten. Heute Morgen waren ihr Decke und Tisch noch unerträglich altmodisch vorgekommen. Jetzt erst wusste sie, dass sie von Liebe sprachen. Sie ließ ihre Hand still auf dem seidigen Stoff liegen. Anders als

Julia hatte sie von den Eltern nur Gutes erfahren. Undenkbar, sie zu kränken, indem sie Julsgård ohne Abschied verließ. Bedrückt klappte sie den Deckel des Kästchens wieder herab.

Ja, sie wollte aus Norby fort. Doch vorher musste sie mit den Eltern sprechen. Nur wie?

XI

Malvine überquerte den Krausesvej und betrat das Vestibül ihres Hauses. Sie war Eveline Møllers Einladung zum Kaffee gleich am heutigen Montagnachmittag gefolgt, da ihr die Bitte um ein baldiges Gespräch unter Müttern doch recht dringlich vorgekommen war. Und sie hatte recht vermutet! Erstaunlich, wie sich die Dinge entwickelt hatten. Dass ausgerechnet die oft so leichtlebig daherkommende Helle seit Langem an einer scheinbar aussichtslosen Liebe festhielt! Ob Sofie mittlerweile von der Zuneigung ihrer Freundin zu Søren Lauridsen wusste? Sie hatte ihr gegenüber bislang nichts angedeutet. Nun, vielleicht würden Helle und Hr. Lauridsen über die Zeit doch noch zueinander finden. Schließlich währte kein Liebeskummer ewig, und sie würde sich für die beiden freuen. Besonders Hr. Lauridsen hätte ein neues Glück mehr als verdient, nachdem sie ihn erst als Schwiegersohn abgelehnt und Sofie ihm auch noch die Verlobung aufgekündigt hatte.

Sie fasste prüfend an ihren Nackenknoten und trat vor den Spiegel, um einige Haarnadeln zu richten. Nun, zumindest konnte sie Fru Møller mit Advokat Brandts Anschrift weiterhelfen. Seine sorgsam ausgearbeiteten Nachfolgeverträge hatten ihr den Übergang in ihr neues Leben sehr erleichtert. Vielleicht ließe sich auch Helles Vater davon überzeugen, dass es besser war, das Geschäft in fähige fremde Hände zu legen, statt zum Kummer aller auf einen Schwiegersohn als Nachfolger zu bestehen. Wenn ihr Hinweis dazu beitragen würde, Hr. Lauridsen und Helle den Weg zueinander zu ebnen, hätte sie damit außerdem eine kleine Wiedergutmachung für ihre Unfreundlichkeit ihm gegenüber geleistet.

Ihr Blick fiel auf die Tulpen in der blauen Vase auf dem Esszimmertisch. Die Blüten neigten sich mittlerweile über den Vasenrand bis zur Tischplatte hinab. Sie holte die Schere, um die Stängel einzukürzen, und hob den Strauß vorsichtig heraus.

Welch seltsame Zufälle es doch bisweilen gab! Bruno hatte sie nur getroffen, weil sie zum ersten Mal seit Langem wieder Lust auf einen Bummel abseits von Østerbro verspürt hatte. Zur selben Zeit hatte er den Einfall gehabt, sich beim Rauchen auf dem Marktplatz die Beine zu vertreten. Warum er wohl seine früher so geschätzten Orientzigaretten für die dünnen Zigarillos mit dem herben Geruch aufgegeben hatte?

Malvine stellte die Tulpen zurück in die Vase und trat ein wenig vom Tisch weg, um ihr Arrangement zu betrachten. Von dieser neuen Gewohnheit abgesehen, schien Bruno aber ganz der Alte zu sein. Er war noch genauso hilfsbereit und seiner Familie zugetan wie damals. Und hatten die Kaufmands seinerzeit nicht auch sein einvernehmliches Ausscheiden aus ihrem Handelshaus bekannt gegeben? Vorsichtig schob sie einige Blumenstängel dichter zusammen. Dennoch musste damals etwas vorgefallen sein. Brunos *mea culpa* klang ihr immer noch in den Ohren.

Sie wandte sich zu Frøken Nielsine, die abwartend bei der Tür stand. »Hr. Kaufmand hat angeläutet, als Sie bei Møllers waren, Frue. Seine besten Grüße, und er schickt Ihnen am Mittwochnachmittag eine Droschke für den Weg ins Café.«

***

Mit einem kleinen Seufzer schloss Sören das Schulportal von Frøken Rasmussens Institut hinter sich und trat auf den sonnenbeschienenen Gehsteig der Østerbrogade hinaus. Frøken Rasmussens Schülerinnen für die Mathematik zu begeistern, war bisweilen ein schwieriges Unterfangen. Die meisten Mädchen in den höheren Klassen richteten ihre Aufmerksamkeit lieber auf ihre Kleider und Frisuren als auf Algebra und Geometrie. Er blickte abwägend die Straße hinauf und beschloss, noch ein Stück an den Seen entlangzuspazieren. Direkt nach Hause wollte er nicht, denn dort war es plötzlich viel zu still ohne Helle.

Schon gestern Abend hatte ihn das Verlangen nach ihrer Nähe aus seiner Wohnung getrieben. Nach einem langen Wannenbad in der öffentlichen Badeanstalt des Viertels war er noch zum Panorama Teater spaziert. Doch unter den vergnügten Menschen vorm

Billettschalter hatte er sich noch einsamer gefühlt als zu Hause und war wieder gegangen, ohne eine Kinovorstellung anzusehen.

Er lief den Sortedams Sø entlang und wandte seinen Blick aufs Wasser. Warum nur musste Helle sich nach einem anderen sehnen, wo sie doch so glücklich miteinander sein könnten? Seit er sie am Sonntagabend zur Straßenbahn gebracht hatte, gelang es Sören kaum noch, diesen Gedanken fortzudrängen. Trotzdem schalt er sich für seinen selbstischen Wunsch. Zu hoffen, dass Helle den anderen für ihn aufgeben würde, käme dem Verlangen nach einem Treuebruch gleich. Sören musste wider Willen lächeln. Helle würde ihre Liebe niemals leichtfertig aufgeben. Unter ihrer Unbeschwertheit war sie der treueste und beständigste Mensch, den man sich denken konnte. Trotzdem meinte er, manchmal Begehren in Helles Blick zu sehen, wenn sie ihn anschaute. Aber natürlich war dieser Eindruck reine Einbildung. Er stieß ein Steinchen vor seinem Fuß beiseite und wirbelte dabei ein wenig Sandstaub vom Weg auf. Unwillig zog er die Brauen zusammen, als sich beim Gehen der feine Staub auf seine Schuhkappen legte. Seine Sehnsucht ließ ihn etwas sehen, wo es nichts zu sehen gab.

Behutsam tastete er nach dem Anhänger mit dem Ankerkreuz in seiner Jackentasche, der ihm schon so oft seine Zuversicht zurückgegeben hatte. *Glaube, Hoffnung, Liebe, diese drei …* Seine Züge hellten sich auf. Wer war er denn, an seiner Sehnsucht zu verzweifeln? Verlangen durfte er nichts von Helle, wohl aber hoffen, dass sie sich ihm aus freien Stücken zuwenden würde. Noch war doch alles möglich zwischen ihnen! Er blieb stehen, um über den See zu blicken, dessen Wasser so tief und unergründlich schien wie das Meer auf den Kachelbildern im Haus seines Vaters.

***

Ludvig Rav, Verleger und Herausgeber des *Magasin,* blickte seinen Sohn Ernst über den Schreibtisch hinweg eindringlich an: »Schreib vor allem über die Landschaft. Gib unseren Lesern eine anschauliche Schilderung von Land und Leuten.«

Sein Sohn nickte. Er war im Begriff, nach Jütland aufzubrechen, um für seinen Artikel über Norby Eindrücke von der Westküste zu sammeln. Doch seit Ludvig gestern den Brief der Vermietungsgesellschaft mit den letzten Reisearrangements erhalten hatte, war ihm wegen Ernsts Reise recht unbehaglich zumute. Hr. Steensen machte ihm den Eindruck, als würde er Ernst am liebsten in die Feder diktieren. Und sein Junge war es nicht gewohnt, sich durchzusetzen … Nun, zurück konnte der Verlag nicht mehr. Der Beitrag über Norby war für die nächste Ausgabe des *Magasin* angekündigt worden. Auch hatte Ludvig die passende Beilage der Vermietungsgesellschaft bereits verbindlich beauftragt.

Er erhob sich von seinem Stuhl. »Mögen die Herrschaften in Norby unseren Artikel auch als Reklame ansehen, wir berichten unabhängig.«

»Schon recht, Vater«, antwortete Ernst.

Ludvig kam hinter dem Schreibtisch vor und überreichte seinem Sohn die Ledertasche mit der neu angeschafften Kameraausrüstung. Er fasste Ernst bei den Armen und drückte ihn kurz an sich. »Na, du wirst schon zurechtkommen. Vergiss nur nicht: Wir schreiben …«

»… für *unsere Leser*«, vollendete Ernst seinen Satz. »Ich weiß es nur zu gut, Vater. Und jetzt entschuldige mich, ich hab' noch allerhand aufzuräumen und will auch noch zu Mutter hinüber.«

***

Helle stellte die Tasche mit ihren Einkäufen auf die Eingangstreppe. Sie wollte gerade zu Sørens Klingelschild hinauffassen, als über ihr ein Fenster aufging.

Fru Johanesen neigte sich zu ihr herab: »Dein Süßer is' noch nich' dä.«

»Søren und ich sind Kameraden, Fru Johanesen«, sagte Helle.

Ein breites Lächeln erhellte das runzlige Gesicht der Alten. Sie reichte Helle Sørens Schlüssel heraus. Er ließ ihn neuerdings bei der Nachbarin, wenn er fortging. So konnte Helle jederzeit in seine Wohnung ausweichen, falls sie ihrem Vater aus dem Weg gehen wollte.

»So? Kameraden?«, fragte die Alte anzüglich.

Helle nickte freundlich und schloss die Tür auf.

Wenig später stand sie vor Sørens Küchenbord und gab Zucker, Butter und Eier in eine Schüssel. Sie wollte Søren mit Pfannkuchen nach Kusine Lisbets Rezept überraschen.

Wenn Mutter Johanesen wüsste, wie recht sie vermutet, dachte Helle. Es war ihr schwergefallen, ihn am Sonntag zu verlassen und heimzugehen. Doch gestern hatte sie sich dazu gezwungen, zu Hause zu bleiben, um über Søren und sich nachzudenken. Leider war ihr nur einmal mehr klar geworden, dass bloß ein Wunder sie aus ihrer selbstgestellten Falle befreien konnte. Vollkommen niedergeschlagen von ihren Überlegungen konnte sie sich dann nicht einmal mehr aufraffen, endlich an Sofie zu schreiben.

Sie gab Mehl und Milch in die Schüssel und begann, den Teig glatt zu rühren. Wenigstens konnte die Mutter sie ein wenig aufmuntern, als sie nach Fru Hansens Besuch mit der Anschrift von Advokat Brandt in ihr Zimmer kam. Jetzt galt es nur noch, den rechten Augenblick abzupassen, um mit dem Vater zu sprechen, hatte sie gemeint und aufmunternd Helles Schulter gedrückt. Wenn der Vater sich erst einmal an den Gedanken gewöhnt hatte, dass Hr. Bertelsen nicht sein Schwiegersohn, sondern sein Kompagnon werden würde, konnte der Anwalt sicher mit den Verträgen helfen. Ach, es tat gut, die Mutter so fest an ihrer Seite zu wissen!

Lächelnd setzte Helle die emaillierte Bratpfanne auf den Gaskocher und gab ein Stückchen Butter in die Pfanne. So konnte sie gleich mit dem Ausbacken der Eierkuchen beginnen, wenn Søren heimkam. Wo blieb er überhaupt? Sein Unterricht bei Frøken Rasmussen war längst vorbei. War er wieder einmal auf die Zentralpost gegangen, um in *Kraks Wegweisern* nach der Anschrift seiner Mutter zu forschen? Nach der schroffen Abfuhr seines Vaters am Sonntag wäre das nicht verwunderlich. Sie setzte sich an den Tisch und begann, die Äpfel für die Füllung der Eierkuchen zu schälen.

Als es klopfte, legte sie ihr Messer aufs Schneidbrett und ging, die Tür zu öffnen.

Draußen stand Søren und lächelte sie an.

»Darling, endlich!« Sie stellte sich auf die Zehenspitzen und küsste ihn auf die Wange.

Er drückte sie an sich. »Wie schön, dass du da bist.«

Søren trat zum Handstein, um sich die Hände zu waschen. »Du bist spät dran. Warst du noch auf der Post?«

Er schüttelte den Kopf. »Nur spazieren. Ich brauchte frische Luft. Und du? Hast du wieder mit deinem Vater gestritten?«

»Nein, wir schweigen uns immer noch an«, erwiderte Helle munter.

Søren spülte die Seife von den Händen und griff nach dem Handtuch. Dann setzte er sich zu ihr an den Tisch.

»Übrigens konnte Fru Hansen Mutter wegen der Geschäftsnachfolge behilflich sein«, fuhr sie fort.

Søren versuchte zu lächeln. »Ausgerechnet!«

»Lass nur, Darling. Natürlich war sie grässlich ungerecht gegen dich, aber eigentlich ist Sofies Mutter nicht verkehrt.« Helle griff nach dem letzten ungeschälten Apfel, der vor ihr auf dem Tisch lag. »Ich dachte, wir könnten zusammen Kaffee trinken und Apfelpfannkuchen à la Kusine Lisbet essen.«

Ein verschmitztes Lächeln breitete sich über ihr Gesicht, als sie zuerst die Schale in einem Stück herunterschälte und dann den Apfel rasch in Schnitze teilte.

Søren lächelte auch. Sicher dachte sie gerade an ihr Apfelwettschälen an Kusine Lisbets Küchentisch.

Sie teilte den letzten Schnitz, steckte das eine Stück in den Mund und hielt ihm die andere Hälfte hin. »Hier, schön süß«, sagte sie kauend.

Er sah das schwache Pochen ihres Pulses und atmete den Duft ihres Parfüms ein, der sich auf der warmen Haut über den feinen Adern entfaltete. *Ich will dich noch viel näher bei mir haben*, dachte er sehnsüchtig. Ohne weiter zu überlegen, beugte er den Kopf dichter zu ihrer Hand und küsste die Innenseite ihres Handgelenks.

Helles Augen weiteten sich. Sie unterdrückte ein Keuchen und ließ die Hand aufs Schneidbrett sinken. Einige Augenblicke saßen sie beide still da. Dann brach Søren ihr Schweigen.

»Entschuldige!« Er stammelte fast. »Ich habe … Ich wollte nicht … Es tut mir leid.«

Helle erhob sich. »Sch… schon gut.« Ihre Stimme klang rau. Sie trug das Brett mit den Apfelschnitzen zum Küchenbord. »Der Teig ist fertig. Am besten, ich fange mit dem Backen an«, sagte sie leichthin und griff nach dem Pfannenstiel.

Søren trat hinter sie. »Lass die Pfanne«, sagte er sanft. Helle drehte sich zu ihm herum. Ihre Augen waren dunkel und ihre Gesichtszüge vollkommen ernst. Sie suchte seinen Blick, doch er neigte den Kopf über ihre Hand, schob den Ärmel ihrer Strickjacke ein wenig nach oben und strich mit dem Daumen behutsam über die entblößte Haut.

»Ich weiß, ich darf nicht einmal daran denken, dich zu berühren«, sagte er leise. »Wenn es nur den anderen nicht gäbe!«

Helle begann zu zittern. »Es gibt k… keinen anderen«, antwortete sie. »N… nur dich.«

Søren hielt seinen Daumen still über ihrem Puls. Also hatte er sich doch nicht in ihren Blicken getäuscht. Er zwang sich, gleichmäßig zu atmen, während er nach einer Antwort suchte.

»Wie konnte ich nur so blind sein!«, sagte er schließlich betreten.

»In deinem Kummer um Sofie brauchtest du mich als Kameradin«, erwiderte Helle mit einem kleinen Lächeln. »Deshalb habe ich mein Herz gehütet. Und gehofft, dass du irgendwann über sie hinwegkommen würdest«, fügte sie nach einer kleinen Pause hinzu. Sie legte ihre Hände auf seine Kragenspitzen und sah ihn fragend an.

Søren drückte behutsam ihren Kopf an seine Schulter. »Das bin ich, weiß Gott«, sagte er in ihr Haar hinein.

***

Ernst ging nachdenklich über den Korridor zum Schlafzimmer der Eltern hinüber. Selbstverständlich berichtete das *Magasin* unabhängig, doch der Vater wünschte, dass er bei seinen Artikeln stets Rücksicht auf den Geschmack der Leser nahm. Wenn er doch über das wirkliche, brausende Leben berichten könnte, wie es seine Schwester Mabel in London tat. Aber natürlich konnte er nicht einfach das *Magasin* verlassen. Der Vater war mit der Herausgabe der Zeitschrift vollauf beschäftigt und brauchte ihn als Reporter. Ernst schob den Riemen der Kameratasche auf seiner Schulter zurecht. Also würde er ihm zuliebe auf seiner langen Reise nach Jütland brav darüber nachdenken, wie sich die Schilderung einsamer Heidelandschaften mit der Beschreibung von Holzhütten auf Sandbergen zu einer gefälligen Geschichte für ihre Leser fügen ließ. Nach einem kurzen Anklopfen öffnete er die Tür zum Schlafzimmer der Eltern.

Seine Mutter saß auf ihrem Bett, umgeben von Nachschlagewerken und einer Menge Karteikarten.

»Guten Tag, Mutter.«

»Hallo, Liebling.« Sidonie Rav lächelte ihrem Jüngsten zu.

Ernst neigte sich zu ihr herab und küsste sie auf die Wange.

»Kommst du voran?«, fragte er und deutete auf die Schreibmappe auf ihren Knien.

Seine Mutter war dabei, ihre *Geschichte der Frauen* abzuschließen, die sie wegen ihrer Arbeit für den Dänischen Frauenverband immer wieder unterbrochen hatte. Sie frühstückte stets im Bett und schrieb danach bis in den Nachmittag hinein.

»Leidlich«, erwiderte sie und legte kurz ihre freie Hand an seine Wange. »Wir Frauen kommen ja in den Geschichtsbüchern so selten vor. Fast, als gäbe es uns gar nicht.« Sie schob ihre Karten beiseite und klopfte einladend auf ihre Überdecke.

Ernst setzte sich zu ihr auf die Bettkante und zupfte am Ärmel ihres Morgenrocks. »Vater könnte dir wirklich mal einen neuen schenken.«

»Meinst du?« Sidonie sah stirnrunzelnd auf die wattierte Seide nieder. »Der Stoff ist hier und da wirklich arg zerschlissen«, gab sie zu, »aber ich bin so an meinen Mantel gewöhnt.«

Ernst lächelte. »Ich auch.« Der Anblick seiner Mutter in ihrem buntgeblümten Kimono war ihm seit frühester Kindheit vertraut.

Sidonie erwiderte sein Lächeln. »Dann behalt' ich ihn wohl besser noch ein Weilchen. Ich bin gespannt, wie es dir an der Westküste gefallen wird«, fuhr sie fort. »Die Reise ist eine schöne Abwechslung für dich, nicht?«

Ernst hob die Schultern. »Wie man's nimmt. Schließlich werde ich auch von dort für *unsere Leser* berichten.«

Sidonie betrachtete ihren Sohn mitfühlend. Der Ärmste klang fürchterlich niedergeschlagen. Natürlich war die Arbeit bei ihrem Familienmagazin nicht das Richtige für einen jungen Mann, der sich und der Welt etwas beweisen wollte. Aber Ernst war eben sanfter und anhänglicher als seine Schwester und darauf bedacht, den Vater zu schonen. Also berichtete er tapfer von den Trabrennen in Charlottenlund und über die Vorstellungen des Königlichen Theaters, während Ludvig sich nur noch um die Herausgabe des *Magasin* kümmerte und sein Arbeitszimmer immer seltener verließ.

»Wenn Vater die eine oder andere Reportage wieder selbst übernehmen würde, bliebe dir Zeit für eigene Arbeiten, nicht?«, fragte sie wie nebenbei, während sie Ernst die Aufschläge seines Trenchcoats richtete.

Ein kleines Leuchten erhellte seine olivbraunen Augen, die ihren so ähnlich waren.

»Das würde gut passen. Aber wäre es nicht zu viel für ihn?« Er blickte sie zweifelnd an.

Sidonie widerstand der Versuchung, seinen dunklen Schopf mit dem akkurat gezogenen Scheitel zu zausen. »Nicht doch«, sagte sie belustigt, »ein bisschen Abwechslung täte deinem Vater gut. Er kommt ja als Journalist ganz aus der Übung, wenn du ihm alle Arbeit abnimmst.« Zufrieden sah sie, dass seine Augen hinter den runden Brillengläsern wieder zu glänzen begannen.

»Dann täte ich Vater wohl einen Gefallen, wenn ich ihn um mehr freie Zeit bitten würde, wie?«, fragte Ernst schmunzelnd.

Sidonie drückte seinen Arm. »Euch beiden! Vater braucht Bewegung und du brauchst etwas, woran du dein Herz hängen kannst.«

Er wies lächelnd auf ihre Schreibmappe. »Wie du?«

Sie nickte. »Ja.«

Es klingelte.

»Das wird der Droschker sein.« Ernst umarmte Sidonie rasch und erhob sich. »Wiedersehen, Mutter. Und danke.«

Sidonie gab ihm einen Klaps auf den Arm. »Lauf zu, Liebling! Gute Reise.«

»Abwarten«, erwiderte er mit einem kleinen Zwinkern. Dann war er fort.

Sidonie blickte gedankenvoll auf die Tür. Bei allem Stolz auf die abenteuerlustige Mabel blieb Ernst doch ihr Herzenskind. Hoffentlich würde sein Vater ihm die Freiheit zubilligen, die er so notwendig brauchte. Nun, Ludvig wusste ja, dass Ernst war wie sie. Lächelnd schob sie ihr Kissen zurecht und griff wieder zum Füllfederhalter.

XII

Helle schob die Bettdecke weg und richtete sich auf. In der schummrigen Stube glänzten Teller und Tassen matt im abendlichen Zwielicht zwischen den Resten ihrer Brotzeit vom Nachmittag. Nach dem Essen hatte Søren sie wieder zurück ins Bett getragen und sie hatten ihr Verlangen nach dem hitzigen ersten Mal lange und langsam ausgekostet. Später waren sie eng umschlungen eingeschlafen.

Sie neigte sich über ihn und hauchte einen Kuss auf seine geschlossenen Augenlider. »Schläfst du, Darling?«, fragte sie und lächelte in sich hinein. Nachdem sie Søren endlich *Liebling* nennen konnte, schien ihr das Kosewort plötzlich ganz unpassend für ihn. Nein, er sollte ihr *Darling* bleiben, ihr liebster und kostbarster Schatz.

Er öffnete die Augen und strich ihr übers Haar. »Ich denke nur ein bisschen nach.«

Helle schmiegte ihren Kopf an seine Achsel. »Über uns?«

Er zog die Steppdecke höher, um ihren bloßen Rücken zu wärmen. »Ich bin nicht der Erste für dich, oder?«, fragte er zögernd.

Helle rieb ihre Stirn an seiner Wange. »Eifersüchtig?«

»Ja«, gab er mit einem halben Lächeln zu und tupfte einen Kuss auf ihre Schläfe. »Obwohl ich natürlich kein Recht dazu habe.«

Helle malte mit dem Zeigefinger ein Herz auf seine Brust. »Es gefällt mir trotzdem«, sagte sie. »Nach deiner Verlobung wollte ich dich vergessen. Er war ein netter Junge mit guten Manieren. Aber eben nicht du. Danach hab' ich es lieber beim Flirten gelassen, wenn ich mich von dir ablenken wollte.« Sie blickte mit einem mutwilligen kleinen Lächeln zu ihm hoch. »Gib's zu, du hast mich wie alle auch für ziemlich leichtfertig gehalten, nicht?«

»Weil du dir jede Mühe gegeben hast, diesen Eindruck zu erwecken«, verteidigte er sich.

Helle lachte. »Wie gut, dass ich mich nicht mehr verstellen muss«, sagte sie und küsste ihn lange. »Sofie und du … W … war es schön mit ihr?«, fragte sie dann leichthin, doch Søren spürte, wie sich ihre Nackenmuskeln beim Sprechen verhärteten. Er streichelte ihre Schulter.

»Sofie und ich waren kein Liebespaar«, antwortete er und lächelte über ihren erstaunten Blick. »Damals hielt ich ihre Zurückhaltung noch für Schüchternheit, dabei war ich einfach nicht der Richtige für sie.« Er sagte es nüchtern, ohne Bedauern.

»Nein«, erwiderte Helle mit einem zufriedenen kleinen Seufzer. Sie strich sacht die Linie dunkler Haare unter seiner Brust entlang und legte schließlich die Hand auf seine Hüfte. »Fährst du mit mir nach Norby? Meine Einladung zum Eröffnungsfest gilt nämlich auch für eine Begleitung.«

Søren begegnete ihrem schuldbewussten Blick mit gerunzelter Stirn, bevor er zu schmunzeln begann, wie immer, wenn er sie schelten wollte und es doch nicht konnte. »Butzelchen! Deshalb warst du in der Kaffeestube so zögerlich.«

»Ich wollte nicht, dass du meinetwegen zusehen musst, wie Sofie mit ihrem Mann glücklich ist. Aber ohne dich mochte ich nicht fahren.«

Er nahm ihre Hand und legte sie in seine. »Mich kümmert nur noch, ob wir beide glücklich miteinander sind.« Er sah in ihr strahlendes Gesicht und lächelte auch. »Ich liebe dich, Helle.«

Helle schloss die Augen. Ihr Herz schlug schnell und hart. So lange träumte sie nun schon davon, diese Worte von ihm zu hören. Und jetzt hatte er sie ausgesprochen und machte sie ganz schwindlig vor Glück. Sie zwang sich, ruhig zu atmen, während sie Sørens Hand mit bebenden Fingern umfasste. »Ich l… liebe dich auch.«

***

Der Schaffner kündigte den Bahnhof von Nybøl an. Mit einem erleichterten Seufzer steckte Ernst Notizheft und Bleistift zurück in seine Tasche. Unterwegs war er reisekrank gewesen. Sein Aufenthalt in Fredericia hatte zwar ein wenig Besserung gebracht, doch im Zug nach Nybøl begann sein Magen ihn erneut zu plagen. *Der Himmel scheint in Jütland blauer zu sein und der Wind frischer zu wehen als im guten alten Kopenhagen. Gespannt erwarte ich das ganz andere,* konnte er gerade noch in seine Kladde schreiben, bevor ihm wieder unwohl geworden war.

Er blickte aus dem Wagenfenster auf die kleine Gruppe Wartender vor dem zweiflügeligen, aus gelben Ziegeln errichteten Bahnhofsgebäude. Die meisten Männer trugen Arbeitsjoppen und Holzschuhe. Einige von ihnen hatten die Pfeife angesteckt und plauderten miteinander. Frauen in Wollmänteln und sparsam aufgeputzten Hüten tauschten über ihre Körbe und Taschen hinweg kurze Bemerkungen aus. Eine Szene, wie sie ebenso gut auf dem Bahnsteig der Amagerbahn in Kopenhagen zu sehen sein könnte. *Ich erwarte das ganz andere und finde das Vertraute, blicke in fröhliche und mürrische Gesichter, sehe Geduldige und Ungeduldige. Menschen in Freude und Sorgen, hier wie dort.* Das wäre mal ein Anfang für einen Artikel! Nur würde er den leichten, unterhaltsamen Ton des *Magasin* nicht treffen. Er war ja ausgesandt, um über malerisch Fremdes zu berichten, nicht über gewöhnliche Menschen.

Der Schaffner öffnete die Wagentüren. Ernst griff nach Koffer und Taschen und trat auf den Bahnsteig hinaus. Ein hochgewachsener, breitschultriger Mann in blauer Joppe und Stiefeln kam auf ihn zu.

»Hr. Rav?«, fragte er.

Ernst nickte.

»Angenehm, Steen Steensen.« Er bot ihm die Hand. »Ich hoffe, Sie hatten eine gute Reise.« Ohne Ernsts Antwort abzuwarten, wandte er sich zur Bahnhofshalle. »Bitte sehen Sie mir die Eile nach«, entschuldigte er sich auf dem Weg zum Vorplatz, »ich lasse meinen Wagen nicht gern ohne Aufsicht, schon gar nicht an Markttagen.«

Der Vormann der Vermietungsgesellschaft gab sich genauso freundlich und bestimmt, wie er geschrieben hatte. Leicht würde es mit ihm nicht werden. Bei dieser Befürchtung zog sich Ernsts Magen wieder zusammen, für einen Augenblick wünschte er sich seinen Vater her. Als er dann auf Steensens Einspänner saß, rief er sich zur Ordnung. Der Vater hatte sein Vertrauen in ihn gesetzt und er würde ihn nicht enttäuschen. Nein, er würde sich nicht wie ein Schuljunge von Steen Steensens mächtiger Gestalt und seinem entschiedenen Auftreten einschüchtern lassen.

Der Wagen rollte an. Umsichtig lenkte Steensen seinen Braunen durch den dichten Verkehr auf der Aubrücke zur Hauptstraße hinunter. Ernst betrachtete die gepflasterte Anlegestelle bei den Auwiesen. Während sich auf der Brücke Gefährte und Fußgänger drängten, lag der kleine Anlegeplatz mit dem altertümlichen Eisenkran an der Kaikante verlassen da.

»Wird hier nichts mehr umgeschlagen?«, fragte er, auf den Kran weisend.

»Nur noch Kleingut dann und wann«, erwiderte Steen, ohne den Blick von der Straße zu wenden. »Ruhig, Sigurd!« Er nahm die Fahrleinen fester und setzte hinzu: »Der große Umschlag geht längst über die Eisenbahn.«

»Verstehe.« Ernst behielt den Platz im Blick, während sie langsam von der Brücke rollten. Die kunstvolle Eisenkonstruktion des Lastkrans schimmerte braungolden in der Mittagssonne. Wie aus der Zeit gefallen, bewahrte der Kran auf dem stillen Platz die Erinnerung an vergangene Tage. Der Anlegeplatz war auf jeden Fall ein lohnendes Motiv für eine Fotografie und fürs Erste eine Notiz wert. Ernst nahm Heft und Bleistift aus der Tasche und begann zu schreiben.

Als sie aus der Stadt heraus waren, wurde Steen gesprächiger. »Fleißig, der Mann«, sagte er, mit dem Kinn auf Ernsts Kladde weisend. »Wir freuen uns, Sie hierzuhaben, Hr. Rav. Ein Artikel im *Magasin* ist die beste Reklame für unsere Vermietungsgesellschaft.«

»Ich schreibe allgemein über die Westküste«, erwiderte Ernst spröde, »über Land und Leute.«

Steen schnalzte Sigurd aufmunternd zu. »Sicher«, entgegnete er mit einem feinen Lächeln, »aber ein kleiner Satz hier und da … «

Ernst beschloss, sich zurückzuhalten und sich nicht mit Steensen zu streiten. »Das sehen wir dann«, erwiderte er leichthin. Erst einmal wollte er einen Eindruck von der Landschaft gewinnen und vor allem seine Magenschmerzen loswerden.

Steensen schwieg, ließ nur seinen Braunen ein wenig weiter ausgreifen. Sie fuhren an Feldern mit blühendem Raps und schossendem Weizen vorüber. *Der süße Duft der gelben Blüten und das leuchtende Grün von Halmen und Grannen künden auch an der Westküste eindrücklich vom Frühling,* notierte Ernst.

Schließlich nahm Steensen wieder das Wort und begann vom Bau der Sommerhäuser zu erzählen: Erst einmal zwanzig Holzhäuser habe die Gesellschaft errichten lassen, alle ausgestattet mit Spirituskocher, Petroleumlampe und einem Ofen zur Speicherung von warmem Wasser. »Die Öfen sind die Gesellschaft teuer zu stehen gekommen. Aber die Gäste aus der Großstadt verlangen neben der Aussicht auf die reizvolle Landschaft sicher auch eine gewisse Behaglichkeit.« Steen blickte Ernst fragend an, als erwarte er eine Bestätigung.

»Oh, gewiss«, erwiderte Ernst vage. Er hatte auf die Farben von Raps und Weizen statt auf Steens Worte geachtet.

Steen nickte zufrieden. »Deshalb habe ich mich bei den Gesellschaftern auch für den Einbau der Öfen ausgesprochen. Glücklicherweise haben wir wegen der Aufwertung der Krone bei der Einfuhr des Bauholzes tüchtig gespart. Das half dazu.«

Ernst gab sich den Anschein höflicher Aufmerksamkeit, während er versuchte, seine Landschaftseindrücke in Worte zu fassen. *Felder und Wiesen scheinen sich weiter zu strecken als auf Seeland, liegen ein wenig stiller unter einem irgendwie ferneren Himmel. Doch in manchem gleichen sich die Eindrücke auch. Hier wie dort liegen vereinzelte Gehöfte inmitten grünender Felder, und auf den stacheldrahtumzäunten Weiden stehen schwarzbunte Kühe und Dänische Rote.* Er richtete seinen Blick auf die Dünenketten, die sich kalkweiß hinter einem Saum dunkelgrüner Nadelwälder erhoben. Das Meer konnte er nicht sehen, doch weiter im Norden glänzte das Wasser eines Sees silbrig auf, und statt Weizen grünten nun Gerste und Hafer auf den Feldern. Vereinzelt grasten Schafe auf braunen, mit Sandplacken durchsetzten Heideflächen. *Die Farben ändern sich,* schrieb er, *werden kühler, verhaltener. Als würde der mehr und mehr hervorkommende Sand einen feinen Schleier über sie breiten und das strahlende Gelbgrün des Frühlings behutsam zudecken.*

Sie hatten die Landstraße verlassen und näherten sich dem Krug von Norby. Einzelne Holzhäuser standen verstreut auf den Heideflächen zwischen Straße und Dünenwall. Steen ließ Sigurd langsamer gehen.

»Das sind unsere Hütten«, sagte er, auf die Häuschen weisend.

Ernst betrachtete die schwarzgestrichenen, spitzgiebeligen Häuser mit den Sprossenfenstern und der Sitzbank bei der Eingangstür. Ihre Vorderseiten waren, wie der Zuweg mit der Fahnenstange, zur Dünenkette hin ausgerichtet. »Sie kommen mir sehr behaglich vor. Ich könnte mir gut denken, auf einer der Bänke die Abendsonne zu genießen.«

Steen nickte. »Nicht wahr?«, erwiderte er stolz. »Unsere Hütten sind schön gelegen, meine ich. Und dabei erschwinglich für viele«, setzte er hinzu, während er den Braunen in den Strandweg einschwenken ließ. »Na, wäre das nicht mal eine Bemerkung wert?«, fragte er mit einem Zwinkern.

Ernst schluckte seinen Ärger über Steensens neuerliche Unverfrorenheit hinunter. Wenn sein Magen sich nur endlich beruhigen wollte! »Ihre Hinweise gehören in die Beilage«, erwiderte er kühl.

Steen Steensen hob die Brauen. »Mir scheint, sie würden auch gut für Ihren Artikel passen«, entgegnete er knapp.

Sie waren vor dem Krug angelangt. Eine kleine, rundliche Frau in dunklem Kleid und bunter Schürze trat vor die Tür des Gasthauses.

»Ah, meine Frau«, sagte Steensen ein wenig sanfter, während er den Wagen vor die Haustür lenkte. »Mette, ich bringe dir unseren Gast.«

Unter Fru Steensens warmherzigem Blick wurde Ernst leichter zumute.

»Herzlich willkommen, Hr. Rav. Hatten Sie eine angenehme Reise?«, fragte sie und streckte ihm die Hand hin, sobald er vom Wagen gestiegen war.

»Eher eine leidliche«, entgegnete er mit einem schwachen Lächeln.

»Es ist schon ein ziemlicher Weg von Kopenhagen zu uns heraus«, erwiderte sie verständnisvoll, »aber ich habe heißes Wasser bereit und auf dem Komfur wartet Braunkohl mit Speck auf Sie.«

»Das heiße Wasser genügt«, antwortete Ernst hastig. »Ich

fürchte, mir ist nicht wohl. Die Überfahrten auf den Fähren sind mir nicht bekommen. Deshalb waren die Bahnfahrten danach auch recht unangenehm.«

Sie lächelte ihn mitleidig an. »Sie Ärmster. Am besten, ich bringe Ihnen gleich Ihr Wasser und eine Tasse von meiner Brühe. Die wird Sie im Nu wieder auf die Beine bringen.«

Sie fasste nach seinem Arm und Ernst ließ sich nur zu gern von ihr ins Haus führen, froh, fürs Erste von Steen Steensen wegzukommen.

Mette hängte die Schöpfkelle an den Topf, reichte Steen die gefüllte Suppenschale hin und setzte sich zu ihm an den Küchentisch. Er tauchte seinen Löffel in die dampfende Brühe und nahm genussvoll einen großen Schluck.

»Gut?«, fragte sie.

Er nickte lächelnd. »Wie immer.«

»Hr. Rav hat die Brühe auch geschmeckt. Obwohl er erst fürchtete, sie würde ihm nicht bekommen. Der junge Mann scheint recht zart besaitet zu sein, nicht?«

Steen schüttelte den Kopf. »Nur auf den ersten Blick«, antwortete er missfällig. »Er wollte partout nichts von meinen Hinweisen über unsere Häuser wissen. Fand, sie gehören in die Beilage.«

Mette betrachtete ihren Mann mit einem kleinen Lächeln. Steen setzte große Erwartungen in Ernsts Ravs Artikel. Ganz Dänemark sollte im *Magasin* von ihren Sommerhäusern lesen … Aber natürlich musste er Hr. Rav seine Worte selbst wählen lassen. »Hr. Rav schreibt ja auch über Norby und die Westküste, nicht über die Vermietungsgesellschaft, Lieber«, sagte sie begütigend.

Steen nahm noch einen Löffel Brühe. »Ich sehe da keinen großen Unterschied«, entgegnete er achselzuckend.

Mette schmunzelte. »Ich schon.«

»Er ist auf unsere Einladung hier und die Gesellschaft hat beim *Magasin* eine teure Beilage bestellt. Das dürfte wohl Grund genug sein, uns entgegenzukommen.« Er klang immer noch verstimmt.

Mette fasste nach seiner Hand. »Trotzdem scheint es mir klüger, ihn nicht zu bedrängen.«

Steen strich nachdenklich über ihren Handrücken. »Ja, vielleicht«, erwiderte er zögernd.

XIII

Das Café Paraplyen war auch an diesem Mittwochnachmittag gut besucht. Während draußen der drohende Transportarbeiterstreik die Gemüter bewegte, ging es im Gastraum gediegen zu. Wer an den schweren Samtportieren bei den Türen vorbeischritt, wollte für eine Weile die Welt vor dem Eingang vergessen. Bruno verweilte einen Augenblick bei den Türvorhängen, um den Raum zu überblicken. Die Töpfe mit den großen Palmen standen tatsächlich noch wie damals zwischen den Tischen in der Raummitte und zwangen die Kellner, ihre Tabletts vorsichtig an den ausladenden Palmwedeln vorbei zu balancieren. Allerdings erkannte er keinen mehr von ihnen und der Oberkellner bei der Anrichte schien geradezu lächerlich jung gegen den alten Kring, mit dem er als Stammgast gern das eine oder andere Wort gewechselt hatte. Sicher genoss Kring längst seinen Ruhestand.

Bruno wählte einen der kleineren Tische in den Nischen vor den hohen, schmalen Fenstern, ohne auf eine Platzierung des Oberkellners zu warten. Ein junger Mann in schwarzer Weste und langem Vorbinder stieg auf das Podium bei der hinteren Wand und rollte den Flügel beiseite, um Platz für einen Halbkreis von Stühlen zu schaffen. Dann gab es wohl auch den Tanztee noch, zu dem Malvine früher gerne eingeladen hatte? Bruno legte sein Zigarillo-Etui vor sich auf den Tisch und winkte dem Kellner ab, der sich mit der Speisekarte näherte. Malvines kleine, feine Gesellschaften waren sehr beliebt gewesen, aber Bruno hatte sich immer gefragt, ob auch Malvine Vergnügen an ihnen gefunden hatte. Unter ihrem Lächeln schien sie oft traurig und unruhig zu sein. Obwohl er ihrem Mann und dem Haus Krogh Hansen freundschaftlich verbunden gewesen war, hatte sie sich ihm nie anvertraut. Auch sonst hatte sie keinem ihrer Bekannten erlaubt, ihr näherzukommen oder sie gar zu trösten. Offenbar hatte sie daran in den letzten zehn Jahren festgehalten. Oder hatte Malvine ihre Herzensangelegenheiten mittlerweile geregelt, ohne ihren Namen zu ändern? Immerhin schien sie wieder so lebensfroh wie vor Jespers Tod. Ein kleines Lächeln kam um seinen Mund.

Er nahm einen Zigarillo aus dem Etui, steckte ihn aber nach kurzem Zögern zurück in die Lederhülle. Anders als der Duft seiner Orientzigaretten genierte der Rauch seiner Zigarillos manchmal und er wollte jetzt keinen Wortwechsel mit den anderen Gästen oder einem der Kellner. Er gestand sich ein, nervös zu sein. Malvine hatte sich genauso über ihr Wiedersehen gefreut wie er und trug ihm sein plötzliches Verschwinden anscheinend nicht nach. Doch was würde sie tun, wenn sie von den Gründen für seinen Weggang erfuhr?

Er sah sie hereinkommen, wie immer elegant zurechtgemacht. Zu ihrem hellen Sommerkostüm trug sie einen passenden Haarschmeichler aus Seide und Tüll. Sogleich erhob er sich.

»Mein Kompliment zu deinem Haarschmuck«, sagte er, als er ihr wenig später den Stuhl zurechtrückte. »Ich fand es schon immer merkwürdig, dass eine Dame im Café einen Hut aufsetzen soll.«

Malvine legte ihre Handschuhe auf ihre Tasche. »Danke dir! Das Leben einer Dame besteht übrigens aus vielen solchen Merkwürdigkeiten. Besser, man nimmt sie nicht allzu ernst«, setzte sie lächelnd hinzu.

»Oh, ich finde dich trotzdem sehr *grande dame*«, versicherte Bruno ihr mit einem Blinzeln. Er gab dem vorbeieilenden Kellner Zeichen. »Sollen wir uns die Kuchenauswahl zeigen lassen?«

Malvine schüttelte den Kopf. »Ich habe extra das Mittagessen für Eier Benedikt ausgelassen«, bekannte sie.

Bruno schmunzelte. »Da schließe ich mich gerne an! Trinken wir einen Silvaner dazu?«

Malvine tupfte sich den Mund ab und legte die Serviette hin. »Im Erzählen kommen mir die letzten zehn Jahre bald vor wie ein Tag«, sagte sie nachdenklich. »Die Sorge um Sofie und ums Geschäft hat mich so eingenommen, dass kaum Zeit zum Nachdenken blieb. Aber Sofies Entscheidung für Norby hat auch mich befreit.« Sie nahm einen Schluck Wein. »Erstaunlich, dass du jetzt ebenfalls an der Westküste lebst. Dabei hieß es immer, du seist nach Amerika gegangen.«

Bruno lehnte sich in seinen Stuhl zurück. »Da kam mir der Krieg dazwischen. Am Dockhafen von Esbjerg war meine Reise zu Ende.«

Malvine überlegte. Konnte sie ihn fragen, weshalb er fortgegangen war? Als aufmerksamer Gastgeber hatte Bruno sie während des Essens natürlich ermuntert, vor allem von sich zu sprechen. Aber vielleicht kam ihm diese Rücksichtnahme gerade recht? Inzwischen hatte sie nur von ihm erfahren, dass er Anteile an einer Eisfabrik und Fischkuttern längs der Westküste hielt und seine Beteiligungen stetig erweiterte.

Sie schob den letzten Bissen Ei und Soße auf die Gabel. »Sofie und James besuchen gelegentlich diese Jazzkneipe bei den Exportställen am Hafen«, fuhr sie im unverbindlichen Konversationston fort.

Bruno lächelte. »Da versammelt sich gern allerlei munteres Volk. Übrigens wohne ich um die Ecke. Zwei Zimmer zur Miete. Das hält die Kosten niedrig und ich bin schnell in meinem Hafenkontor.«

»Fährst du auch selbst zum Fischen hinaus?«

»Schon lange nicht mehr. Die See zeigt einem nur zu deutlich, wohin man gehört. Ich bin im Kontor nützlicher als an Bord.« Er blickte auf ihren leeren Teller. »Wie wäre es mit einem Eistörtchen zum Nachtisch? Die mochtest du doch so gern.«

»Ich mag sie auch immer noch«, erwiderte Malvine mit einem kleinen Seufzer. »Aber nach der vielen Buttersauce sollte ich wohl besser verzichten.«

Bruno sah sie überrascht und auch ein wenig belustigt an. »Du achtest auf deine Figur? Das ist neu, nicht? Erlaub' dir doch wenigstens einen Cognac zum Kaffee!«

Malvine ließ sich überreden und gestattete Bruno außerdem gern einen Zigarillo zu seinem Weinbrand. »Deine Orientzigaretten hast du wohl aufgegeben?«, erkundigte sie sich, nachdem der Kellner den Cognac serviert hatte.

Bruno legte das Zündholz in den Aschenbecher und nahm den

ersten Zug. »Inzwischen schon. Obwohl ich die Zigarillos anfangs nur auf See geraucht habe. Die Zigaretten taugen ja doch bloß für den Salon.«

»Aber du nicht mehr?«

Er strich ein wenig Asche am Rand des Aschenbechers ab. »Ich musste Geld verdienen und die Fischerei bot sich an.«

»Im Krieg?« Malvine unterdrückte ein Frösteln. Obwohl Dänemark nicht in den Krieg eingetreten war, waren auch dänische Kutter durch die Minen und U-Boote der Deutschen zu Schaden gekommen.

Bruno zuckte mit den Schultern. »Natürlich waren unsere Reisen gefährlich. Aber sie brachten viel Geld. Essen müssen die Leute schließlich immer. Und als ich nach dem Krieg wieder Deutsch sprechen mochte, habe ich unseren Fisch für noch mehr Geld bis nach Altona hinunter angeboten. Es ließ sich auch der eine oder andere Kutterverkauf nach Deutschland vermitteln. Mittlerweile suchen mich die deutschen Aufkäufer gezielt auf, weil ich ihnen viel lästige Sucherei erspare. Und mir bringt die Maklerei einen respektablen Nebenverdienst.«

Malvine hob ihr Glas und trank ihm lächelnd zu. »Einmal ein Kaufmand, immer ein Kaufmand!«

Ein Streichquartett betrat das Podium. Während die Musiker ihre Instrumente stimmten, verstummten an den Tischen allmählich die Gespräche.

»Der gute alte Tanztee«, sagte Malvine in die Töne vom Podium hinein. Die ersten Paare erhoben sich.

»Möchtest du auch tanzen?«, fragte Bruno.

Langsam drehten sie sich zu den Klängen eines Bostons vor dem Podium. Er fühlte sich vertraut an, dachte Malvine. Als wäre ihr letzter Tanztee gerade eine Woche her. Es tat gut, wieder einmal nur zum Vergnügen zu tanzen und sich dabei unaufdringlich von Bruno führen zu lassen. Früher war er oft eingesprungen, wenn ihre Tischordnung nicht aufgegangen war oder ein Gast plötzlich abgesagt hatte. Er hatte nie eine große Sache daraus gemacht und sie auch nicht, wie viele andere Herren, mit ungebetenen Ratschlägen belästigt, als sie nach dem Tod ihres Mannes plötzlich mit der Verantwortung fürs Geschäft fertigwerden musste. Bislang hatte sie Bruno immer als Jespers Freund betrachtet, dabei war er auf eine zurückhaltende Weise auch ihr Freund gewesen.

»Ich habe dir für deine Freundschaftsdienste damals nie richtig gedankt, nicht?«

Er hielt sie fester, um sie an den anderen Paaren vorbeizuführen. »Warum auch? Ich war gern für dich da.«

»Du hast mich auch nicht merken lassen, dass ich anfangs vom Geschäft nichts verstand.«

Er lächelte. »Mir schien, du hattest schon genug Besserwisser um dich herum.«

»Aber außer dir keinen, der zuhören mochte.«

Die Melodie klang aus. Bruno schwang sie in einer letzten Drehung herum. »Du hast dir wohl vorgenommen, mir alle meine Wohltaten aufzuzählen?«, fragte er leichthin.

Sie löste sich von ihm, um den Musikern zu applaudieren. »Schon!«, erwiderte sie lächelnd. »Nur magst du ja anscheinend nichts von ihnen hören.« Sie nahm wieder seinen Arm und sie gingen zum Tisch zurück.

»Übrigens habe ich mein Esszimmer neu eingerichtet«, sagte sie. »Der Wandschmuck ist ein bisschen extravagant ausgefallen. Deshalb würde ich gern als Erstes deine aufrichtige Meinung hören, bevor mir die Schmeichler zu meinem guten Geschmack gratulieren. Also, besuch' mich bald mal zum Abendessen.«

Malvine stellte ihn auf ein Podest, auf das er wahrlich nicht gehörte, dachte Bruno. Beim Verlassen des Cafés spürte er sein Gewissen noch drängender als zuvor. Sie hatten beide den Nachmittag sehr genossen, dabei aber vermieden, weiter über seinen Weggang aus Kopenhagen zu sprechen. Nur würde er Malvine kaum noch unter die Augen treten können, wenn sie nicht die Wahrheit über ihn erfuhr. Sie hatte ihn gebeten, aufrichtig zu sein, und er wollte aufrichtig mit ihr sein. Und dann würde er hinnehmen, was kam. Er blickte in ihr lächelndes Gesicht hinter dem Droschkenfenster und winkte, als sie grüßend die Hand zum Abschied hob.

***

Christian stand am Treppenaufgang und blickte Julia nach, die langsam ihre Zimmertür hinter sich schloss. Er unterdrückte einen schmerzlichen Seufzer. Nun würde eine weitere unruhige Nacht vergehen, bis sie sich wiedersahen. Kaum vorstellbar, dass er vor knapp einer Woche noch nicht sagen konnte, welche Frau ihm gefallen würde. Nun wusste er es ganz genau ... Eine andere als Julia würde es für ihn nicht mehr geben. Wenn sie einander hier an der Treppe gute Nacht sagten und sie sich oben noch einmal nach ihm umschaute, tat ihm jedes Mal das Herz weh vor Sehnsucht. Und morgens konnte er gar nicht schnell genug an den Frühstückstisch kommen, um sie wiederzusehen. *Tapfere, wunderschöne Julia* ... Er hatte im letzten Sommer in Kopenhagen nicht einmal den Mut aufgebracht, seiner Mutter zu schreiben, dass er sein ungeliebtes Philosophiestudium aufgegeben hatte. Sie dagegen hatte zu Hause lieber Streit und Unverständnis ertragen, als zu verstummen. Er würde sie nur zu gern in seine Liebe hüllen, sie behüten und trösten, wenn sie unleidlich wurde, weil ihr eine Melodie nicht geraten wollte. Ob sie es mögen würde, wenn er auf dem Weg zur Treppe ihre Hand nähme? Aber er wollte sich ihr nicht aufdrängen wie diese ungestümen Verehrer, die nur auf ihr Äußeres blickten und über die sie so gern zusammen lachten. Ach, wenn sie ihn doch auch so unbedingt und leidenschaftlich lieben würde wie ihre Musik ...

Axel trat zu ihm und legte ihm eine Hand auf die Schulter. Eine Weile sahen sie schweigend zum Treppenaufgang hin, dann sagte Christian leise: »Ich möchte, dass Julia meine Frau wird.«

Sein Schwager nickte. »Das trifft sich gut. Kathrine macht sich nämlich schon Gedanken über eure Hochzeitsgesellschaft, weißt du.«

Christian musste wider Willen schmunzeln.

Gemächlich gingen sie durch die Spülküche in den Garten, um vor dem Schlafengehen noch eine Zigarette zu rauchen.

»Ist es so leicht zu merken, wie es um mich steht?«, fragte Christian.

Axel brannte ein Zündholz für ihn an. »Um euch beide.«

»Dann sollte ich Julia wohl bald fragen, ob sie mich auch will.«

»Nur zu!«, ermunterte der Schwager ihn lächelnd und nahm genussvoll den ersten Zug aus seiner Zigarette.

***

Tilda hatte für den heutigen Donnerstagmorgen wieder ihre Hilfe im Strandhotel angeboten. Deshalb beeilte sie sich mehr als sonst mit dem Abwasch des Frühstücksgeschirrs. Sie zog das Küchentuch vom Trockengestell über dem Komfur und wischte rasch die Teller und Schalen trocken. Während sie das Geschirr ins Küchenbord stellte, überlegte sie einmal mehr, wie sie mit den Eltern über ihre Studienpläne reden sollte. *Die Hochschule für Tiermedizin? Du als junge Frau unter all den Männern?*, hörte sie die Mutter zweifelnd sagen. *Warum denn nicht? Da ist doch nichts dabei*, würde sie leichthin entgegnen und sich dann dem Vater zuwenden. *Nicht wahr, Vater, es liegt mir doch, mit Tieren zu arbeiten?* Sicher würde der Vater ihr zustimmen, dachte sie lächelnd und wandte sich den Kaffeetassen auf dem Abtropfbrett zu. Er war ja stolz darauf, dass er beiden Kindern seine Begabung weitergegeben hatte, und holte sie gern, wenn er Hilfe am Behandlungstisch brauchte. Sie nahm noch eine Kaffeetasse vor und rieb sie eilig trocken. Nur würde er bestimmt hinzufügen: *Dennoch werden die meisten Viehhalter lieber einen Tierarzt als eine Ärztin rufen, weil sie einer Frau kaum vertrauen.* Stirnrunzelnd griff Tilda zur letzten Tasse. Leider könnte der Vater recht behalten. Während James schon in kurzen Hosen als der zukünftige Kandidat Jul galt, sah man in ihr bis heute nur die nette Tilda, die gelegentlich dem Vater oder Bruder zur Hand ging. Dabei könnte sie genauso anpacken wie die beiden, wenn man sie nur ließe.

Sie stellte die trockene Tasse ins Küchenbord und begann, energisch das Besteck zu polieren. Zum Auswachsen war das! Kaum wagte sie zu hoffen, dass ihr Traum sich erfüllen könnte, da drohte er schon zu scheitern. Sollte sie James um Hilfe bitten? Er wusste oft guten Rat. Nachdenklich legte sie die glänzenden Löffel und Messer in die Besteckschublade. Würde er ihren Wunsch denn verstehen können? Zwar liebte James Tiere und die Natur, aber Tierarzt war er nur geworden, weil der Vater seine Praxis gern in der Familie halten wollte. Er selbst begeisterte sich für Rinderzucht und die Erforschung der Natur. Außerdem litt er gerade sehr darunter, dass ihn sein Beruf tagelang von Sofie trennte.

Sie zog das Trockengestell zu sich heran und warf das Leinentuch über das Holzgestänge. »Diesmal frage ich ihn wohl besser nicht um seinen Rat«, sagte sie mit einem freudlosen Lächeln zu Melusine. Die Hündin lag mit dem Kopf auf den Pfötchen in ihrem Korb beim Herd und schaute sie mit großen Augen an. »Wenn ich nur außer ihm noch jemanden wüsste, der mir helfen könnte!«

Ihr Vater eilte mit der Instrumententasche in der Hand herein. »Es wird Zeit, dass ich loskomme«, sagte er hastig, »Terkelsen wartet sicher schon ungeduldig auf mich. Gibst du mir mal meinen Arbeitskittel?«

»Was ist denn mit Terkelsens Kühen?«, fragte Tilda, während sie ihrem Vater den Kittel hinreichte. »Hoffentlich haben sie nicht Maul- und Klauenseuche!«

Ihr Vater rollte die blaue Joppe zusammen und verstaute sie in der Tasche. »Ich glaube kaum. Es wurden ja keine Erkrankungen in der Nähe gemeldet und in Esbjerg bei den Schlachtungen ist auch nichts aufgefallen. Wahrscheinlich sind Terkelsens Kühe gesünder, als er denkt.«

Sie lächelten einander verständnissinnig an.

»Willst du mit?«, fragte er.

Tilda schüttelte den Kopf. »Ich helfe heute Morgen im Strandhotel.«

Ihr Vater nahm sie um die Mitte und drückte sie an sich. »Recht so. Geh nur zu den jungen Leuten, Liebes!«

XIV

Im Strandhotel teilten die vier jungen Leute wie jeden Morgen die Arbeiten des Tages unter sich auf. Salon und Terrassenzimmer sollten den zweiten Farbanstrich bekommen. Außerdem mussten die Möbel für die Gesellschaftsräume aus ihren Decken gewickelt und aufgestellt werden. In der Spülküche standen die Körbe mit dem Hotelporzellan zum Auspacken und Abspülen bereit. Und auf Kathrines Nähtisch warteten die fertig zugeschnittenen Vorhänge aufs Säumen.

Christian suchte Julias Blick. »Sollen wir beide das Streichen übernehmen?«

Sie nickte eifrig und Kathrine schaute lächelnd zu Axel. Er blinzelte ihr unauffällig zu.

»So passt es wohl am besten«, sagte er. »Sollen wir dann die Möbel auswickeln, Kathrine?«

Sie überlegte. Sicher würde Christian es zu schätzen wissen, wenn er mit Julia beim Streichen ohne Zuhörer plaudern konnte. »Ich würde lieber das Geschirr auspacken, damit ich die Körbe aus der Spülküche bekomme.«

Axel verstand. »Auch gut«, entgegnete er und griff nach seiner Zigarettendose.

Julia schob ihren Eimer vor die Terassentür und begann, den unteren Teil der Wand bei der Tür zu streichen. Weil Christian nicht wollte, dass ihr die Arme schwer wurden, tünchte er von der Leiter aus die Decke und die oberen Wandflächen. Ach, wie sie es mochte, wenn er sich so um sie sorgte! Nach dem Klavierspiel legte er ihr immer den Schal um, damit ihr in der Zugluft vor der Terrassentür nicht kalt wurde. Er rückte ihr den Klavierhocker zurecht und brachte ihr Kaffee und Zuckerkringel zur Stärkung, wenn sie übte. Bei ihm fühlte sie sich zum ersten Mal seit langer Zeit ganz und gar angenommen. Er verstand sogar, welch eine Plage es bisweilen war, eine hübsche Frau zu sein und nur wegen des Aussehens gemocht zu werden. Und als sie ihm anvertraute, *wie* traurig und wütend sie werden konnte, wenn eine neue Melodie in ihr war und noch nicht recht herauskommen mochte, hatte er tröstend erwidert, dass sie dann in ihrer Verzweiflung wohl besser ermutigt statt gescholten werden sollte.

Sie ließ ihren Pinsel sinken und betrachtete ihn versonnen. Ein richtiger Schatz war er. Wenn er doch *ihr* Schatz wäre ... Sie wünschte es sich so sehr. Aber leider versuchte Christian ja nicht einmal, ihre Hand länger festzuhalten als nötig, wenn sie ihm abends beim Klavierspiel die Finger führte. Und schon gar nicht, ihr bei der Treppe einen Gute-Nacht-Kuss zu geben. Weil er sie nicht bedrängen wollte wie manche ihrer allzu forschen Verehrer? *Ich muss ihn wohl ein bisschen mehr ermuntern*, dachte sie und lächelte ihm zu, als er sie anschaute.

»Was meinst du, sollen wir nach dem Mittagsbrot am Strand entlang zum See hinüberwandern?«, fragte Christian wie nebenbei, während er sorgfältig seinen Quast über den Farbeimer legte. »Heute ist gutes Licht, wir könnten meine Ica mitnehmen und fotografieren.«

Julia seufzte behaglich. »Und die Farbeimer und die Quaste eine Weile sich selbst überlassen? Das wäre schön!« Sie wandte ihren Kopf zur Tür. »Oh! Hallo, Melusine!« Die kleine Hündin lief ins Zimmer, sauste um Julia herum und schnupperte an ihrem Farbeimer. Dann flitzte sie einige Male unter den Leiterstreben durch und behielt schließlich unter den Stufen der Leiter Platz.

»Guten Morgen zusammen«, grüßte Tilda beim Eintreten und sah sich um. »Schön!«, sagte sie anerkennend. »Dieser Orangeton an den Wänden wirkt hell *und* gemütlich, genau wie Kathrine dachte. Wo ist sie übrigens? Ich hab' ihr Mutters Rezepte für Gemüseterrinen mitgebracht.«

Christian nahm seine Malerbürste auf und streckte sich wieder nach der Decke. »In der Spülküche. Axel und sie packen das neue Geschirr aus.«

»Da würde ich gern helfen. Aber vielleicht braucht ihr mich hier beim Streichen?«

Julia und Christian sahen einander an.

»Ach, danke schön, Tilda, wir kommen schon zurecht«, erwiderte Christian. »Oder, Julia?«

Sie nickte.

»Na, dann komm, Melusine.« Tilda wandte sich zum Korridor, doch Melusine behielt Platz.

»Lass sie nur hier«, bat Julia, »ich hätte sie gern ein Weilchen um mich.«

Tilda lächelte stolz. »Aber erlaube ihr nicht, euch bei der Arbeit zu stören. Brav, Melusine!«, mahnte sie im Hinausgehen.

Christian beugte sich zu der kleinen Hündin hinab, die erwartungsfroh zu ihm aufsah. »Ich will die Leiter umstellen, lauf mal zu Julia!«, sagte er ermunternd. Doch Melusine behielt weiter Platz. »Na, lauf schon!«, wiederholte er, doch sie tat ihm auch diesmal den Gefallen nicht. Julia lachte.

»Ach, verflixt! Ruf' du sie mal, Jule«, bat er, halb ungeduldig, halb belustigt, »so kann ich die Leiter nicht wegrücken.«

Julia kniete nieder und klopfte mit der flachen Hand einige Male auf den Boden. »Na, komm, lass Christian nicht warten.« Schließlich erhob sich die Hündin und lief zu ihr. »Feines Mädchen!«, lobte Julia sie, nahm die Kleine auf und streichelte ihren Rücken.

Christian trat zu ihr und fuhr über Melusines lockige Ohren. »Auf mich magst du wohl nicht hören, wie?«

»Es gefällt ihr eben bei dir«, sagte Julia und rührte sacht an seine Hand. »Ich freu mich schon auf unsere Wanderung.«

»Ich freu mich auch«, entgegnete er und seine Stimme trug das Lächeln in sich, das sie so mochte.

∗∗∗

Anders als gestern Abend blieb es heute Mittag ruhig in der Gaststube. Ernst schob seinen Teller mit den Resten von aufgewärmtem Kohl und Speck zur Seite und blätterte durch seine Kladde. Die Gespräche an den Tischen hatten sich meist um die alltäglichen Vorkommnisse auf den Höfen und in der Meierei gedreht. Zuweilen hatte man auch über die Vermietungsgesellschaft gesprochen, von der sich viele Norbyer einen kräftigen Aufschwung für ihr Dorf erhofften. Einige der Männer waren an seinen Tisch gekommen, um ihm die Hand zu geben und alles Gute für seinen Artikel zu wünschen. Sie hatten bereitwillig zugestimmt, sich fürs *Magasin* fotografieren zu lassen. Man sei gespannt, was er über Norby erzählen würde, hatte einer von ihnen die Unterhaltung fortgeführt. Sicher würde ein Reporter aus der Hauptstadt ihr Dorf ganz anders ansehen als sie. Verstehen würde er sie doch wohl?, hatte ihn ein anderer mit einem Zwinkern gefragt und ihm einen Schnaps spendiert, als Ernst zugeben musste, dass er bei ihrem Westjütischen nicht leicht mitkam.

Er würde die Männer gern mehr von Norby erzählen hören, allerdings ohne dabei Steen Steensens wachsame Blicke auf sich gerichtet zu sehen. Auch jetzt schaute er vom Tresen prüfend zu ihm herüber.

Fru Steensen näherte sich mit dem Kaffeetablett, gefolgt von einem jungen Paar, das sich an den Händen hielt. »Unsere Söderbloms sind da«, sagte sie lächelnd.

Ernst erhob sich. »Sehr erfreut.«

Die Söderbloms mochten wohl wie er Mitte zwanzig sein. Mit ihren silberblonden Haaren und den hellen Augen konnte das Ehepaar aufs erste Ansehen als Geschwister durchgehen. Ihre Zeichnungen und Texte für den Artikel im *Magasin* hatten ihm gefallen und er war gespannt darauf, mehr von ihnen zu erfahren.

Von Steen Steensen ermuntert, schilderten die beiden beim Kaffee den Umbau ihres Strandhotels. Ernst hörte gespannt zu. Ein Hotel, das elektrischen Strom von einem Generator in der Spülküche erhielt, weil ein Kabel vom nächsten Umspannwerk heraus genauso unbezahlbar gewesen wäre wie der Anschluss an die Wasserleitung von Nybøl? Das war erstklassiges Material für seinen Artikel. Es würde ihren Lesern einen sehr anschaulichen Eindruck vom Leben im abgelegenen Norby vermitteln! Rasch blätterte Ernst seine Kladde wieder auf. Während er noch Stichworte notierte, sprach Kathrine Söderblom über die mühevolle Suche nach einem guten, gebrauchten Klavier für die Jazzkonzerte. Über etliche Zeitungsanzeigen hatten sie schließlich ein passables Instrument *und* einen Klavierstimmer gefunden, den die umständliche Anreise zu ihnen heraus nicht abgeschreckt hatte. Ganz Norby war am Strandweg versammelt gewesen, um zuzuschauen, wie das Instrument unter der Aufsicht des Klavierstimmers von der Ladefläche des Lastwagens gehoben und ins Hotel gerollt wurde. Ernst nickte und notierte eifrig. Dann legte er den Bleistift hin.

»Sie sind sehr wagemutig«, sagte er lächelnd.

Die Söderbloms sahen einander an, dann nahm Kathrine Söderblom die Hand ihres Mannes. »Das Hotel ist unser Traum«, sagte sie einfach.

Steen Steensen lehnte sich zu ihm herüber. »Lassen Sie Ihre Leser auf jeden Fall wissen, dass Söderbloms Strandhotel in Lage und Komfort denen in Skagen und Gilleleje gleichsteht.«

Ernst presste verärgert die Lippen zusammen. Merkte Hr. Steensen denn nicht, dass seine Einmischerei mehr schadete als nützte? Er wünschte den Söderbloms alles Gute für ihr Hotel und würde gern einen Hinweis in seinem Artikel bringen, wenn es passte. Doch zu einer Gefälligkeit ließ er sich nicht drängen.

»Besten Dank für Ihre Anregungen, Hr. Steensen. Aber sehen Sie, das *Magasin* berichtet frei und unabhängig«, fuhr er mit einem Lächeln zu den Söderbloms hinüber fort. »Deshalb werden Sie sicher verstehen, dass ich mich beim Schreiben ausschließlich auf meine eigene Auswahl des Materials stützen werde.«

Steen stieg die Röte ins Gesicht. »Ihre eigene Auswahl?«, sagte er schroff. »Für wen halten Sie sich, Hr. Rav?«

»Ich muss doch bitten!«, erwiderte Ernst scharf.

Steen stemmte sich hoch und ging vor dem Tisch auf und ab. »Sie haben die Männer gestern gehört, Hr. Rav. Viele von ihnen haben in die Vermietungsgesellschaft eingelegt, weil *ich* ihnen dazu geraten habe. Sie verlassen sich auf mich, verstehen Sie?« Er trat wieder an den Tisch heran. »Die Gesellschaft hat für den Bau der Häuser einen großen Kredit aufgenommen und die Söderbloms stehen mit ihrem Hotel auch tief in der Kreide. Na, und unser Krug … Wenn ich nur an die Aufwendungen für die neuen Gästeklosetts denke!« Er schaute Ernst geradewegs in die Augen.

»Die Vermietung *muss* ein Erfolg werden. Zu viel hängt davon ab. Und was ich dazu tun kann, tue ich!«

Hr. Steensen klang genauso angespannt wie der Vater, wenn er wieder einmal sorgenvoll über die Auflagensteigerung ihrer Zeitschrift sprach, dachte Ernst. »Ich verstehe Sie durchaus«, erwiderte er sanfter, »aber bitte, verstehen *Sie* mich auch, Hr. Steensen. Ich werde unsere Leser nicht enttäuschen, indem ich die Grundsätze des *Magasin* missachte.«

Steen atmete tief ein. »Sie sind auf unsere Einladung hier, Hr. Rav. Die Gesellschaft hält Sie gastfrei. Es ist wohl nicht zu viel verlangt, wenn Sie mich wenigstens anhören.«

Ernst blickte überrascht zu Steen hoch. Das *Magasin* kam doch für seine Reisekosten auf? Anderes hatte der Vater nicht erwähnt, auch wäre es ganz gegen seine Überzeugungen. Sicher lag ein Missverständnis vor. »Ich werde meine Auslagen selbstverständlich bezahlen«, entgegnete er.

Axel stand auf und nahm Steen beim Arm. »Auf ein Wort«, sagte er und führte ihn ein wenig beiseite. »Natürlich wird Hr. Rav nach eigenem Ermessen über Norby schreiben. Ich sehe da gar keine Schwierigkeiten. Wie, Steen?« Er lächelte seinem Vormann und Freund aufmunternd zu.

Steen sah ihn eine Weile schweigend an. »Machen wir weiter«, sagte er ruhig und setzte sich zurück an den Tisch.

Ernst blickte auf sein Notizbuch nieder. Axel Söderbloms gut gemeinter Versuch, zwischen Hr. Steensen und ihm zu vermitteln, machte seine Lage nur noch unbehaglicher. »Bitte fassen Sie es nicht als Kränkung auf«, bat er, »aber ich muss auf einer Rechnung bestehen. Die Statuten unserer Zeitschrift untersagen die Annahme von Vorteilen, auch wenn sie aus reiner Freundlichkeit angeboten werden.«

Steen schaute fragend zu Axel, der kurz mit den Schultern zuckte. »Die Gesellschaft wird sich selbstverständlich nach Ihren Wünschen richten, Hr. Rav«, erwiderte er förmlich.

***

Der kleine See lag ein gutes Stück hinter dem Dünengürtel zwischen Heide und Feldgraswiesen. Julia und Christian streiften vorsichtig durch das hohe, mit Heideplacken durchsetzte Grün, um die brütenden Birkhennen nicht zu stören. Sie hatten sich eine ganze Weile damit vergnügt, die Wolkenspiegelung auf dem Wasser und einander vor dem Uferschilf zu fotografieren. Nun rasteten sie auf einer trockenen Stelle am Rand der Wiesen.

Julia ließ ihren Blick über die weite Fläche schweifen. »Sieh nur!« Sie fasste nach Christians Arm. Auf einem Heideplacken schlug ein Birkhahn langsam sein Schwanzgefieder zur Leierform auf. Die schwarzen Federn glänzten in der Sonne und sein Hahnenkamm leuchtete tiefrot über dem dunklen Gefieder.

»Wunderschön!« Christian hatte seine Ica griffbereit, fotografierte aber nicht. »Schade, dass man auf einem Schwarz-Weiß-Foto nichts von dem Glanz seines Gefieders sehen würde«, fügte er bedauernd hinzu.

Julia nickte verständnisvoll. Christian träumte von den Ausdrucksmöglichkeiten farbiger Fotografien, aber die Farbenplatten und ein passender Apparat waren ganz unerschwinglich für ihn.

»Könnte man den Glanz nicht nacharbeiten?«, fragte sie.

»Schon, aber es wäre nicht dasselbe.«

»Warte nur, eines Tages«, erwiderte sie und zwinkerte ihm zu.

»Ja, eines Tages …«, wiederholte Christian lächelnd und verstaute die Kamera im Rucksack.

Eine Weile sahen sie schweigend dem Hahn nach, der sein Schwanzgefieder zusammengeschlagen hatte und nun gemächlich davonschritt.

»Bestimmt wird mein Vater bald herausfinden, wo ich bin«, sagte Julia sorgenvoll in die Stille hinein.

»Wie sollte er? Du hast doch Tor Torsten für seine Verschwiegenheit gut bezahlt«, erinnerte Christian sie.

Aber Julia kannte ihren Vater genau. Wenn Erwin Krøger Auskünfte verlangte, würde er sie irgendwann erhalten.

»Mein Vater kriegt immer, was er will«, erwiderte sie. »Sicher wird er nach Norby kommen und Ärger machen«, setzte sie hinzu und biss sich auf die Lippe. »Und er wird darauf bestehen, dass ich mit ihm gehe. Wegen unseres guten Rufs, weißt du.«

Christian überlegte. Bislang kannte er Julias Vater nur flüchtig als leutseligen Kaufherrn, der in seinem Hof gewandt mit den Kunden plauderte. Doch von Julia und Axel wusste er mittlerweile, dass er Dienstmännern und Lieferanten gegenüber gern den Herrn herauskehrte und den Haushalt am Søndre Landevej mit seinen Launen plagte.

»In unserem Haus hat dein Vater nichts zu sagen. Und wenn er ungemütlich wird, weisen wir ihm die Tür«, entgegnete er ruhig und fasste nach Julias Hand.

Ihre gute Laune kehrte zurück. »Dann kann ich also bei euch bleiben?«

Er nickte. »Sicher, so lange du willst.« Sie sahen einander an. »Jule«, sagte er zögernd, »Julia … Willst du mir bitte glauben, dass ich dich nie bedrängen würde?«

Ein Lächeln ließ ihr Gesicht erstrahlen. »Aber das weiß ich doch längst«, antwortete sie.

Er hielt ihre Hand fester. »So?«

»Was glaubst du wohl, wie sehr ich bei der Treppe jedes Mal auf deinen Gute-Nacht-Kuss warte«, fuhr sie fort, »aber du versuchst ja nicht mal, beim Klavierspiel meine Hand zu nehmen.«

Er lächelte über den vorwurfsvollen Ton in ihrer Stimme. »Ich hab' mich nicht getraut«, entschuldigte er sich. »Ich wollte doch alles richtig machen mit dir.«

»Ach, Christian«, sagte sie zärtlich, »hätte ich dir nur nicht von meinen Verehrern erzählt.«

Da zog er sie an sich. »Liebste Jule«, sagte er sanft und streichelte behutsam ihre Wangen.

Sie hob ihm ihr Gesicht entgegen. »Küss mich«, sagte sie leise. »Lass mich nicht länger warten.«

XV

Als es zu kühl wurde, um weiter im Gras zu sitzen, machten sie sich widerstrebend auf den Heimweg. Christian wollte Julia nie mehr aus seinen Armen lassen und bestand darauf, sie durch die Dünen zum Strand zu tragen.

»Bin ich dir nicht zu schwer?«, fragte sie besorgt, als er mit ihr auf dem Rücken durch den weichen Sand stapfte.

Christian lächelte. »Zu schwer? Ich merk' gar nichts von dir, mein federleichter Schatz.«

Julia küsste sich an seiner Wange entlang bis zum Ohrläppchen. »Merkst du jetzt was?«

Er lachte und rieb seine Wange an ihrer. »Schon besser.«

»Zu denken, dass ich alle Männer lästig fand …«, sagte sie belustigt. »Aber dann hast du mich freundlich angesehen und ich fühlte mich so gut neben dir. Da hab' ich gehofft, dass du nicht bist wie die anderen Männer.« Sie neigte sich vor, um seinen Mund zu küssen. »Und als du mich damit getröstet hast, dass nur die Dummen mich schwierig finden, wusste ich es. Plötzlich wünschte ich mir, dass *du* mich einen süßen Schmetterling nennen würdest. Ich kannte mich gar nicht mehr wieder«, sagte sie, während Christian sie, mehr rutschend als gehend, über den Dünenkamm hinweg den steilen Sandberg hinuntertrug. Er tupfte viele rasche Küsse auf ihre Hände und nannte sie so verliebt seinen entzückenden, kleinen Sommervogel, dass Julia vor Glück aufseufzte.

»Ich hab' immerzu an mir gezweifelt«, sagte sie, als sie dann gemächlich Arm in Arm am Spülsaum entlangliefen und dabei zusahen, wie die Sonne den Himmel erst rotgolden färbte und allmählich unter den Horizont sank. »Aber bei dir bin ich endlich geborgen. Weil du mich so willst, wie ich bin.« Sie blieb stehen und sah ihn an. »Du bist so ein Schatz. *Mein* Schatz«, setzte sie mit einem Lächeln hinzu und küsste ihn.

»Ich wünsch' mir, dass du mich grade so liebst wie deine Musik«, antwortete Christian leise. Sie schmiegte ihre Hände um seine Wangen.

»Das will ich«, erwiderte sie ernst.

»Für immer?«, fragte er.

Als sie nickte, schloss er die Augen und hielt sein Gesicht eine Weile ganz still in ihren Händen.

»Und du?«, sagte sie. »Wirst du mich auch lieben? Und geduldig mit mir sein?«

Er legte wieder den Arm um sie. »Liebe und Geduld«, sagte er, »so viel du willst und noch mehr, Julia. Versprochen.«

Kathrine breitete behutsam die ziegelrote Chenille auf ihrem Nähtisch aus. Der weiche, mit orangefarbenen Mohnblumen überdruckte Stoff war genau richtig zu den dunklen Möbeln in Salon und Terrassenzimmer. Gut, dass Sofie ihr zugeredet hatte, lieber woanders etwas einzusparen, als auf den schönen Samt zu verzichten. Sie drehte die kleine Lampe neben ihrem Nadelkissen höher und neigte sich tiefer über den Tisch, um die ersten Stecknadeln zu setzen. Kurz darauf blickte sie zu Axel, der hinter ihr am Wohnzimmertisch saß und die Postmappe ordnete.

»Hoffentlich lässt Steen Ernst Rav jetzt in Ruhe«, sagte sie besorgt und wandte sich wieder ihrer Arbeit zu. »Ich fürchte wirklich für seinen Artikel, wenn er ihm weiter dreinredet.«

Axel sah von seinen Papieren auf. »Oh, Steen weiß schon, dass unsere Beilage nur zusammen mit dem Artikel über die Westküste ein Erfolg wird, schätze ich.« Schmunzelnd setzte er hinzu: »Notfalls muss ich ihn eben noch mal daran erinnern.«

Kathrine hörte das Lächeln in seiner Stimme und drehte sich zu ihm um. »Gut, dass die Gesellschaft dich hat, Liebling.«

»Gut, dass Steen manchmal auf mich hört.« Er blinzelte ihr zu und hielt den Vertrag mit Teddy Baker hoch. »Du hast ja aufnehmen lassen, dass er unser Lied auch auf Dänisch bringt.«

Kathrine strahlte. »Ich hab' ihm geschrieben, dass du *Sleep, my darling, good night* auf dem Heimweg von unserem ersten Tanzvergnügen für mich gesungen hast. Und dass uns der Einfall mit dem Jazzhotel gekommen ist, als wir den englischen Text ins Dänische übersetzt haben. Da war er einverstanden.«

Sie sandte ihrem Mann eine Kusshand. »Ich möchte doch einmal mit dir tanzen, wenn der große Teddy Baker unsere Verse für uns singt.«

»Ich werde dich beim Tanzen so fest in meine Arme schließen wie noch nie«, versprach Axel. Er legte den Vertrag zurück in die Mappe und runzelte die Stirn, als er einen verschlossenen Umschlag zwischen den Briefbögen entdeckte.

»Au, was ist das? Hoffentlich ist mir nichts Wichtiges durchgerutscht.« Er sah sich den Absender an. »Von der Poetischen Gesellschaft in Nybøl«, setzte er erstaunt hinzu und trat mit dem Brief in der Hand hinter Kathrines Stuhl.

Sie lehnte ihren Kopf an seine Brust und sah fragend zu ihm auf.

Axel überflog das Schreiben und erklärte während des Lesens: »Der Vorstand ist durch den Artikel übers Hotel im *Nybøl Dagblad* auf deine Texte und meine Bilder aufmerksam geworden. Er freut sich darauf, die Tochter des von ihm ausgezeichneten Heimatdichters und einen aufstrebenden Sohn der Stadt kennenzulernen.« Er ließ den Brief sinken und sah Kathrine verblüfft an. »Die Poetische Gesellschaft möchte gegebenenfalls unsere Arbeiten fördern.«

Ihre Augen begannen zu glitzern. »Ein aufstrebender Sohn der Stadt«, wiederholte sie mit einem kleinen Zwinkern. »Na, wie gefällt dir das?«

Axel zuckte mit den Schultern und lächelte sein schiefes Lächeln. »Es sind ja vorerst nur gut gemeinte Worte«, erwiderte er lässig.

Aber Kathrine wusste genau, wie stolz er darauf war, ohne eine akademische Ausbildung von der renommierten Gesellschaft als Maler anerkannt zu werden. Sie streckte ihm die Arme entgegen. »Glückwunsch, Liebling! Jetzt dauert's nicht mehr lange, bis dein erstes Bild in einem unserer Museen hängt.«

Er fasste nach ihren Händen. »Oder deine Geschichten einen Verlag finden«, entgegnete er und wollte sie eben küssen, als von der Tür ein Räuspern erklang.

Julia und Christian standen Hand in Hand auf der Schwelle und lächelten zu ihnen herüber.

»Nini … Julia …«, sagte Kathrine freudig überrascht. Sie erhob sich und streckte ihnen die Arme entgegen. Die beiden kamen auf sie zu.

»Julia liebt mich, Nana«, sagte Christian, während sie einander umarmten. »*Mich*! Ist das nicht wunderbar?«

Kathrine drückte den Bruder fest an sich. »Ganz und gar wunderbar«, entgegnete sie mit Tränen der Rührung in den Augen. »Mein kleiner Bruder wird Bräutigam! Ach, Nini, ich freu mich so für euch.« Sie wandte sich zu Julia und nahm ihre Hände. »Liebe, danke, dass du meinen Bruder so glücklich machst.«

Julia strahlte. »Und er mich.«

Axel holte Gläser aus der Küche. Da nichts anderes im Haus war, stießen die vier mit Apfelmost auf Christians und Julias Verlobung an. »Gut, dass Kathrine und du mich auch wollt«, sagte Julia. »Ich hab' euch beide nämlich sehr gern.«

Axel und Kathrine sahen einander an. Dann neigte Axel sein Glas gegen Julias. »Und wir dich!«

***

Obwohl Sofie James vermisst hatte, war ihr die Woche im Nu vergangen. Neben ihren üblichen Haushaltspflichten hatte sie jeden Tag nach den Hochländern gesehen und gestern schon für das Wochenende vorgekocht, damit James und sie gleich morgen früh zu ihren Rindern hinausfahren konnten. Nun blieb für den heutigen Freitagvormittag noch die Ausfahrt mit Ernst Rav und schon würde es Mittag sein und ihr Mann aus Esbjerg zurückkommen.

Lächelnd wickelte sie sich die Fahrleinen von Balders Geschirr um die Hand und lenkte den Einspänner mit James' Falben auf die Landstraße hinaus. Ob James verstehen würde, wenn er ihr Nadelspiel mit den aufgeschlagenen Maschen über der Abbildung eines Kindermützchens im Damenjournal sah? Neuerdings spannten ihre Kleider ein wenig über der Brust und an den Hüften. Aber die Müdigkeit besserte sich allmählich. Höchste Zeit also, James mit ihrer guten Nachricht zu überraschen.

Sie schwenkte in den Zuweg zum Krug ein. Vor der Tür wartete ein junger Mann in modischem Trenchcoat und karierter

Schirmmütze. Den Mantelkragen hatte er hochgeschlagen und das Revers zugeknöpft, obwohl die Maisonne doch ganz ordentlich wärmte. An den frischen Wind und die herbe Luft bei ihnen musste man sich als Stadtmensch erst gewöhnen.

Sie stieg vom Wagen und ging ihm entgegen. »Hr. Rav, nehme ich an?«, fragte sie lächelnd. »Ich bin Sofie Jul, Ihre Fremdenführerin.«

Er zog die Mütze und schüttelte ihre Hand. »Ich bin neugierig, was eine Kopenhagenerin über Norby zu erzählen weiß.«

Täuschte sie sich oder klang er unter seinem leichten Ton angespannt?

Steen trat aus dem Haus und kam auf sie zu. »Guten Morgen, meine Liebe«, sagte er munter, »sicher habt ihr euch schon bekannt gemacht?« Er reichte Sofie einen Schlüsselbund. »Zeig Hr. Rav auf jeden Fall eine unserer Hütten. Und fahrt ein Stück am Strand entlang. Die Aussicht über Horn und Leuchtturm sollte er nicht versäumen.«

Sofie sah erstaunt, dass Ernst Ravs Miene sich verdüsterte. Sie steckte die Schlüssel in die Manteltasche. »Hr. Rav und ich werden uns schon einig. Vergiss du nur nicht, James heute Mittag von der Bahn abzuholen«, setzte sie mit einem Zwinkern hinzu.

Steen parierte ihre Herausforderung mit einem Schmunzeln. Sofie und er waren übers letzte Jahr gute Freunde geworden. Beide schätzten die Klugheit des anderen sehr und maßen sich gern in kleinen Wortgeplänkeln.

»Bestimmt nicht. Das würdest du mir doch nie verzeihen«, erwiderte er.

»Ganz recht!«, bestätigte sie fröhlich und zog die Handschuhe wieder an. »Sollen wir los, Hr. Rav?«

»Wenn Sie einverstanden sind, würde ich mir ein bisschen die Gegend ansehen, während Sie mir von Norby erzählen«, sagte Ernst, als sie langsam den Strandweg hinaufrollten.

Sofie lächelte. »Es ist Ihre Ausfahrt und ich stehe ganz zu Ihrer Verfügung. Übrigens schätzen mein Mann und ich Ihre Artikel im *Magasin* sehr«, antwortete sie und ließ Balder auf der Landstraße antraben. »Wir lesen uns oft daraus vor. Ich höre gern vom Königlichen Theater und von der Trabrennbahn.«

Ernst deutete eine Verneigung an. »Vielen Dank. Sie vermissen Kopenhagen wohl, Fru Jul?«

Sofie schüttelte den Kopf. »Von Kopenhagen zu lesen gleicht mehr einer schönen Erinnerung. Die Norbyer haben mich so herzlich aufgenommen, dass ich mich sofort zu Hause fühlte.«

Ernst nickte. »Die Männer in der Gaststube haben mich auch gleich in ihre Mitte geholt. Ganz, als würde ich dazugehören.«

»So sind die Norbyer «, bestätigte Sofie. »Man sagt Du und hilft einander.«

»Und was machen die Norbyer, wenn es mal nichts zu tun gibt?«

»Oh, auf einem Hof fällt immer Arbeit an. Und für die Geselligkeit treffen die Männer sich im Krug und wir Frauen besuchen uns untereinander. Wir trinken süßen starken Kaffee, machen Nadelarbeiten und erzählen uns allerhand Geschichten. Ich mag es sehr. Und wenn die Poetische Gesellschaft in Nybøl eine Theateraufführung veranstaltet oder zum Ball einlädt, gehen wir natürlich hin«, sagte Sofie. Vergnügt fügte sie hinzu: »Beim Winterball waren wir zusammen mit Steensens und den Söderbloms wohl die lustigste Gesellschaft im Saal.«

Ernst lächelte. »Offenbar kann man sich hier genauso gut amüsieren wie in Kopenhagen.«

»Noch besser«, entgegnete Sofie. »Was man nicht jeden Tag haben kann, genießt man umso mehr.«

Eine Weile fuhren sie schweigend dahin. Sie passierten einen langgestreckten Ziegelbau, dessen schmaler, runder Schornstein ein gutes Stück über das Dach des einstöckigen Gebäudes hinausragte. Auf der gepflasterten Zufahrt parkte ein grün lackierter Lastwagen mit herabgerollter Plane. Sofie ließ Balder langsamer gehen.

»Das ist unsere Meierei«, erklärte sie und wies dann auf die Lastpritsche. »Und da steht der Meiereiwagen. Er ist übrigens Norbys einziges Automobil. Die Norbyer sind auf ihn genauso stolz wie auf ihre Meierei.«

Ernst schmunzelte. »Können wir mal anhalten?«

Sofie brachte Balder zum Stehen. Ernst lehnte sich ein wenig hinaus, um erst am Schornstein der Meierei hinaufzusehen und dann das Fahrzeug zu betrachten. Im Gegensatz zum Hafenkran in Nybøl zeichneten Gebäude und Lastwagen ein eindrückliches Bild von der neuen Zeit.

Ernst stieg schwungvoll aus, suchte die beste Stelle für eine Fotografie und kehrte wenig später zufrieden zurück. »Diese Abbildung vom modernen Norby wird den Lesern gefallen«, sagte er. »Genau wie die Bilder von grasenden Milchkühen neben den Schafen auf der Heide. Sicher hat die Meierei der Milchviehhaltung einen ordentlichen Aufschwung gebracht?«

Sofie nickte. »Zusammen mit den Aufforstungen. Früher, als die Böden noch vom Sandflug verödeten, gab es viel mehr Schafe als Kühe in Norby. Einige der Älteren können sich noch an die letzten Wanderdünen erinnern. Ihre Großväter mussten das Heu für den Winter mit ihren Ochsenkarren von weit herholen und oft genug mit Heidekraut strecken. Aber nun geben besonders die neugewonnenen Grasflächen am See besseres Futter und die Kühe mehr Milch.« Sie setzte mit einem kleinen Lächeln hinzu: »Norbys Butter ist übrigens bis nach Kopenhagen als ausgesprochen wohlschmeckend bekannt.«

Ernst lächelte ebenfalls. »Dann brachte die Eisenbahn wohl viel Gutes für das Dorf?«

»Ja, durchaus, auch wenn sie Norby abgelegener gemacht hat.« Sofie zeigte auf die Straße, die bis an die Horizontlinie heran still zwischen Wiesen und Heide lag. »Hier kommen nur noch selten große Gespanne oder gar ein Viehtrieb durch«, sagte sie. »Fast alles geht über die Bahn. Früher hielten viele Durchreisende am Krug, der auch Wechselstation für die Postkusche war. Aber seit es die Diligence nicht mehr gibt, sind die Norbyer meistens unter sich.«

»Das wird sich durch die Sommerhäuser sicher bald ändern«, antwortete Ernst.

Sofie ließ Balder anziehen. »Jedenfalls setzen Steen und Axel alles daran, dass die Vermietungen gelingen. Die Vermietungsgesellschaft trägt ein großes Wagnis, aber wenn es glückt, werden viele am Gewinn beteiligt sein.«

»Und zu diesem Erfolg soll mein Artikel beitragen«, sagte Ernst trocken. »Nur hat das *Magasin* meine Einladung nach Norby ganz anders aufgefasst, als sie von Hr. Steensen gemeint war.«

Sofie sah ihn einen Augenblick nachdenklich von der Seite an. »Setzt Steen Ihnen zu?«, fragte sie ohne Umschweife.

»Allerdings«, entgegnete Ernst missmutig. »Und kaum habe ich mir seine Empfehlungen für meinen Artikel verbeten, schreibt er Ihnen vor, welche Wege Sie mit mir fahren sollen.«

Sofie unterdrückte ein Schmunzeln. »Sehen Sie es ihm nach«, bat sie. »Er will eben das Beste für Norby.«

»Indem er mich dazu drängt, meine Schilderung von Land und Leuten mit der Beschreibung von Spirituskochern und Badeöfen in Sommerhäusern zu vermengen?«

Sofie lächelte ihr Lächeln mit den Grübchen. »Trotzdem wird am Ende in Ihrem Artikel stehen, was *Sie* für richtig halten, nicht?«

Ernst sah sie einen Augenblick überrascht an. Dann lehnte er sich zufrieden ins Polster zurück. »Wohl wahr! Danke, Fru Jul.«

»Nicht dafür.« Sie klopfte gegen ihre Manteltasche. »Sollen wir uns eines der Häuser ansehen?«

Ernst schüttelte den Kopf. »Lassen Sie uns lieber an den Strand fahren. Vielleicht gibt der Ausblick über Meer und Leuchtturm ja tatsächlich etwas für meinen Artikel her.«

XVI

Da Sofie wegen der Ausfahrt mit Ernst Rav nicht nach den Hochländern sehen konnte, war Tilda mit Melusine zu den julschen Wiesen hinausgeradelt. Die Hündin hielt brav neben ihr Platz, während sie Ölkuchen in die Futterwanne füllte und das Ventil am Wasserzulauf der Tränke überprüfte. Doch als Tilda zu ihr hinschaute, wurde Melusine unruhig. Sie wartete auf die Erlaubnis, endlich loszulaufen und den vielen Gerüchen auf der Koppel nachzuspüren. Nur, wie würden die Hochländer auf sie reagieren? Es wäre sicher besser, Melusine vorsichtig mit ihnen bekannt zu machen, dachte Tilda. Besonders die misstrauische Ragnhild könnte sich von ihr gestört fühlen.

»Bleib!«, sagte sie deshalb streng.

Melusine aber hielt es kaum neben ihr aus. Die Düfte der großen Wiese waren einfach zu verführerisch. Sie stellte sich auf und flitzte auf die Koppel hinaus.

»Melusine! Hierher!«, rief Tilda ihr nach. Doch Melusine missachtete die Weisung und lief direkt auf Runa zu, die der Tränke am nächsten graste. »Hierher!«, wiederholte Tilda, während sie ihr mit langen Schritten folgte. *Nur die Tiere nicht durch eine jähe Bewegung erschrecken!*

Die gutmütige Runa blickte nur kurz auf, als Melusine schnuppernd an ihr vorbeistrich, und ließ auch Tilda ohne Weiteres an sich herankommen.

»Gutes Mädchen«, lobte Tilda sie und fasste nach Melusines Halsband. Doch die Hündin war schneller, schlug einen Bogen um Runas Hinterbeine und lief stracks auf Ragnhild zu. *Verflixt!* Tilda blickte rasch über die Wiese. Theo, der Stier, weidete ein wenig abseits auf dem hinteren Teil der Koppel und nahm keinen Anteil am Geschehen. Ragnhild jedoch hob und senkte ihren Kopf und begann leise zu schnauben. *Um Gottes willen!* Tilda wagte nicht, ihre Hündin zu rufen. Den Blick über Ragnhilds Rücken gerichtet, näherte sie sich gemächlich der großen, schweren Kuh.

»Ruhig«, sagte sie, »nur ruhig, bleib einfach stehen, du weißt ja, wer ich bin. Ganz ruhig!«

Melusine verhielt nun einige Schritte vor Ragnhild und sah verängstigt zu Tilda hin, während die Kuh sie beide mit halb gesenktem Kopf betrachtete.

»Bleibt!«, sagte Tilda sanft. »Alle zwei!« Sie bückte sich vorsichtig, nahm Melusine hoch und ging langsam rückwärts zum Zaun zurück. Ragnhild schaute ihnen nach, bis sie an Runa vorbeigegangen waren. Dann senkte sie den Kopf und fuhr einige Male suchend mit dem Maul über das Gras, bevor sie wieder zu fressen begann.

Das war knapp ausgegangen! Tildas Beine zitterten noch, als sie mit Melusine im Windschatten vor dem Gartenhaus ausruhte. Die Hündin saß still neben ihr und sah sie fragend an.

»Schon gut«, sagte Tilda, »in Zukunft wirst du vorsichtig sein, ja?« Sie setzte Melusine auf ihren Schoß und fuhr nachdenklich über das flaumige Fell. *Alles richtig gemacht!* Weil sie besonnen geblieben war, hatte Ragnhild ihr vertraut, und *das* hatte ihre Kleine gerettet. Ja, Tilda wusste, dass sie eine gute Tierärztin sein würde. Doch trotz ihres Könnens würde man ihr kaum Vertrauen entgegenbringen. Weil sie eine Frau war ... Bedrückt schmiegte sie ihre Wange an Melusines Rücken. »Immerhin hab' ich dich«, sagte sie leise in ihr Fell hinein.

***

Der Strand lag still in der Mittagssonne, als Sofie den Wagen an den aufgelassenen Fischerhütten vorbeilenkte. Die letzten Fischerfamilien waren schon zu Beginn des neuen Jahrhunderts nach Esbjerg gezogen. Vorbei die Zeiten, als man in Norby vom Meer und von Strandgut leben konnte. Ernst sah mit einem kleinen Lächeln zu den Hütten hin. Er musste seine Leser enttäuschen. Keine malerische Szene mit bärtigen Fischern in Ölzeug und Seestiefeln, die vor Trockengestellen für Plattfisch standen. Stattdessen würde er von der Ruhe und Weite um ihn herum schreiben. Und davon, dass nichts blieb, wie es war.

Er verhielt mit dem Stift über seiner Kladde und schaute aufs Meer. *Die Nordsee erscheint als eine weite graugrüne Fläche, hier und da von weißen Schaumkronen geschmückt. Nicht ein Dampfer oder Kutter schneidet durch die sacht wogende See und der suchende Blick in die Ferne vermag nichts auszumachen als Himmel und Meer. Nur die verlassenen Fischerbuden am Dünenrand zeugen noch davon, dass auch hier schon Menschen lebten und schafften.*

Sein Blick fiel auf den Leuchtturm. »Donnerwetter!«, sagte er beeindruckt. Das Licht der hochstehenden Sonne brach sich funkelnd in der Lichtkuppel über dem Mauerkranz des Turms. Sofie ließ Balder kurz vor dem Spülsaum halten.

»Vielleicht hatte Hr. Steensen ja diesmal recht mit seiner Empfehlung?«, fragte sie mit einem Zwinkern.

Ernst lächelte. »Der Punkt geht an ihn.«

Sofie nickte. »Sollen wir für eine Fotografie näher heranfahren?«

Ernst sah nach einem Blick zur Sonne prüfend auf seine Armbanduhr. »Mittag vorbei. Erwarten Sie nicht Ihren Mann?«

»Schon, aber Sie sollen deshalb nicht auf Ihre Aufnahmen verzichten.«

Er schüttelte den Kopf. »Das grelle Licht taugt sowieso nicht recht zum Fotografieren. Lassen wir Ihren Mann nicht unnötig warten.«

Sofie neigte dankend den Kopf. »Sie sind sehr verständnisvoll, Hr. Rav. Komm, Balder!« Auf ihren Zuruf setzte sich der Falbe in Bewegung. Sofie führte ihn in leichtem Trab über den festen Sand vor dem Spülsaum. Kurz darauf erreichten sie den Krug.

Ernst stieg aus dem Wagen. »Tausend Dank!«, sagte er herzlich. »Sie haben mir sehr geholfen, Fru Jul.«

Sofie reichte ihm die Hand. »Es war mir eine Freude, Ihnen Norby zu zeigen, Hr. Rav. Alles Gute und grüßen Sie Kopenhagen von mir.«

»Das werde ich bestimmt«, antwortete er und neigte sich über ihre Hand.

James folgte Steen durch den Stallkorridor. Sein Dienst in Esbjerg war ohne besondere Vorkommnisse vorübergegangen. So war ihm genug Muße geblieben, um sich nach Sofie zu sehnen und sich um sie zu sorgen. Hoffentlich hatte sie sich nicht wieder überanstrengt! Oder war es gar nicht die Erschöpfung, die ihr zusetzte? War sie doch unglücklich, weil sie mit allem ohne ihn zurechtkommen musste, und mochte es ihm nicht sagen, um ihn nicht zu belasten? Dieser Gedanke hatte ihn schon die ganze Woche beschäftigt. Bedrückt schloss er die Tür des Stallkorridors und trat hinter Steen in die Gaststube ein.

Steen wies zum Fenster hinaus. »Ah, Sofie und Hr. Rav sind auch zurück. Hoffentlich hatte sie bei ihm mehr Glück als ich.«

James schaute zum Vorplatz hin. Ja, da saß Sofie auf dem Wagen, wie immer schmuck und elegant anzusehen in ihrem hellen Mantel und der kleinen Kappe mit den Perlmuttknöpfen über dem Satinrand, die er so mochte. *Mein Schatz*, dachte er und sein Herz begann schneller zu schlagen. Dann fiel sein Blick auf Ernst Rav, der gerade Sofies Hand an seine Lippen hob. Groll stieg in ihm hoch. Was fiel dem Burschen ein, seiner Frau die Hand zu küssen! Und Sofie ließ ihn gewähren und lächelte noch dazu. *Meine Schuld*, dachte er, mehr über sich als über sie erzürnt. Was ließ er Sofie auch dauernd allein!

Er stieß die Eingangstür auf und war mit wenigen großen Schritten beim Wagen. Sofie lächelte ihm zu, doch er beachtete sie nicht.

»Ich denke, es reicht!«, fuhr er Ernst Rav an.

Ernst schaute verblüfft auf und ließ Sofies Hand los.

Inzwischen war Steen aus dem Gasthaus geeilt. Er trat neben die jungen Männer und warf James einen warnenden Blick zu. »Wie ich sehe, haben die Herren sich bereits vorgestellt«, sagte er betont aufgeräumt.

»Nur schade, dass Hr. Rav schon gehen muss«, erwiderte James anzüglich.

Ernst sah ihn abschätzig an. »In der Tat«, entgegnete er frostig, neigte den Kopf noch einmal grüßend vor Sofie und ging ins Haus. Die drei sahen ihm schweigend nach.

»Verflucht noch eins, James, musste das sein?«, fuhr Steen ihn ärgerlich an. »Ich hab's auch so schon schwer genug mit ihm.«

»Beklag' dich bei deinem Schreiberling, nicht bei mir«, entgegnete James kurz angebunden. Er zauste Balders Mähne zur Begrüßung und streckte dann Sofie die Hand hin. »Gehen wir ein Stück?«

Sie hakte sich bei ihm unter. Zusammen spazierten sie zur Weide hinter dem Krug, wo Steensens Färsen grasten. *Eigentlich sollte ich mit ihm schimpfen*, dachte Sofie. Aber so war James eben. Sie hatte den liebsten Mann geheiratet, den eine Frau haben konnte. Und den eifersüchtigsten dazu …

Vor dem Stacheldrahtzaun blieben sie stehen, um die Jungkühe zu betrachten.

»Böse?«, fragte James vorsichtig.

»Nicht meinetwegen«, erwiderte sie mit einem kleinen Lächeln. »Aber für Hr. Rav tut es mir leid. Der Ärmste war so niedergedrückt, weil Steen ihm dauernd wegen seines Artikels zusetzt. Und kaum hat er auf unserer Ausfahrt ein wenig Mut gefasst, kommst du und machst ihm neuen Ärger. Dabei wollte er sich bei mir nur für den schönen Vormittag bedanken.«

James rieb nachdenklich über sein Kinn. Den Blick auf die Färsen gerichtet, fragte er zögernd: »Gefällt er dir, Sofie?«

Sie brauchte einige Augenblicke, um zu verstehen. Dann nahm sie die Hand von James' Arm und trat ein paar Schritte von ihm weg. »Dass du so niedrig von mir denken kannst«, erwiderte sie heftig, »und von meiner Liebe. Nein, keine Sorge. Er gefällt mir nicht.« Sie wandte sich um und eilte mit schnellen Schritten auf den Strandweg zu. Das trockene Heidekraut brach knackend unter ihren Schuhsohlen.

James schloss zu ihr auf und fasste nach ihrem Arm. »Sofie … Warte …«

Sie stieß seine Hand fort. »Lass mich!« Beim ersten Häuschen setzte sie sich auf die Bank neben der Eingangstür und lehnte sich erschöpft gegen die Holzwand hinter ihr. Sie störte sich nicht daran, dass James ein wachsames Auge auf die Männer in ihrer Nähe hielt, aber dass er es wagte, an *ihr* zu zweifeln, war unerträglich.

Er trat vor sie hin. Sie schaute in sein blasses, erschrockenes Gesicht, sah seinen kummervollen Blick und spürte, dass ihr die Tränen kamen. Während sie ihr Taschentuch an die Augen hob, setzte er sich neben sie, sorgfältig darauf bedacht, sie nicht zu berühren.

»Wirst du mich anhören, Sofie?«, bat er mit gepresster Stimme.

Sie ließ das Taschentuch sinken und nickte.

»Etwas ist mit dir, das spüre ich, aber du tust es ab«, begann er stockend. »Die ganze Woche hab' ich mich um dich gesorgt und mir Vorwürfe gemacht, weil ich dich so viel allein lasse. Und dann komme ich nach Hause und sehe, wie du für diesen Schreiberling lächelst. Da dachte ich …«

»… ich lasse mich von ihm trösten?«, vollendete sie seinen Satz.

James senkte den Kopf. »Ja«, sagte er unglücklich.

Zwischen Zorn und Traurigkeit schwankend zerknüllte Sofie ihr Taschentuch. Was sollte nun werden? Sie blickte auf ihren Verlobungsring. Die himbeerroten Granate leuchteten in der goldenen Fassung. Sie hatten einander versprochen, dass nichts zwischen ihnen stehen sollte. Vollkommene Liebe und vollkommenes Vertrauen. Sofie biss sich auf die Lippe. Dieses Versprechen hatte sie gebrochen, indem sie James' besorgten Fragen immer wieder ausgewichen war. So hatte sie seinen Zweifel selbst gesät. Behutsam glättete sie den knittrigen Batist ihres Taschentuchs zwischen ihren Händen, bevor sie den Blick ihres Mannes suchte.

»Hätte ich nur gleich mit dir gesprochen. Es tut mir leid, James.«

»Ich hab' wohl mehr Grund, mich zu entschuldigen, als du«, antwortete er zerknirscht. »Verzeihst du mir meine dumme Frage, Sofie?« Als sie nickte, nahm er erleichtert einen tiefen Atemzug. Dann fasste er nach ihrer Hand. »Sagst du mir jetzt, was mit dir ist?«

Sofie lächelte. »Ich bin schwanger.«

James sah sie überrascht an. Seine Hand ruhte ganz still über ihrer. »Sofie, mein Herz … Dass ich daran nicht gedacht habe! Warum hast du mir denn nichts davon gesagt?«

Sie schaute ihn abbittend an. »Weil ich erst ganz sicher sein wollte. Freust du dich?«

Nun lächelte er auch. »Natürlich freu ich mich. Wenn ich's auch noch gar nicht fassen kann.« Er zog sie an sich und strich ihr behutsam eine Locke aus dem Gesicht. »Zu denken, dass du Wasserwannen und Futtereimer getragen hast und ich von nichts wusste. Aber damit ist jetzt Schluss!«

Nun musste sie doch schmunzeln. »Jamsie, ich bin nicht krank.«

»Aber in besonderen Umständen.« Er strich wieder über ihr Haar. »Fahren wir nach Hause, damit du dich ausruhen kannst?«

Sofie legte seine Hände auf ihren Bauch. »Nein, ich mag dich noch nicht mit den anderen teilen. Lass uns ein Weilchen in der Sonne sitzen, nur du und ich, wir beide.«

XVII

Ernst lehnte sich gegen das Kopfteil seines Betts und streckte die Beine lang von sich. Mit dem Stift in der Hand und der Kladde auf den Knien probierte er zerstreut an seinem Artikel herum. Sein Besuch in Norby schien wahrlich unter einem schlechten Stern zu stehen. Erst seine Reisekrankheit, dann die ständige Einmischerei Steen Steensens und jetzt noch der eifersüchtige Kandidat Jul. Erstaunlich, dass seine feinsinnige Frau sich ausgerechnet einen solchen Hitzkopf zum Mann gewählt hatte.

Aus der Küche drang Geschirrklappern. Sicher beeilte sich Fru Steensen gerade, ein spätes Mittagessen auf den Tisch zu bringen. Nun, ihm war bestimmt nicht danach, über eine Schüssel mit dampfendem Kohl hinweg Steen Steensens Fragen nach seiner Ausfahrt zu beantworten. Geschwind schob er seine Notizen zusammen und erhob sich.

Auf dem Weg nach draußen öffnete er kurz die Küchentür. »Ich sehe mich noch mal um«, sagte er, »bitte warten Sie nicht mit dem Essen auf mich, Fru Steensen.«

Sie blickte von ihrem Schneidbrett auf und nickte lächelnd. »Ist recht. Ich stelle Ihren Teller warm.«

Es tat ihm gut, sich die Beine zu vertreten und weitere Eindrücke von Norbys Landschaft zu sammeln. Ernst fotografierte Heide und Dünensaum und wanderte auf der Suche nach weiteren Bildmotiven auf die Landstraße hinaus. Allmählich kehrte seine gute Laune zurück. *Norbys Weite lässt den Wanderer freier atmen,* notierte er in Gedanken und schritt kräftig aus.

Nach einem guten Stück Weg kam ihm eine Fahrradfahrerin entgegen. Die junge Frau trug eine Arbeitsjacke über ihrem geblümten Kleid und eine schwarze Baskenmütze. In ihrem Fahrradkorb vor dem Lenker saß ein kleiner Hund.

»Guten Tag«, grüßte sie ihn freundlich im Vorüberfahren.

Ernst blieb stehen und zog die Mütze. »Guten Tag, Frøken.«

Sie hielt neben ihm an.

»Gestatten«, er trat auf sie zu. »Ernst Rav vom *Magasin*.«

»Ich dachte es mir schon«, entgegnete sie und streckte ihm die Hand hin. »Tilda Jul von Julsgård, sehr erfreut.«

Dann war sie sicher James Juls jüngere Schwester, dachte Ernst und schüttelte ihre Hand. Sofie Jul hatte über die Schwägerin auf ihrer Ausfahrt mit viel Wärme gesprochen. Die strahlend blauen Augen und ihre kastanienbraunen Haare, die sie zum Zopf geflochten trug, deuteten jedenfalls auf eine Familienähnlichkeit hin. Allerdings wirkte Tilda Jul in ihrer ungezwungenen Art ungleich einnehmender als ihr reizbarer Bruder. Er wies auf den Korb. »Und wer ist das?«

Sie blickte mit einem zärtlichen Lächeln auf den kleinen Cockerspaniel nieder. »Das ist Melusine. Sie war meine Weihnachtsgabe.«

Ernst trat näher an den Korb heran. »Darf ich?« Als Tilda nickte, ließ er die Hündin erst an seiner Hand schnuppern und strich dann leicht über ihr goldbraun geflecktes Fell. »Hallo, Melusine. Du magst wohl gern spazieren fahren, wie?«

»Sehr!«, bestätigte Tilda. »Obwohl es ihr noch schwerfällt, Platz zu halten, wenn sie etwas Aufregendes sieht. Ich hoffe, Sie hatten eine schöne Ausfahrt?«, erkundigte sie sich höflich.

»Ihre Schwägerin war die beste Fremdenführerin, die man sich wünschen kann. Sie wusste so gut von Norby zu erzählen, dass ich mit dem Notieren kaum nachgekommen bin.«

Tilda nickte. »Schwer zu glauben, aber Sofie liebt unser verschlafenes Dorf tatsächlich mehr als Kopenhagen.«

Ernst lächelte in sich hinein. Ihre rasch hingeworfene Antwort hätte ebenso gut von Mabel kommen können. Wie Tilda Jul zauderte seine Schwester nicht mit ihrem Urteil. »Wogegen Sie unsere Hauptstadt vorziehen, Frøken Jul?«

»Ich mag das Leben in den Straßen so sehr«, entgegnete sie sehnsuchtsvoll. »Und die vielen Lichter in der Nacht.«

Melusine richtete sich auf. »Bleib!«, befahl Tilda und legte ihrer Hündin die Hand auf den Rücken. Die Kleine stemmte ihre Vorderpfoten gegen den Rand des Korbs. »Wenn wir stehenbleiben, will Melusine heraus«, erklärte sie.

»Dann lassen Sie uns doch weitergehen«, schlug Ernst vor, »ich würde Sie gern ein Stück begleiten, wenn ich darf.«

Sie gingen langsam nebeneinanderher. »Möchten Sie denn lieber in Kopenhagen als in Norby leben, Frøken Jul?«, nahm er die Unterhaltung wieder auf.

Seine dunkelbraunen Augen hinter der Hornbrille schauten so freundlich und einladend, dass Tilda ihm unversehens ihr Herz ausschüttete. »Vor allem möchte ich Tiermedizin studieren«, antwortete sie. »Nur wird daraus nichts werden, schätze ich.«

Er sah sie nachdenklich von der Seite an. »Darf ich fragen, warum nicht?«

»Weil sich die meisten eine Tierärztin kaum vorstellen können. Und was nützt mir das Studium, wenn ich anschließend nicht davon leben kann?« Plötzlich hatte sie Mühe, die Tränen zurückzuhalten. Mit gesenktem Kopf drückte sie ihre Lippen fest gegen ihren Handrücken. »Entschuldigen Sie«, sagte sie um Fassung bemüht, »alles scheint so hoffnungslos, wissen Sie.«

Er nickte verstehend. »So ging es meiner Schwester in London anfangs auch.« Eine Lady, die als Reporterin von der Straße berichten wollte? Belächelt hatte man sie! Wie oft wurde sie mit höflicher Verachtung aus den Redaktionskontoren hinauskomplimentiert, wenn sie ihre Arbeitsproben vorlegte. »Aber Mabel gab nicht auf«, fuhr Ernst fort. »Sie nahm eine Stelle als Hilfspflegerin im Krankenhaus an und schrieb daneben für den christlichen Verein junger Frauen, um als Journalistin nicht aus der Übung zu kommen. Natürlich lief sie den engstirnigen Herren Redakteuren fleißig weiter die Türen ein. Schließlich ließ sich der Herausgeber irgendeines Wochenblättchens erweichen: Sie durfte einen Artikel über die Feuerwache in Islington schreiben, da ihr Namenskürzel ja nicht verriet, dass sie eine Frau war.«

Tilda zog die Nase kraus. »Wie jämmerlich feige von ihm!«

»Vollkommen feige«, stimmte Ernst ihr lächelnd zu, »aber wenigstens gab er Mabel eine Chance.«

Unterdessen hatten sie den Strandweg erreicht, vor dem Zuweg zum Krug blieben sie stehen. Melusine schaute gespannt einem

Tagpfauenauge nach und sah dann fragend zu Tilda. Sie setzte die Hündin auf den Boden. »Na, lauf. Hier bist du sicher.«

Ein Weilchen schauten sie zu, wie Melusine auf dem losen Sand neben dem Weg eifrig dem Schmetterling nachjagte.

»Und wie ging es mit Ihrer Schwester weiter?«, fragte Tilda.

»Nun, Mabels kleine Story über die Wache gefiel den Lesern und allmählich kam ein Auftrag zum nächsten.«

»Und die Arbeit als Hilfspflegerin?«

»Braucht sie nicht mehr«, erwiderte er stolz. »Mittlerweile schmückt mancher Redakteur sein Blatt gern mit ihrem Namen.«

»Wie mich das für Ihre Schwester freut«, sagte Tilda bewegt. »Danke, dass Sie mir von ihr erzählt haben.«

Ernst lächelte. »Danke, dass *Sie* mich angehört haben, Frøken Jul.«

Sie blickten einander über den Fahrradlenker hinweg an. »Ich muss weiter«, sagte Tilda schließlich widerstrebend, »im Strandhotel warten sie sicher schon auf mich. Ich helfe den Söderbloms bei den Renovierungsarbeiten, wissen Sie.« Einem plötzlichen Einfall folgend setzte sie hinzu: »Besuchen Sie uns doch auf Julsgård. Aber sicher hat meine Schwägerin Sie schon eingeladen?«

Zu ihrer Überraschung antwortete Ernst Rav nicht gleich. »Dazu war nicht die Gelegenheit«, erklärte er schließlich.

Sie sah ihn fragend an.

»Ihr Bruder kam dazu, als ich Ihrer Schwägerin zum Dank für ihre Freundlichkeit die Hand küsste«, sagte er zögerlich. »Er sah darin wohl mehr als eine höfliche Geste. Leider waren die Umstände für eine Erklärung nicht günstig.«

Du liebe Güte! Tilda verstand Ernsts Andeutung sofort. James konnte sehr ungehalten werden, wenn ihm etwas nicht gefiel. Und bei Sofie verstand er gleich gar keinen Spaß.

»Es tut mir leid«, entgegnete sie schnell, »sicher war mein Bruder schrecklich unfreundlich zu Ihnen. Bitte erlauben Sie mir, mich für ihn zu entschuldigen.«

Er schüttelte den Kopf. »Auf keinen Fall, Frøken Jul. Das ist die Sache nicht wert.«

»Doch!«, widersprach sie. »Sie sollen Norby deswegen nicht in schlechter Erinnerung behalten.«

Er sah sie weich an. »Das könnte ich gar nicht. Ich werde nur gut von Norby schreiben, versprochen.«

Ihre Wangen erröteten leicht. »Ich sollte wirklich los«, sagte sie und zog ihr Fahrrad näher zu sich. »Also, nochmals danke für alles und *farvel*.«

»Sagen wir lieber *auf Wiedersehen*«, bat Ernst lächelnd. Er schaute zu, wie sie Melusine in ihren Korb setzte. »Da unsere Verlagsräume am Bülowsvej liegen und mein Arbeitszimmer Aussicht zur Straße hat, kann ich Ihnen hoffentlich bald zuwinken, wenn Sie zur Vorlesung gehen.«

Statt zu antworten, stemmte sie sich schwungvoll in die Pedale. Das Seidenband an ihrer Baskenmütze flatterte über ihrem Zopf, als sie den Strandweg hinabradelte.

»Grüßen Sie die Söderbloms von mir!«, rief Ernst ihr nach.

Sie wandte sich noch einmal um und hob eine Hand zum Zeichen, dass sie ihn verstanden hatte.

***

Theo Jul lehnte Besen und Schaufel gegen die Wand und schaute prüfend über den Stall hin. Boxen und Laufweg lagen frisch gesäubert im weichen Frühabendlicht. An den Pfosten zwischen den Abteilen hingen die Zuggeschirre und Riemen in ordentlicher Reihe und an der hinteren Wand lagerten die Strohballen, die er eben sorgsam aufgestapelt hatte. Zufrieden wischte er sich mit einem Zipfel seines Arbeitskittels den Staub von den Händen. Wenn er um sich herum Ordnung schaffen konnte, kehrte stets sein Seelenfrieden zurück. Die Aussicht, Großvater zu werden, hatte ihn bald so überwältigt, als würde er selbst noch einmal Vaterfreuden entgegensehen. Freja dagegen war gar nicht überrascht gewesen, als Sofie und James ihnen beim Nachmittagskaffee die große Neuigkeit erzählt hatten. Frauen sähen eben manchmal mehr als Männer, hatte sie auf seinen verwunderten Blick hin verschmitzt gesagt. Und natürlich hatte sie Sofie gern geholfen, ihr kleines Geheimnis zu hüten. *Frauen und ihre Wege* ... Ein Schmunzeln legte sich um Theos Mund, dann runzelte er nachdenklich die Stirn. Ob Freja auch bemerkt hatte, dass Tilda inmitten der Freudenbekundungen ganz gegen ihre fröhliche Art recht still geblieben war? Nun, sie war kurz zuvor vom Strandhotel zurückgekehrt, womöglich war sie nur von der Arbeit müde? Vielleicht konnte er behutsam nachfragen, wenn sie zusammen die Pferde hereinbrachten.

Er öffnete die Tür zum Hausflur und rief nach ihr.

Tilda eilte in den Stall und blickte sich überrascht um. »Nicht einen Strohhalm hast du beim Fegen übersehen«, stellte sie anerkennend fest. »Du bist doch immer der Akkurateste von uns, Vater.«

Er lächelte über ihr Lob. »Wenn du es sagst, Liebes. Holen wir die Pferde?«

Sie folgte dem Vater zur Koppel hinter dem Haus. Seit sie von Mabel Rav wusste, war ihr leicht ums Herz wie lange nicht mehr. Alle Bedenken wegen ihrer Zukunftspläne waren plötzlich zu einem Nichts zusammengeschnurrt. Sie liebte Tiere und wollte für sie da sein. Nur darauf kam es an! Und auf einen guten Plan, natürlich.

Wie schon öfter an diesem Nachmittag drängte sich die Erinnerung an Ernst Rav in ihre Gedanken. Wie er hatte sie noch keiner angeschaut. Als ob er sie mit seinem Blick umfassen wollte. Und sein Lächeln war ihr wie eine Einladung vorgekommen. Würde er wieder so lächeln, wenn sie auf dem Weg in die Vorlesung zu seinem Fenster aufsah?

Sie schloss das Gatter hinter sich und blickte über die Koppel zu den Pferden. Balder und Rosa hatten sie bemerkt und zockelten langsam zu ihnen heran, während Clementine noch zögerte. Tilda betrachtete die Schimmelstute voller Zuneigung. Clementine ging eben auch gern ihre eigenen Wege.

Tilda holte tief Luft und wandte sich zu ihrem Vater.

»Ich werde Tiermedizin studieren«, sagte sie mit angehaltenem Atem. »Grad wie du und James.«

Theo sah seine Tochter verblüfft, fast bestürzt an. Die Kinder verstanden sich heute wahrlich darauf, ihn zu überraschen. Sein schlechtes Gewissen regte sich im selben Moment. Wieso hatte er denn nicht bemerkt, welche Ideen ihr im Kopf herumgingen? Obwohl sie einander doch nah standen, hatte Tilda diesen gewichtigen Entschluss gefasst, ohne ihn ins Vertrauen zu ziehen. Hatte er zu viel auf James' Hochländer gesehen und zu wenig auf seine Tochter?

»Es scheint mir eine recht schwierige Wahl für eine junge Frau zu sein«, entgegnete er, seine Worte vorsichtig abwägend.

Tilda klopfte Rosas Hals. »Ich weiß. Aber deshalb aufzugeben, wäre doch ganz falsch, nicht?« Sie erzählte ihm von ihrer Begegnung mit Ernst Rav, der so gut verstand, wie ungerecht es für Frauen in manchem zuging. Mit dem Beispiel seiner beherzten Schwester hatte er ihr gerade im rechten Augenblick Mut gemacht.

Theo lächelte in sich hinein. Wie die Zeiten sich änderten … Seiner Frau hatte er bei ihrer Hochzeit noch versprochen, sie zu beschützen. Und nun nahm dieser Reporter aus Kopenhagen ihre Tochter für sich ein, indem er sie ermunterte, wie ein Mann in die Welt hinauszugehen. Aber hatte Tilda in ihrer Begeisterung seinen Rat auch gut bedacht? Als Frau würde sie in diesem Beruf auf allerhand Vorbehalte treffen. Bei der Vielzahl an jungen Kollegen würde sie es erst recht schwer haben, sich als Tierärztin zu behaupten.

Er setzte zu einer Antwort an, doch seine Tochter wandte ihre Aufmerksamkeit Clementine zu, die herbeigekommen war und vor ihr stehen blieb. Tilda begrüßte die Schimmelstute mit lobenden Worten und ließ sie ein wenig Quetschhafer von ihrer Handfläche nehmen. Dann streifte sie ihr ruhig und entschieden das Halfter über, um sie zu den anderen Pferden zu führen.

Meine Tochter, dachte Theo gerührt, als sie an ihm vorbeiging. Was zweifelte er denn? Mit Tatkraft und Zutrauen in ihr Können würde Tilda ihren Weg trotz aller Schwierigkeiten meistern. Wehmut mischte sich in seinen Stolz. Sie hatten immer solche Freude daran gehabt, in den Ställen und auf den Weiden gemeinsam nach den Tieren zu sehen. Er würde sie schmerzlich vermissen …

»Entschuldige«, sagte Tilda, als sie wieder neben ihn trat. »Ich dachte, Clementine sollte gleich für ihr Vertrauen belohnt werden.«

»Ganz recht.« Er senkte zustimmend den Kopf. »Meine Tochter wird also die erste Tierärztin der Familie«, setzte er nach einer kleinen Pause hinzu. »Frøken Kandidat Jul. Ich bin sehr stolz auf dich, Tilda.«

Sie sah ihn mit großen Augen an. »Du bist einverstanden?«, fragte sie ungläubig. »Ich hatte auf viele Einwände gerechnet, Vater.«

Er legte den Arm um sie und drückte sie an sich. »Ich wüsste eine Menge Einwände«, erwiderte er lächelnd, »aber keinen, der zählt. Wir Juls haben über Jahrhunderte unsere Ochsen auf die Märkte in Holstein getrieben und ohne Zögern die Rinderzucht für die Milchviehhaltung aufgegeben, als die Meiereien aufkamen. Und ich habe die Viehhaltung auf Julsgård ganz abgeschafft, weil ich lieber Tierarzt als Bauer sein wollte.«

»Du meinst, wir Juls sind schon immer vorangegangen, wenn es galt, neue Wege zu beschreiten?«, fragte Tilda eifrig.

Theo nickte.

»Wirst du mich also einigen deiner Studienfreunde als Assistentin empfehlen? Ich will doch zeigen, dass ich als Ärztin einem Arzt nicht nachstehen würde.« Tilda sah den Vater eindringlich an.

»Ich werde sie *alle* anschreiben«, antwortete Theo mit einem Zwinkern.

Tilda strahlte. »Ach, Vater, ich bin so froh!«

Gemeinsam führten sie die Pferde zurück in den Stall.

»Wirst du mir auch mit Mutter helfen?«, bat Tilda. »Ich möchte nicht, dass sie sich meinetwegen sorgt.«

Theo unterdrückte ein Lächeln. Ihre Kleine weit fort in der großen Stadt? Freja würde sich in der Tat bekümmern und besonders am Anfang würde es für sie schwierig sein. Nun, er würde sie in der Stille ihrer Schlafstube damit trösten, dass Tilda sich jederzeit an Malvine Hansen wenden konnte. Und vielleicht würde noch jemand für sie da sein? Er bemerkte die kleine, steile Falte zwischen Tildas Augenbrauen und klopfte ihr kurz auf die Schulter, bevor er Balder in seine Box ließ. »Warum sollte sie?«, antwortete er leichthin. »Schließlich wirst du in Kopenhagen nicht allein sein.«

Tilda löste Clementines Halfter. »Nein«, erwiderte sie versonnen.

XVIII

Welch herrlicher Morgen! Dieser Samstag versprach sommerlich warm zu werden. Da sollte Frøken Nielsine am besten den Tisch für die Kaffeegesellschaft mit den Kaufmands hier draußen im Garten decken. Malvine nahm ihre Rosenschere aus dem Korb und beugte sich über die ersten Levkojen, um einige Stängel für die Vase im Esszimmer herauszuschneiden. Da Bruno für schöne Eindrücke empfänglich war, würde sie ihm mit dem Anblick der elfenbeinfarbenen Blütenkaskaden über dem leuchtend blauen Glas sicher eine Freude bereiten. Sie sah prüfend auf die Blumen im Korb hinab und griff wieder zur Schere. Der unbeschwerte Nachmittag im Paraplyen schwang immer noch in ihr nach. In stillschweigendem Einverständnis hatten sie nach dem Tanz nicht mehr von der Vergangenheit gesprochen. Bruno war wie früher ein sehr unterhaltsamer Gesellschafter gewesen und ließ sie außerdem unaufdringlich spüren, dass sie eine Frau war. Ein Vergnügen, das sie schon fast vergessen hatte. Malvine lächelte und legte die frischgeschnittenen Levkojen vorsichtig über die anderen. Die Klingel ertönte. Sicher war es der Postbote. Vielleicht brachte er ja einen Brief von Sofie! Sie nahm ihren Korb auf und ging fröhlich vor sich hin summend ins Haus.

***

Eveline füllte den letzten Kaffee in Hans Sofus' Tasse. Sie nickte Frøken Janne zu, mit dem Abräumen des Frühstücksgeschirrs zu beginnen, und folgte ihrem Mann ins Arbeitszimmer. Seit er sich entschlossen hatte, Bertel Bertelsen als Teilhaber in die Firma aufzunehmen, schmeckte ihm das Essen gottlob wieder. Bei einem weiteren Abendessen mit Tee und Zwieback hatte sie ihm zugeredet, sich mit Helle zu versöhnen und die Nachfolge fürs Geschäft außerhalb der Familie zu regeln. Sie wussten doch beide, dass Helle sich nicht gegen ihren Willen verheiraten lassen würde, hatte sie erklärt und Hans Sofus den Zettel mit Advokat

Brandts Anschrift neben den Teller gelegt. Nach einer durchgrübelten Nacht hatte er Malvine Hansens Anwalt aufgesucht und ihn gebeten, einen Übergabevertrag zu entwerfen.

Hans Sofus saß bereits mit der Morgenzigarre beim Rauchtisch und blätterte durch Advokat Brandts Vertragsentwurf.

Eveline stellte die Kaffeetasse auf den Tisch. »Na, zufrieden mit dem Vertragsentwurf?«, fragte sie und setzte sich zu ihm auf die Sessellehne.

Hans Sofus nahm sie um die Mitte. »Advokat Brandt hat ausgezeichnet gearbeitet. Er schlägt zu Bertelsens Einstand als Kompagnon eine einmalige Vorauszahlung auf den Firmenwert vor und nach der endgültigen Übergabe eine Leibrente. So müsste Bertelsen nur einen Teil der Kaufsumme als Darlehen aufnehmen und könnte die Rente aus den laufenden Erträgen zahlen. Und natürlich gibt es eine Sicherungsklausel für dein und Helles Erbe.«

Eveline strich ihm über die Schulter. »Davon mag ich gar nichts hören. Wir haben uns doch versprochen, zusammen uralt zu werden.«

Hans Sofus hielt sie fester. »Das werden wir auch, Liebchen. Trotzdem muss ich für euch vorsorgen.«

Er zog an seiner Zigarre und atmete langsam den Rauch aus. »Helle war heute wieder nicht beim Frühstück«, fuhr er angelegentlich fort. »Früher ist sie immer heruntergekommen, egal, wie lange sie aus war.«

Eveline antwortete nicht. Zwar hatten Vater und Tochter sich ausgesprochen, doch als Hans Sofus erfuhr, dass Helle in Hr. Lauridsen verliebt war, hatte sich der Hausfrieden aufs Neue eingetrübt. Nachdem er sich gerade durchgerungen hatte, sein Lebenswerk in fremde Hände zu geben, sollte er auch noch einen jungen Mann billigen, den die verständige Fru Hansen als Schwiegersohn abgelehnt hatte? Eveline konnte ihren aufgebrachten Mann nur mit Mühe beschwichtigen. Nun sah er mit zusammengezogenen Brauen zu ihr auf.

»Sie ist noch bei ihm, wie?«, fragte er, ihr Schweigen richtig deutend. »Ziemlich unpassend, findest du nicht?« Hans Sofus verstand durchaus, dass seine Tochter ihr Leben genießen wollte.

Dass sie aber neuerdings ihre Nächte lieber in Søren Lauridsens Bett verbrachte als in ihrem eigenen, ging ihm doch entschieden zu weit.

»Ach, lass den beiden doch ihr Glück, Hans«, erwiderte Eveline begütigend. »Helle hat so lange auf Hr. Lauridsen gewartet. Und er hatte es auch schwer damit, einfach sitzen gelassen zu werden.« Sie entfernte ein Krümelchen von den Aufschlägen seiner Hausjacke und sah ihren Mann von der Seite an. »Bei meinen wenigen Begegnungen mit ihm hatte ich einen recht ordentlichen Eindruck. Vielleicht sollten wir Hr. Lauridsen mal zu uns bitten? Ganz formlos, natürlich.«

Hans Sofus legte seufzend die Zigarre fort. »Du gibst ja doch keine Ruhe, bis er an unserem Tisch sitzt. Aber ich verspreche nichts.«

Eveline reichte ihm lächelnd seinen Kaffee. »Das sollst du auch nicht«, erwiderte sie.

***

Ernst hatte beschlossen, noch einmal über die Heide zu gehen, um letzte Eindrücke für seinen Artikel zu sammeln. Von Sofie Jul hatte er erfahren, dass die Norbyer sich ihrer Heide genauso verbunden fühlten wie dem Meer. Von alters her hatte sie neben der Fischerei dazu geholfen, dass es auf den kleinen Bauernstellen des Ortes zwar bescheiden, aber nie armselig zugegangen war.

Die ausgedehnte Norbyer Heide mit den weit im Gelände verstreut liegenden Holzhäuschen bietet dem Zugereisten ein reizvolles Bild wilder, ursprünglich anmutender Schönheit, formulierte er in Gedanken, während er auf den Dünensaum zuwanderte. Um ihn herum schimmerten die Krähenbeersträucher rot in der Mittagssonne. *Die Norbyer aber schätzen bis in die jüngste Zeit hinein vor allem den Nutzen ihrer Heide: Das Kraut gibt Futter und Einstreu für die Ställe und der Nektar seiner Blüten einen besonderen Honig, während sich die dunkelschwarzen Beeren der Krähenbeersträucher zu Kompott und sogar zu Tintenfarbe verkochen lassen. Vor allem aber zieht man aus ihnen einen schmackhaften, den Magen stärkenden Likör, den viele Hausfrauen der Gegend nach überlieferten Rezept selbst ansetzen.* Nicht zuletzt förderte dieser Likör auch die Geselligkeit, dachte er mit einem Schmunzeln. Mette Steensens Kräuterschnaps hatte den Männern gestern Abend im Krug ordentlich die Zunge gelockert und ihm viel Material für seinen Artikel gebracht.

Er wandte den Blick zur Landstraße. Näherte sich vom Leuchtturm her nicht ein Radfahrer? Die Hand an die Augen hebend, reckte er sich hoch, um besser sehen zu können. Nach einigen Augenblicken gespannter Aufmerksamkeit ließ er die Hand wieder sinken. Nein, er hatte sich wohl durch das Spiel von Licht und Schatten täuschen lassen. Und von dem Wunsch, Frøken Jul noch einmal zu sehen, bevor er am Nachmittag nach Hause fuhr.

Als sie so frei heraus von ihrer Sehnsucht nach Kopenhagen erzählte, hatte ihn die Neugier des Journalisten bewogen, sie zu begleiten, und ein wenig auch die Ähnlichkeit mit Mabel. Aber dann … Ein Mädchen wie sie hatte er noch nicht getroffen. Die jungen Frauen in seinem Bekanntenkreis gaben sich gern herablassend und betrachteten die Welt mit erhobenen Brauen. Tilda Jul in ihrer offenherzigen Art dagegen war wie die Rosen hier am Dünenhang, die gerade ihre feinen weißen Blütenblätter entfalteten. Er neigte sich zu einem der Sträucher hinab, um den flüchtigen Duft der Blüten einzuatmen. Gab es diese Rosen auch auf Seeland? Er hatte dort jedenfalls noch keine gesehen. Vielleicht war es eine besondere jütländische Art? Behutsam strich er über eine Knospe, während er überlegte, ob er lieber zum Hotel hinüber statt weiter an den Strand gehen sollte. Die Söderbloms würden sich freuen, ihn zu sehen, und vielleicht wäre auch Frøken Jul zugegen. Er fuhr an den Rändern eines halbentrollten Blütenblatts entlang. Und wenn er sie im Hotel antraf, was wollte er dann tun? Ihr das Versprechen abnehmen, ganz bestimmt nach ihm Ausschau zu halten, wenn sie eines Tages den Bülowsvej entlangkam?

Er richtete sich auf und vergrub die Hände in den Manteltaschen. Nun, es gab bessere Gelegenheiten, sich zum Narren zu machen. Es war an der Zeit, zum Krug zurückzukehren und um die Rechnung zu bitten. Entschiedenen Schritts lief er auf die

Landstraße zu und nickte grüßend, als der Fahrer eines blauen Fords ihm im Vorüberfahren zuwinkte.

***

Im Strandhotel war das Mittagessen fertig. Julia, Christian und Axel setzten sich an den Küchentisch. Kathrine brachte die Suppe. Christian beugte sich zum Topf vor und sog genüsslich den würzigen Duft ein, der von der dampfenden Suppe aufstieg. »Gemüsebouillon mit Eierstich und Klößchen! Die hatten wir schon lange nicht mehr, Nana.«

Kathrine lächelte dem Bruder zu. »Weil ich keine frischen Kräuter bekommen habe. Und ohne Petersilie oder Kerbel schmeckt die Bouillon fade.«

Sie setzte sich und tauchte die Schöpfkelle in die Suppe. »Wisst ihr, was Steen mir heute Morgen beim Einkaufen erzählt hat?«, fragte sie und berichtete den anderen drei von Ernst Ravs unglücklichem Zusammentreffen mit James. Noch immer verärgert über James' Benehmen, hatte Steen ihr im Laden der Verbrauchervereinigung sein Leid geklagt.

»Typisch James! Nicht einmal entschuldigen wollte er sich bei Hr. Rav. Das hat Steen im Namen der Gesellschaft übernommen«, schloss Kathrine halb belustigt, halb ärgerlich. Sie kannte das Temperament ihres Kameraden aus Kindertagen nur zu gut.

Axel dagegen konnte den Freund verstehen. »Ich möchte auch nicht haben, dass dir ein anderer Mann die Hand küsst.«

Kathrine füllte ihm lächelnd die Suppenschüssel. »Nur würdest du deshalb nicht gleich alles durcheinanderbringen.«

Er umfasste ihr Handgelenk. »Wenn's sein müsste, schon.«

Julia legte ihr Butterbrot auf den Teller zurück. »Da ist nichts durcheinander, glaube ich. Immerhin hat Hr. Rav Tilda gebeten, euch seine Grüße auszurichten. Nach ihrer Erzählung war er recht gut auf Norby zu sprechen.«

»Na bitte«, Christian nickte seiner Schwester zu. »Sicher ist alles in bester Ordnung, Nana.«

Auf dem Korridor erklangen Schritte.

»Kann es Tilda sein?«, fragte Kathrine in die Runde. »Ich wusste nicht, dass sie heute auch kommen wollte.«

Die Küchentür schwang auf und herein kam Erwin Krøger. Hinter ihm folgte Tor Torsten, der entschuldigend die Hände hob. Julia zuckte zusammen. Sie rückte näher zu Christian, der beruhigend über ihre Hand strich. Hr. Krøger maß seine Tochter mit einem zornigen Blick und trat an den Küchentisch heran.

Christian betrachtete seinen zukünftigen Schwiegervater abschätzend. Erwin Krøger war wie Julia von kleiner Statur und hatte ihr auch die dunklen Locken und die schwarzen Augen mitgegeben. Aber während Julia leicht und anmutig wirkte, schien alles an ihm gedrungen und von geballter Kraft. Wie gewöhnlich trug er einen Reitanzug und hohe Stiefel, doch sonst war vom Anschein des Gentlemans wenig geblieben. Den Kopf vorgeneigt und die Hand fest um den Knauf seines Gehstocks geschlossen, stand er angriffslustig da. Würde er den Stock benutzen, um seinen Willen durchzusetzen? Nun, sollte er nur kommen … Christian tauschte einen verständnissinnigen Blick mit Axel, der daraufhin bedächtig seinen Löffel hinlegte und aufstand. Er deutete eine lässige Verbeugung gegen Hr. Krøger an, bevor er sich an Kathrine wandte.

»Darf ich dir Hr. Krøger vorstellen, Liebling? Ich glaube, ihr kennt euch noch nicht persönlich. Hr. Krøger, meine Frau.«

Ungeduldig schlug Erwin Krøger mit dem Gehstock gegen seinen Stiefelschaft. »Fru Söderblom«, grüßte er kurz angebunden. Die Mütze zog er nicht.

»Angenehm«, erwiderte Kathrine dennoch höflich.

»Mein Schwager, Christian Pedersen«, fuhr Axel fort.

»Sehr erfreut«, sagte Christian, »wollen Sie sich nicht setzen? Und du auch, Tor?«

»Schluss mit dem Theater«, erwiderte Erwin Krøger schroff. »Ich habe genug Zeit damit vergeudet, nach dir zu suchen, Julia. Der Wagen wartet. Also auf!«

»Guten Tag, Vater«, erwiderte Julia, anscheinend völlig unbeeindruckt von seinem harschen Ton. »Hast du mich gefunden, ja? Nun, ich bleibe hier.«

Ihr Vater presste die Lippen aufeinander. »Warten Sie draußen!«, befahl er Tor Torsten und trat noch einen Schritt näher an den Tisch heran. »Wie immer«, entgegnete er verächtlich, »Widerworte und Unvernunft. Ich frage mich, ob du noch bei Verstand warst, nur mit dem Nadelgeld in der Tasche davonzulaufen.«

Julia blieb ruhig. »Wie du siehst, bin ich untergekommen.«

»Solange dein Geld reicht. Und danach?«

Ein kleines Lächeln kam um ihren Mund. »Ich werde für mein Auskommen arbeiten, Vater. Als Hauspianistin des Strandhotels.«

Erwin Krøgers Wangen färbten sich tiefrot. »Du wirst dich nicht derartig zur Schau stellen. Das schadet dem Ruf der Familie und des Geschäfts.«

Julia schüttelte den Kopf. »Versteh doch, Vater«, begann sie zu erklären, »hier kann ich meine Musik …«

»Schweig!«, schnitt er ihr das Wort ab. »Im Kontor wartet der Wochenabschluss, wir fahren augenblicklich!«

Julia rückte noch näher zu Christian. »Nein, ich bleibe hier«, wiederholte sie mit fester Stimme.

Christian drückte ihre Hand und stand auf. »Julia wird nämlich meine Frau«, sagte er lächelnd und setzte mit einer kleinen Verneigung gegen ihren Vater hinzu: »Ich versichere Ihnen, ich werde alles tun, um gut für sie zu sorgen.«

Erwin Krøger stützte sich schwer auf seinen Stock und senkte den Kopf noch ein wenig tiefer. »Indem Sie Julia von Ihren Jazzkumpanen beim Klavierspielen begaffen lassen?«, fragte er höhnisch. »Sie werden sich nicht bei den Krøgers ins gemachte Nest setzen, Pedersen. Und du stehst jetzt auf!« Er wollte Julias Arm packen, doch Christian war schneller und hielt seine Hand von ihr weg.

»Sie fassen Julia nicht an!«, sagte er bestimmt.

Erwin Krøger machte sich los. »Was erlauben Sie sich?«, bellte er. »Drohen Sie mir etwa?«

Christian legte den Arm um Julia und sah ihrem Vater geradewegs in die Augen. »Nein, aber ich warne Sie«, entgegnete er ruhig.

»Ich habe mich aus freien Stücken entschieden, Christians Frau zu werden, Vater«, nahm Julia das Wort. »Das kannst du mir nicht verbieten.«

Erwin Krøger trat einige Schritte zurück und richtete seine Jacke. »Nun, du musst wissen, was dir passt«, sagte er mit einem Achselzucken. »Aber rechne nicht darauf, dass du am Søndre Landevej wieder aufgenommen wirst, wenn dieser Niemand hier mit dir fertig ist.« Brüsk wandte er sich zur Tür.

»Warte, Vater!« Julia war blass geworden. »Sag Mutter meine Grüße, bitte, und dass ich ihr schreiben werde.«

Die Hand schon am Türgriff, wandte ihr Vater sich noch einmal um. »So? Plötzlich fällt dir deine Mutter wieder ein? Nun, ich werde ihr sagen, dass sie keine Tochter mehr hat«, entgegnete er kalt und ging hinaus.

»So ein brutaler Lump«, sagte Axel mit einem angewiderten Blick zur Tür hin. Kathrine hatte ihn noch nie so böse gesehen.

Sie legte ihm eine Hand auf den Arm. »Nicht.«

»Lass nur, Axel hat doch recht«, sagte Julia mit zitternder Stimme. »Nun, wenigstens bin ich jetzt frei.« Sie versuchte, unter Tränen zu lächeln. »Aber zu wissen, dass er Mutter meinetwegen bekümmern wird, ist schrecklich.«

Christian streichelte Julias Rücken und nannte sie seinen tapferen Schatz, während sie sich auf der Küchenbank in seinen Armen ausweinte. Hatte dieser Mensch denn gar keine Liebe für seine Tochter übrig? Gott, wie gern hätte er Erwin Krøger am Nacken gepackt und ihn gezwungen, Julia richtig anzuschauen, damit er sah, wie kostbar seine Tochter war! Als er Julias Haar küsste, hob sie den Kopf von seiner Schulter und lächelte ein wenig.

»Jetzt hast du deinen Schwiegervater kennengelernt. Er ist grässlich, nicht?«, sagte sie. »Es tut mir leid, dass er dich so beleidigt hat.«

»Hat er?«, fragte Christian angelegentlich. »Ich hab' gar nichts gehört.«

Ihr Lächeln vertiefte sich. »Umso besser.« Sie wischte sich mit dem Ärmel übers Gesicht. »Wenn er nur Mutter nicht meinetwegen zusetzt!«

»Er kann ihr wohl kaum verbieten, dich weiter als ihre Tochter anzusehen«, gab Christian zu bedenken.

»Aber er könnte Anweisung geben, mich nicht vorzulassen.« Julia seufzte. »Und Mutter würde sich fügen, weil sie meint, ein Mann sollte Herr in seinem Haus sein. Sie widerspricht Vater nie.« Christian nahm lächelnd ihre Hände zwischen seine. »Aber du.« Julia schmiegte sich fester in seinen Arm. »Und du erst. Man darf Vater nicht zeigen, dass man sich vor ihm fürchtet«, fügte sie hinzu. »Das macht ihm Eindruck.«

Christian dachte an seine Keilereien auf dem Schulhof. Oft genug musste er damals stärkere Gegner herausfordern, es war Teil der Mutproben unter den Jungen gewesen. Aber sich vorzustellen, wie die kleine Julia ihrem Vater trotzig in die Augen schaute, während er mit dem Stock in der Hand vor ihr stand …

»Jule«, sagte er unbehaglich, »er hat dich doch nicht …«

»… geschlagen?«, beendete sie seinen Satz. »Nein, so schlimm war's nicht. Nur auf mein Zimmer hat er mich geschickt, wenn ich *schwierig* wurde. Mit oder ohne Abendessen, je nachdem, wie böse er mit mir war.«

Christian schüttelte unwillig den Kopf. Sein Vater und er waren auch nicht gut miteinander ausgekommen, doch hätte er sich niemals einfallen lassen, seinem Sohn das Essen zu verweigern.

»Meistens kam Mutter danach mit dem Abendbrot auf dem Tablett zu mir, um mich zu trösten«, fuhr Julia fort. »Und um mich zu bitten, mich doch der christlichen Ordnung zu fügen. Ein gutes Kind sollte ich sein … Nur konnte ich das nicht.«

Christian strich ihr nachdenklich eine Locke aus der Stirn und legte sie behutsam hinter ihr Ohr. Allmählich begann er zu ermessen, *wie* verloren Julia sich hinter den schmucken Portalen am Søndre Landevej oft gefühlt haben musste.

Sie sah seinen gedankenvollen Blick und ahnte, was er dachte. »Manchmal war es schon arg«, bekannte sie, »aber immerhin wusste ich, dass Mutter mich liebhatte, auch wenn sie die christliche Ordnung über alles stellte.«

Christian drückte sie an sich. »Und du hast *sie* lieb, mein großherziger Schatz.«

Julia setzte sich auf. »Sie ist eben meine Mutter. Ich werde ihr jetzt gleich schreiben«, fuhr sie entschlossen fort. »Sie soll doch wissen, dass du nicht der Mitgiftjäger bist, für den Vater dich sicherlich hinstellen wird.«

Christian musste schmunzeln. »Lade sie doch zum Eröffnungsfest ein«, schlug er vor, »dann kann sie sich ein eigenes Bild von mir machen.«

Julia legte ihren Kopf wieder an seine Schulter. »Und wenn sie sieht, wie glücklich wir sind, wird sie unsere Hochzeit hoffentlich gutheißen, egal, was Vater sagt. Ach, Liebster, vielleicht kommt ja noch alles zurecht.«

XIX

Erwin Krøger stieg am Nybøler Anlegeplatz aus Tor Torstens Wagen. Er lehnte sich an den eisernen Kran und sah nachdenklich die Au hinunter, die gemächlich zwischen den Wiesen dahinfloss. Vorbei die Zeiten, als mit jeder Flut die Lastewer und Treidelkähne den Fluss heraufgekommen waren, um an der Kaimauer vor dem Kran festzumachen und ihre Ladung zu löschen. Vorbei auch die Verschiffung der lebenden Ochsen bis nach Hamburg hinunter, genauso wie der Landhandel, der über fünf Generationen den Wohlstand seiner Familie gesichert hatte. Die Zukunft gehörte dem Automobil und den Öl- und Schmierstoffen, die er von seinem Kontor in Esbjerg verhandelte. Und wo stand er? *In der Zukunft*, hätte er noch heute Morgen ohne zu zögern geantwortet. Doch nun hatte Julias unsinniger Entschluss die Hoffnung auf einen Enkelsohn und Nachfolger zunichtegemacht. Für wen also den Hof behalten? Er hing nicht an dem altertümlichen Gebäude, dessen Unterhalt regelmäßig große Summen verschlang.

Auf seinen Stock gestützt ging er langsam den Søndre Landevej hinauf. Vor dem Portal mit der Freitreppe blieb er stehen und betrachtete den krøgerschen Adler über den kunstvoll geschnitzten Türen. Die weit ausgebreiteten Schwingen des stolzen Vogels hatten die längste Zeit von Ansehen und Wohlstand der Familie gekündet. *Vorbei.* Dabei hatte doch seine Ehe mit Nikoline Jacobsen nach der Übereinkunft ihrer Väter die Zukunft des Handelshauses sichern sollen. Nur war das Kalkül der beiden nicht aufgegangen. Nikoline und er waren einander fremd geblieben und nach der Geburt der Tochter hatte sie sich ganz von ihm zurückgezogen. Immerhin war sie ihm sonst eine ergebene Ehefrau geblieben und in Nybøl wegen ihres Einsatzes für den wohltätigen Verein und die Poetische Gesellschaft sehr angesehen. Wie würde sie es aufnehmen, dass er die Tochter von sich getan hatte und den Hof verkaufen wollte? Am Haus hing Nikoline wohl so wenig wie er, dafür umso mehr an Julia. Sie war bald krank vor Sorge.

Dennoch, eine Krøger, die ihren Namen nicht achtete, hatte das Recht verwirkt, weiter der Familie anzugehören.

Er wandte sich zum Hoftor. Als er den eisernen Türklopfer anhob, gab der Flügel unter dem Druck seiner Hand nach. Das Tor war entgegen seinen Anweisungen nicht verriegelt worden. Verärgert betrat er den Hof. Je eher er die Bande nachlässiger Dienstmänner loswurde, desto besser! Er legte selbst den Riegel vor und durchschritt das leere, nutzlos gewordene Kellergewölbe.

Nikoline stand am Treppenaufgang und blickte zu ihm hinunter, die Hand am Geländer. Wie ein Schatten kam sie ihm vor in dem hochgeschlossenen schwarzen Kleid und der eng um den Kopf gesteckten weißblonden Zopfkrone.

»Ich werde den Hof verkaufen«, sagte er. »Wir werden künftig in Esbjerg leben.«

Sie antwortete mit einer leichten Neigung des Kopfes. »Und Julia?«, fragte sie.

»Sie ist tatsächlich in Norby. Und dort bleibt sie auch. Als Hauspianistin des Strandhotels. Oh, und sie wird Christian Pedersen heiraten.« Er sah seiner Frau forschend ins Gesicht. Sie schien es gelassener zu nehmen als er. Täuschte er sich oder stahl sich sogar ein kleines Lächeln um ihre Mundwinkel?

»Den Sohn unseres Heimatdichters?«

Er wischte ihre Bemerkung mit einer ungeduldigen Handbewegung beiseite. In Nikolines Welt der schönen Literatur mochte es etwas bedeuten, Sohn eines angesehenen Dichters zu sein. Für ihn blieb Christian Pedersen ein Niemand.

»Eben den«, knurrte er und stieg die Treppe hinauf. »Und da sie darauf besteht, ihn zu heiraten, werde ich sie aus dem Familienbuch streichen.« Bei ihr angekommen, setzte er hinzu: »Kaffee und belegte Brote ins Kontor. Und ich möchte auf keinen Fall gestört werden!«

Nikoline fasste das Geländer fester. »Ich gebe in der Küche Bescheid«, erwiderte sie leise.

Schwankte sie? Er blieb vor ihr stehen, bereit, sie aufzufangen, sollte sie fallen. »Du wirst verstehen, dass ich so handeln *muss*«, sagte er weicher.

Ihre wasserhellen Augen bekamen einen kalten Glanz. »Schweig!«, erwiderte sie und wandte sich von ihm ab.

***

Malvine richtete den Blick auf Frieders Spielzeug, das vor dem Kaffeetisch auf dem Rasen lag. Der Kleine war mit seinem Drachen durch den Garten gelaufen und hatte ihr seinen Brummkreisel mit den aufgemalten Schafen und Pferden vorgeführt. Danach war er mit seinem kleinen hölzernen Lastwagen die Bestellungen aus Klötzchen und Murmeln ausgefahren, die er zuvor mit Brunos Hilfe abgezählt hatte. Nun saß er neben seiner Mutter und naschte eifrig gezuckerte Erdbeeren mit Schlagsahne.

Malvine lächelte. Der Besuch der Kaufmands gab ihr einen schönen Vorgeschmack auf die Freuden im Leben einer Mormor. Sofies Brief hatte heute Morgen die freudige Nachricht gebracht, dass sie noch in diesem Jahr Großmutter werden sollte. Wenn hoffentlich alles gut ging, würde sie im nächsten Sommer mit ihr hier im Garten sitzen und sich an ihrem ersten Enkelkind erfreuen.

Sie schaute zu Bruno hinüber, der seinen Stuhl ein wenig vom Tisch fortgerückt hatte, um die anderen nicht mit dem Rauch seines Zigarillos zu stören. Er saß lässig in Weste und Hemdsärmeln da, das Jackett seines hellen Sommeranzugs hinter sich über der Stuhllehne, ein Bein über das andere geschlagen und den Kopf ein wenig in den Nacken gelegt. Gedankenverloren sah er den Rauchkringeln nach. Bereute er, allein geblieben zu sein? Er war der hingebungsvollste Onkel, den man sich vorstellen konnte, und doch wirkte er auf sie wie einer, der sich selbst genügte. War er früher auch schon so gewesen? Malvine konnte es nicht sagen. Wie alle anderen hatte sie in Bruno vor allem den zukünftigen Chef der Familie Kaufmand gesehen. Als hätte er ihre Gedanken erfasst, stand er auf, um still für sich vor den Levkojen auf und ab zu gehen, während er seinen Zigarillo zu Ende rauchte.

Ein Löffelklappern brachte Malvines Aufmerksamkeit an den Tisch zurück. Frieder hatte seine Erdbeeren aufgegessen und legte den Löffel in die leere Schale.

»Danke schön!«, sagte er artig, nachdem er sich auf Geheiß seiner Mutter den Mund abgeputzt hatte. »Großmutter Lübeck kommt mich bald besuchen«, erzählte er Malvine und hielt seiner Mutter die Hände vors Gesicht. »Wie oft noch schlafen?«

Hulda nahm eine seiner Hände und drückte einen Kuss auf die Handfläche. »Ein-, zwei-, dreimal«, zählte sie an seinen Fingern ab.

Zufrieden wandte er sich wieder zu Malvine. »Großmutter hat eine Haube mit Bändern bis dahin.« Er hielt sich eine Hand vor den Bauch.

»Die Haube gehört zu unseren Familienerbstücken«, erklärte Hulda. »Meine Mutter trägt sie zum Kirchgang und bei Festen.«

Frieder betrachtete Malvine abschätzend. »Hast du auch eine Haube?«

Malvine schmunzelte. »Leider nicht«, erwiderte sie entschuldigend. »Eine Haube würde wohl auch nicht für mich passen.«

Bruno trat zu ihnen. »Ganz recht!«, sagte er bestimmt.

Malvine warf ihm einen belustigten Blick zu, bevor sie weitersprach: »Ich habe überlegt, mir das lästige Frisieren zu sparen und meine Haare so kurz zu tragen wie ihr jungen Frauen«, sagte sie zu Hulda. »Aber eine Großmutter mit Bubikopf wäre wohl auch nicht das Richtige.«

Bruno winkte ab. »Warum denn nicht, wenn es dir gefällt.«

»Vater!« Frieder sprang von seinem Stuhl hoch und lief auf Vilhelm zu, der von Frøken Nielsine in den Garten geleitet wurde. Er hob den Kleinen hoch und schwenkte ihn lachend herum, bevor er mit ihm auf dem Arm an den Tisch herantrat.

»Tag allerseits!«, grüßte er aufgeräumt.

Hulda erhob sich und ging zu ihm. »Fertig mit den Büchern für diese Woche?«, erkundigte sie sich lächelnd.

Er zog sie an sich und küsste ihren Scheitel. »Fertig, meine Liebste.« Vor Zufriedenheit strahlend, Frau und Sohn fest im Arm, war er ganz der Prinzipal. Was wäre aus ihm geworden, hätte der ältere Bruder sein Erstgeburtsrecht nicht aufgegeben? Malvine fing Brunos Blick auf, der nachdenklich zu Vilhelm hinschaute. Sie hob die Wärmehaube von der Kaffeekanne.

»Eine Tasse Kaffee, Vilhelm, und ein Stück Kuchen dazu?«
Er setzte sich neben Hulda an den Tisch und hielt Malvine seinen Teller hin. »Gern einen Bienenstich«, bat er. »Den backt sonst nur meine Schwiegermutter.«

Während die Erwachsenen bei Kaffee und Kuchen müßig plauderten, kostete der kleine Frieder das Spielen in Malvines weitläufigem Garten aus. Er genoss es, wenn bisweilen auch der Vater oder sein Onkel beim Laufen mit Drachen und Ball mithielten. Später war er so müde, dass ihm im Sitzen bald die Augen zufielen. Mit Rücksicht auf den Kleinen schlugen Hulda und Vilhelm Malvines Einladung zum Abendbrot bedauernd aus. Bald nach dem Ende der Kaffeestunde brachen sie auf und Malvine geleitete sie hinaus.

Als sie ins Haus zurückkehrte, stand Bruno in der Tür zum Esszimmer. »Frieder ist noch beim Hinausgehen auf Vilhelms Arm eingenickt«, berichtete sie und trat neben ihn. »Er hatte ordentlich Mühe, den Kleinen in den Wagen zu setzen.«

Bruno wandte sich lächelnd zu ihr. »Kein Wunder nach so viel Vergnügen an einem einzigen Nachmittag. Dein Esszimmer ist übrigens beeindruckend mondän ausgefallen!«, setzte er mit einem Zwinkern hinzu. »Meinen Glückwunsch!«

»Danke schön«, erwiderte Malvine. Halb erfreut, halb zweifelnd fuhr sie fort: »Mit den Farben und den Möbeln bin ich sehr zufrieden, nur der Spiegel gefällt mir nicht recht.« Sie deutete auf das große, mit gezackten Rändern verzierte Schmuckglas über der Anrichte. »Zwar ist er ganz die neuste Mode und Sofie meint, er würde dem Raum mehr Weite geben. Aber ich fürchte, es könnte irritieren, beim Essen auf sein Spiegelbild zu schauen. Vielleicht sollte ich doch lieber einen Wandteppich über die Anrichte hängen«, schloss sie nachdenklich.

In Brunos hellgrauen Augen tanzten kleine Lichtreflexe, wie immer, wenn ihn etwas belustigte. »Auf keinen Fall! So ein Spiegel bietet doch ganz neue Ansichten. Besonders, wenn dein Gegenüber vergisst, dass du ihn auch hinterrücks betrachten kannst.«

Malvine lachte. »Bei meinen honorigen Gästen wäre ein solcher Blick sicher reine Zeitverschwendung.«

»Da täusch' dich nur nicht! Mancher erscheint von hinten überhaupt nicht so honorig wie von vorn.«

Sie stutzte. »Ein hartes Urteil. Das war früher gar nicht deine Art.«

Bruno zuckte mit den Achseln. »Ich habe eben dazugelernt.«

Malvine sah ihn abwartend an, doch er schwieg. Sie trat vor die Anrichte, auf der Gläser und eine Anzahl Likör- und Weinflaschen bereitstanden. »Nach dem Kuchen und der Sahne ist mir nach etwas Kräftigem vor dem Abendbrot«, erklärte sie. »Hältst du bei einem Glas Portwein mit?«

Bruno kam zu ihr und hielt die Weinflasche ans Licht, um das Etikett zu lesen. »Sieh mal an, einer von unseren«, stellte er schmunzelnd fest.

Malvine lächelte. »Frøken Nielsine konnte bislang keinen besseren finden.«

»Manchmal braucht man einen Schubs, um aufzuwachen, nicht?«, sagte sie, als sie kurz darauf mit ihren Gläsern auf dem Sofa im Salon saßen. »Hätte sich Sofie meinen Nachfolgeplänen nicht verweigert, wüsste ich wohl immer noch nicht, wie verloren und traurig ich mich all die Jahre nach Jespers Tod gefühlt habe.« Sie schmiegte sich fester in ihr Umschlagtuch.

»Kalt?«, fragte Bruno. Er ging zum Kamin hinüber und entzündete das Papier und die Holzspäne über dem Brennholz auf dem Rost, um das Feuer in Gang zu bringen. »Dann bist du noch immer allein?«

Malvine nickte. »Unmerklich habe ich die ganze Zeit gehofft, dass Jesper zu mir zurückkommen würde. Erst, als ich nach Sofies Umzug mein Leben neu geordnet habe, konnte ich auch ihn endlich gehen lassen.«

Bruno warf das Zündholz ins Feuer und setzte sich wieder neben sie. »Und ich dachte, du hättest dich mittlerweile arrangiert.«

Sie fuhr sacht mit dem Finger über den Rand ihres Glases. »Ein Verhältnis? Ich?«, fragte sie ungläubig.

»Warum nicht?« Er hob sein Glas und trank ihr zu. »Du bist wieder eine lebensfrohe Frau, Malvine, und wärst sicher klug genug, Liebe und Geschäft zu trennen.«

Malvine lächelte. Erfrischend, dass Bruno ihr eine Affäre zutraute. Hatte er bemerkt, dass sie ihren Ehering nicht mehr trug? Er gehörte zu einem anderen Leben und lag nun wohlverwahrt bei Jespers Ring im Schmuckkasten. Sie nahm einen Schluck Wein und neigte dann ihr Glas gegen seins. »*Merci du compliment.* Und du? Hast du jemanden?«

Plötzlich verschloss sich sein Gesicht. »Es gab einige flüchtige Begegnungen. Mehr war nicht angebracht.« Er nahm einen tiefen Atemzug. »Besser, du erfährst, wem du dein Vertrauen schenkst«, fuhr er fort. Seine Stimme klang hart und trocken.

»Ich glaube, ich weiß es recht gut«, entgegnete Malvine ruhig.

Er schüttelte den Kopf. »Bevor ich aus Kopenhagen fortging, habe ich ein Doppelleben geführt«, begann er. »Die gute Gesellschaft kannte mich als ehrbaren Kaufmann und zukünftigen Prinzipal unseres Hauses, doch daneben war ich ein besessener Spieler.«

Das also trug er mit sich herum. Rasch begann Malvine, die Enden ihres Schultertuchs zu richten. Bruno sollte ihre Bestürzung nicht sehen. *Mea culpa.* Was hatte er nur getan?

»Abstoßend, nicht?«, sagte er verächtlich. »Soll ich gehen?«

Sie hielt ihre Hände still und sah ihn an. »Auf keinen Fall. Erzähl mir, was geschehen ist.«

Und Bruno erzählte alles, während er vor der Feuerstelle auf und ab schritt. Es hatte auf einer Geschäftsreise begonnen, mit einer Kartenpartie in einer flotten Herrenrunde. Zuerst hatte er nur auf Reisen um kleine Beträge gespielt, um den Ruf des Hauses Kaufmand zu wahren. Doch mit dem wachsenden Verlangen nach der nächsten Partie wurde er zusehends unvorsichtiger. Immer öfter musste er Geld aus Geschäften abzweigen, um seine Spielschulden zu bezahlen. Sein Vater bemerkte nichts. Der alte Friedrich Kaufmand vertraute ihm ja und Bruno wusste die Eintragungen in den Büchern seinen Entnahmen anzupassen. Über sich selbst erschrocken und doch unfähig, aufzuhören, hatte er immer weitergespielt, wohl wissend, dass er dabei war, sich und das Haus Kaufmand ins Verderben zu reißen. Gleichzeitig drängte der Vater darauf, dass Bruno sich endlich in Lübeck auf Brautsuche begab. Immerhin stand er schon in seinen Dreißigern, höchste Zeit also, zu heiraten und das Geschäft zu übernehmen.

»Da erkannte ich, dass die Spielerei wie ein Betäubungsmittel war. Ich wollte nicht der nächste Prinzipal werden, sondern frei sein. Nur sah ich mich als Erstgeborener nicht im Recht, meine Freiheit über meine Familienpflichten zu stellen.« Er blieb stehen und fuhr sich übers Gesicht. »In dieser Bedrängnis kam das Spielen als Ablenkung gerade recht. Am Kartentisch musste ich nicht über einen Ausweg nachdenken. Da gab es nur das nächste Blatt, den nächsten Stich.«

Malvine sah ihn mitfühlend an. »Und ich habe dich noch mit meinen missglückten Tischordnungen und Einladungen auf die letzte Minute geplagt«, sagte sie reuig. »Hätte ich nur gewusst, dass du dich so quälst.«

Bruno sandte ihr ein kleines Lächeln. »Du *solltest* es ja nicht wissen. Keiner«, erwiderte er und nahm seine Wanderung vor dem Kamin wieder auf. »Eines Morgens besuchte mich ein Mitspieler im Kontor. Ich hatte ihm die Bezahlung meiner Schulden für die kommende Woche zugesagt, doch nun war er wegen eigener Spielschulden selbst in Bedrängnis. Da konnte ich nur noch einen Wechsel ausstellen.«

Malvine hob ihre Hände an die brennenden Wangen. »Um Gottes willen! Ist der Wechsel geplatzt?«

»Nicht doch! Das Haus Kaufmand verfügt über beträchtliche Reserven«, antwortete Bruno mit einem kurzen Auflachen. »Aber mit diesem Besuch war mein Doppelleben vorbei. Wenn der eine mich gefunden hatte, würden auch andere mich finden. Noch konnte ich die Firma vor dem schlimmsten Skandal bewahren. Also griff ich zum letzten Mal in die Kasse und machte mich davon. Meinem Vater hinterließ ich nur eine Notiz. Ich war zu feige, ihm unter die Augen zu treten.«

Malvine befeuchtete die trockenen Lippen. »Und Vilhelm? Euer Verhältnis scheint ungetrübt.«

Bruno rückte die Porzellanfiguren auf dem Kaminsims gerade. »Er hatte sogar Verständnis, denk mal an. Für einen wie mich.«

Malvine räusperte sich. »Für einen, der zutiefst bereut, was er getan hat, scheint mir«, sagte sie sanft.

Er drehte sich zu ihr herum. »Was hilft das schon?«, fragte er müde. »Natürlich erstatte ich jeden Øre, den ich genommen habe. Aber dass mein Vater sterben musste, ohne zu erfahren, wie leid mir alles tut, kann ich nicht gutmachen. Mit dieser Schuld muss ich leben.« Er griff zum Schürhaken und zog die Scheite auf dem Rost auseinander. »Ich hab' dir den Abend gründlich verdorben, wie?«

Malvine schüttelte den Kopf. »Ich bin froh, dass du so ehrlich zu mir warst.« Sie ging zu ihm und nahm seinen Arm. »Früher hast du manchmal Brot in der Pfanne geröstet, um Sofie eine Freude zu machen. Weißt du noch, wie's geht?«

XX

Malvine setzte Käsebrett und Butterdose zur Kaffeekanne auf den Küchentisch. Dann entzündete sie die Tischlampe und sah zu Bruno hinüber, der vor dem Komfur stand und Brotscheiben in der Pfanne wendete. Zu anderen war er aufmerksam und liebenswürdig, doch mit sich selbst ging er unnachgiebig ins Gericht. Was konnte sie ihm sagen, damit er verstand, dass nicht Härte ihn von seinen Gewissensqualen befreien würde, sondern Vergebung?

Er hob die Pfanne vom Herd und verteilte das Röstbrot auf ihre Teller.

»Ist es nicht seltsam, was wir in der Not tun können, obwohl wir wissen, dass unser Handeln verwerflich ist?«, fragte sie, während sie ihnen Kaffee einschenkte.

Bruno nahm am Tisch Platz und sah sie fragend an.

»Letzten Sommer in Norby habe ich Sofies Post an mich genommen. Ihr damaliger Verlobter schrieb ihr regelmäßig und ich hoffte, sie würde ihn bald vergessen, wenn sie keine Nachricht von ihm erhielt. Mir erschien der junge Mann als Nachfolger fürs Geschäft so ungeeignet, dass ich um die Zukunft des Hauses Krogh Hansen fürchtete. Da wusste ich mir keinen anderen Rat mehr.«

Bruno hobelte dünne Scheiben vom Käselaib herunter. »Weiß Sofie davon?«

Malvine legte sich einige der Käsescheiben aufs Brot. »Als ich meinen Fehler einsah, hatte sie sich längst in ihren jetzigen Mann verliebt. Ich hielt es für besser, die Briefe in der Gartentonne zu verbrennen, statt sie mit meinem schlechten Gewissen zu beschweren.«

Er lächelte beifällig. »Gut gemacht.«

Sie lächelte auch. »Du lobst mich? Stört es dich denn gar nicht, mit einer Intrigantin am Abendbrottisch zu sitzen?«

In seinen Augen schimmerten die kleinen Lichter auf. »Ich bin wohl der Letzte, der sich über dich erheben dürfte«, erklärte er trocken. »Vielleicht hat dein Versuch, Schicksal zu spielen, Sofies Glück erst ermöglicht.«

»So wie dein Weggang Vilhelm an den richtigen Platz gebracht hat? Er ist ganz in seinem Element. Wir haben es vorhin wohl beide gedacht, nicht?«

Bruno legte den Käsehobel auf den Teller zurück. »Allerdings hat es meinem Vater großen Kummer bereitet«, erwiderte er harsch.

Malvine suchte seinen Blick. »Und dir auch«, entgegnete sie ruhig. »Dein Vater liebte seine Söhne. Sicher genug, um dir zu verzeihen.«

Bruno legte das Besteck aus der Hand. »Mag sein«, antwortete er leise und sah ihr in die Augen. »Nur ist es dafür zu spät.«

Malvine hielt seinen Bick. »Ich habe siebzehn Jahre damit vergeudet, vergeblich auf Jesper zu warten«, sagte sie. »Hätte ich nur früher verstanden, dass wir die Vergangenheit nicht ändern können.«

Eine Weile schaute Bruno schweigend auf den Küchenschrank hinter ihr. Schließlich umfasste er ihre Hände. »Hilf mir!«, sagte er. »Was soll ich tun?«

Sie erwiderte seinen Händedruck. »Du hast genug gelitten«, sagte sie fest. »Vergib dir endlich. Dein Vater hätte gewollt, dass du wieder glücklich bist.«

***

Die Kaffeestube in der Elmegade war wie jeden Samstagabend gut besucht. Vor dem Tresen drängten sich die Gäste und von den vollbesetzten Tischen klangen Stimmen und Gelächter durch den Raum. Ein Mädchen schimpfte lauthals los, als ein junger Mann im Vorübergehen an ihr Tablett stieß und der Kaffee aus ihrer Tasse über ihre belegten Brote schwappte. Helle und Søren saßen inmitten des Trubels auf ihren Lieblingsplätzen beim Fenster und waren sich selbst genug. Nicht einmal ihre Brote hatten sie bislang angerührt. Statt zu essen, hielten sie sich lieber bei den Händen und sahen sich zärtlich an.

»Ich fühlte mich gleich zu dir hingezogen, als du zum ersten Mal in unsere Klasse kamst«, sagte Helle. »Einige der Mädchen kicherten, weil deine Jackenärmel überall mit Kreide bestäubt waren. Aber du hast einfach über ihr Gekicher hinweggehört und lächelnd von der Schönheit der Mathematik erzählt, als ob nichts wäre.«

»Das weißt du noch?«, fragte Søren erstaunt.

»Wie heute.« Sie lehnte sich vor, um seine Wange zu streicheln. »Und ich mochte, dass du so geduldig mit den Schüchternen warst. Aber ich spürte auch die Leidenschaft unter deiner Geduld und ahnte, dass bei aller Sanftmut ein Kämpfer in dir steckte. Wie in mir. Da wusste ich, dass ich zu dir gehöre.«

Søren strich mit den Lippen über die Innenseite ihrer Hand. »Und ich habe nur die unbekümmerte Helle gesehen, die mich mit ihren seltsamen Rechenergebnissen verblüfft hat.«

Helle lächelte. »Und doch bin ich direkt unter deinen Augen erwachsen geworden.«

Er sah sie überrascht an.

»Oh, ich war lange vernarrt in einen Jungen aus der Tanzschule. Aber dann kamst du und ich musste lernen, dass Gefühle sich ändern können. Vor allem aber verstand ich, dass Liebe etwas ganz anderes ist als Verliebtheit.«

»Da war die Schülerin schon damals klüger als ihr Lehrer«, erwiderte Søren und zog noch einmal Helles Hand an seine Lippen. »Obwohl ich auf Bornholm bald gar nicht mehr ohne dich sein mochte, wollte ich nicht wahrhaben, dass ich dich liebe. Ich hielt mich für wankelmütig und misstraute meinen Gefühlen. Dabei fieberte ich wie meine Jungs jeden Tag dem Läuten der Schulglocke entgegen, damit ich endlich heimkonnte. Zu dir.« Er griff in seine Jackentasche und legte Helle einen kleinen silbernen Anhänger in die Hand.

Sie betrachtete das Schmuckstück verwundert. »Was ist das?«

»Meine Konfirmationsgabe. Glaube, Hoffnung, Liebe«, sagte er langsam, während er über das silberne Herz fuhr, das ein Ankerkreuz umrahmte. »Der Anhänger sollte mich als Lotse auf dem Sund beschützen.«

Helle wog den Schmuck in ihrer Hand. »Beschützt das Herz dich auch, obwohl du kein Lotse geworden bist?«

Søren nickte. »Zuletzt, als ich deinetwegen ganz verzweifelt war. Es hat mich daran erinnert, nicht die Hoffnung aufzugeben.«

»Dann ist es wohl wirklich etwas Besonderes.« Sie lächelten einander an.

Søren schloss Helles Finger um das kleine Herz. »Deshalb soll es jetzt dich beschützen. Meine Gefährtin und meine Liebste. Und meine Frau?« Er sah sie fragend an.

Helle sog überrascht den Atem ein.

»Ich weiß, du bist nicht fürs Heiraten«, fuhr er entschuldigend fort. »Aber vielleicht würdest du deine Meinung für mich ändern? Ich möchte dir so gern meinen Namen geben«, sagte er sehnsüchtig.

Helle stiegen die Tränen in die Augen. »N... natürlich heirate ich dich, Darling«, antwortete sie mit zitternden Lippen. »Schließlich wirst d... du nicht von mir verlangen, dass ich eine Hausfrau werde.« Søren neigte sich über den Tisch und küsste sie.

»Niemals!«, versprach er. »Ich will dich zur Frau, weil du mich herausforderst. Und mich besser verstehst, als ich mich selbst.« Er lächelte. »Und weil du beim Kartenspielen lieber schwindelst, statt aufzugeben.«

Helle lachte hellauf, obwohl ihr die Tränen die Wangen herabliefen. Ungeduldig wischte sie mit dem Handrücken über ihr nasses Gesicht. »I... ich werde dich bei unserem nächsten S... Spiel daran erinnern«, sagte sie und küsste ihn.

***

Dass ausgerechnet sein Pflichtgefühl und seine Ehrenhaftigkeit Bruno so ins Unglück gestürzt hatten, dachte Malvine. Sie knöpfte ihr Nachthemd zu und begann, ihre Haare für die Nacht zu flechten. Und wie schwer er sich getan hatte, ihre Hilfe anzunehmen. Er war und blieb ein Dieb und der Liebe seines Vaters nicht wert, hatte er wieder und wieder erklärt, bis sie fast zornig entgegnete, dass nicht er entschied, ob er der Liebe seines Vaters würdig war. Da versprach er endlich, sich nicht mehr zu quälen, und legte für einige Augenblicke wie ein Kind seine Stirn auf ihre Hände. Als sie vorsichtig mit einem Finger an sein Haar rührte, hob er den Kopf und erzählte, wie er im Krieg beim Fischen auf See bleiben wollte, um der Verzweiflung über seine Schuld zu entgehen. Zu seinem Entsetzen sei er verschont geblieben, während es Bessere als ihn getroffen hätte.

Danach konnte sie zum ersten Mal über die dunklen Stunden sprechen, als sie das Leben ohne Jesper nicht mehr ertragen hatte. Zwar hatte sie wegen des Geschäfts ihr Gesellschaftsleben fortgeführt, doch sie war ein ums andere Mal an den Sund hinausgefahren, wo das Wasser sie lockte, ein Ende zu machen. Wäre Sofie nicht gewesen … Weil die Erinnerung an Trauer und Schmerz sie frösteln ließ, entzündete Bruno noch einmal das Kaminfeuer im Salon. Sie erhoben die Gläser auf den alten Friedrich Kaufmand und tranken dann darauf, dass es keine größere Sünde gab, als sein Leben nicht zu leben. Und deshalb würde Bruno sie auf das Eröffnungsfest des Strandhotels begleiten. Er hatte ihr zudem einen Bummel durch Esbjerg und einen Besuch in dieser Jazzkneipe beim Hafen versprochen.

Lächelnd blickte sie zum Fenster hinüber. Der Morgen graute schon. Hätte sie doch darauf drängen sollen, dass Bruno für den langen Heimweg eine Droschke nahm? Sie schmiegte sich mit einem wohligen Seufzer unter das behaglich angewärmte Bettzeug. Man musste überhaupt darauf sehen, dass er nicht nur zu anderen, sondern auch zu sich gut war, dachte sie und schloss die Augen.

Das Jackett über die Schulter geworfen, ging Bruno durch die stillen Straßen heimwärts. Bisweilen blieb er stehen, um genussvoll der kühlen Luft des anbrechenden Morgens nachzuspüren, die sich durch Weste und Hemd hindurch sanft auf seine Haut legte. Sich wieder frei von Schuld zu fühlen, schien sogar das Atmen leichter zu machen. Schmunzelnd erwiderte er den Gruß eines Bäckergesellen, der im Vorübergehen lässig zwei Finger an seine weiße Mütze legte. Früher war er oft Malvines Nothelfer gewesen, doch diesmal hatte sie ihn gerettet. Statt ihn zu verachten, hatte sie ihn freundlich angesehen und ihm so seine Würde zurückgegeben. Von nun an konnte er, wie der kleine Frieder, wieder ein stolzer Kaufmand sein.

Er sperrte die Tür zur Weinhandlung auf und betrat das Ladengeschäft. Unter der Tür des Kontors schimmerte Licht auf den Korridor hinaus. Vilhelm saß hinter seinem Schreibtisch, die Hände über der Weste gefaltet.

»Du bist noch auf?«, fragte Bruno überrascht.

»Ich habe nachgedacht. Und auf dich gewartet.« Vilhelm griff nach einem Bleistift aus der schwarzgeäderten Onyxschale auf der Schreibunterlage und drehte ihn zwischen seinen Fingerspitzen. »Hulda hat Malvine zu ihrem nächsten Kartennachmittag gebeten. Und Malvine hat Hulda und Frieder eingeladen, sie jederzeit zu besuchen. Da könnten sich unterm Plaudern Fragen nach der Vergangenheit auftun.« Er hielt den Bleistift still. »Ich will nicht, dass Hulda in Bedrängnis kommt. Weiß Malvine über dich Bescheid?«

Bruno sah den Bruder mitfühlend an. *Die Bürde des Prinzipals. Immer in Sorge ums Geschäft und um die Familie.* Er nahm im Sessel vor dem Schreibtisch Platz und nickte Vilhelm zu. »Sie weiß Bescheid. Und sie stört sich nicht an meiner Vergangenheit.« Er schlug sein Zigarillo-Etui auf.

Vilhelm riss ein Zündholz für ihn an und hielt es ihm entgegen. »Gut!«, sagte er erleichtert. »Dann bin ich zufrieden.«

Bruno lehnte sich im Sessel zurück. Eine Weile rauchte er schweigend und sah dabei dem Rauch nach, der sich in den Schatten hinter Vilhelms Rücken verlor. »Ich habe Malvine versprochen, es endlich gut sein zu lassen mit meinen unnützen Gewissensbissen«, sagte er schließlich.

Vilhelm schaute mit einem verhaltenen Lächeln zu, wie sein Bruder behutsam etwas Asche von seinem Zigarillo streifte. »Meine Worte!«, sagte er. »Nur habe ich bislang tauben Ohren gepredigt.«

»Jede Einsicht braucht eben ihre Zeit«, erwiderte Bruno.

»Oder den Menschen, auf den man hören mag.«

Nun lächelte Bruno auch. »Malvine hat mich gebeten, sie nach Norby zu begleiten«, sagte er angelegentlich. »Ich fahre also einige Tage früher heim als geplant.«

»Nur zu!« Vilhelm streckte sich genüsslich und blickte zur Schreibtischuhr. »Höchste Zeit fürs Bett«, sagte er schmunzelnd. »In längstens drei Stunden wird Frieder wach.«

Auf dem Weg zur Tür legte er Bruno die Hand auf die Schulter. »Ich freu mich für dich«, sagte er.

Als er hinausgegangen war, nahm Bruno einen langen letzten Zug und schmeckte dem Tabak nach. Vilhelm hatte recht. Er wollte in Zukunft ganz bestimmt auf Malvine hören. Vor allem aber würde er sie nicht mehr loslassen. Die Zeit der flüchtigen Begegnungen war vorbei.

XXI

Helle und Søren gingen den Zuweg zu Laurids Lauridsens Haus hinauf. Vor ihrem Segeltörn wollten sie Sørens Vater besuchen und ihm von ihrer Verlobung erzählen. Trotz der letzten Abfuhr hoffte Søren, dass der Vater sie heute willkommen heißen und ihm endlich sagen würde, wo seine Mutter war. Er wollte sie so gern zu Helles und seiner Hochzeit einladen … Er drückte Helles Hand und klopfte an die Haustür. Feste Schritte waren zu hören, dann öffnete Laurids Lauridsen die Tür. Er blieb auf der Türschwelle stehen und musterte sie schweigend.

»Guten Tag, Vater.« Søren streckte ihm lieber nicht die Hand hin. »Bitte entschuldige unseren unangekündigten Besuch. Darf ich dir Helle Møller vorstellen? Wir haben uns gestern Abend verlobt. Helle, mein Vater.«

Laurids Lauridsen nahm die neuerliche Verlobung seines Sohnes mit unbewegter Miene zur Kenntnis.

Helle neigte höflich ihren Kopf vor dem Alten. »Guten Tag, Hr. Lauridsen.«

Laurids Lauridsen schwieg weiter.

Søren nahm wieder das Wort. »Wir möchten gewiss nicht lästig fallen, Vater. Helle und ich sind ohnehin auf dem Weg zur *Hanne*. Wir wollen noch auf den Sund hinaus.«

Sein Vater blickte abschätzend von ihm zu Helle. Dann trat er zur Seite. »Kommt herein«, sagte er, »ich setze Teewasser auf.«

Laurids Lauridsens Wohnstube mit den dunklen Möbeln und den altertümlichen Brokatvorhängen glich einem Bild aus dem Museum. Helle war nach dem Eintreten versucht gewesen, die Stimme zu senken und auf Zehenspitzen zu gehen. Der alte Lauridsen mit seinem wettergegerbten, hageren Gesicht über dem dunklen Uniformkragen erinnerte sie an eine Kapitänsgestalt in einem romantischen Gemälde. Sobald der Tee in ihren Tassen dampfte, begann er, Helle streng nach ihren Familienverhältnissen zu befragen. Erst als die Rede auf die Schiffsmaklerei ihres Vaters kam, wurde sein durchdringender Blick unter den zusammengezogenen Brauen freundlicher. Er zählte die Namen von Schiffen auf, die er durch den Øresund geführt hatte, und verlor sich in allerlei Geschichten vom Sund und der Lotserei. Unvermittelt schloss er seine Erzählungen mit der Aufforderung an Helle, ihn Schwiegervater zu nennen.

Immerhin, dachte sie belustigt. Der armen Sofie hatte der Alte diese Anrede seinerzeit nicht zugebilligt. Und Sofie, damals noch schüchtern, war froh darüber gewesen, dass er sie bei ihren Besuchen kaum beachtet hatte. Helle spürte Sørens Hand auf ihrem Rücken und lehnte sich gegen seinen Arm. Kaum vorstellbar, dass sein grantiger Vater auch einmal ein junger Mann gewesen war. Und doch war ihr der alte Lauridsen sympathisch. Hinter seiner schroffen Art spürte sie eine große Traurigkeit, die ihr Mitgefühl erregte.

»Schwiegervater weiß schön zu erzählen«, sagte sie freundlich. Die althergebrachte Anrede würde ihm sicher besser passen als ein *Du*.

»Mal was anderes als eure Kopenhagener Salongeschichten, wie?«, entgegnete Laurids zufrieden.

Helle erlaubte sich ein kleines Schmunzeln. Sie erhob sich und betrachtete die Kachelbilder über dem Ofen. »Schiffe und Windmühlen«, bemerkte sie versonnen, »und wie fein sie gezeichnet sind.« Sie beugte sich näher zur Wand. »Oh, und da ist Jona mit dem Wal. Neben dem riesigen Fisch kommt er einem ganz winzig vor. Und wie lustig, er trägt sogar einen Hut.«

Søren stand auf und trat neben sie. Helle legte ihm lächelnd den Arm um die Hüfte.

»Ich verstehe gut, dass du die Bilder als Kind so mochtest, Darling.«

Laurids Lauridsen beobachtete die beiden vom Tisch aus. Gottlob war seine neue Schwiegertochter von einem anderen Schlag als das ängstliche Frøken Hansen.

Helle Møller ließ sich nicht Bange machen, das hatte Laurids an ihrem Blick gleich gemerkt. Und ihre Augen hingen zärtlich an Søren, wie es sein sollte, wenn eine junge Frau ihren Mann anschaute. Vielleicht hatte der Junge diesmal richtig gewählt, obwohl seine Braut nicht von der Insel kam, Hosen trug und ihn ihren *Darling* nannte. Laurids strich sich übers Kinn. Für sie sorgen zu müssen, würde Søren hoffentlich dazu bringen, sein Leben zu ändern. Nun, sein Erspartes und die Anmeldepapiere zur Navigationsschule lagen ja parat.

Als die beiden Hand in Hand zum Tisch zurückkamen, schenkte er Tee nach und schob ihnen schweigend die Zuckerschale hin. Helle wartete, bis sich die Klumpen knisternd in der heißen Flüssigkeit aufgelöst hatten, dann nippte sie vorsichtig am Tee und lächelte Laurids über ihre Tasse hinweg an.

»Søren hat mir erzählt, dass Schwiegervater Amager nur ungern verlässt«, sagte sie in die Stille hinein. »Aber zu unserer Hochzeit wird Schwiegervater doch nach Kopenhagen herüberkommen?«

Laurids stellte seine Tasse ab. »Warum sollte ich nicht? Wir auf Amager wissen so gut wie ihr in Kopenhagen, was sich gehört.«

Helle und Søren tauschten erst einen kurzen Blick, dann nahm Søren das Wort: »Und natürlich hätten wir auch Mutter gern bei unserer Hochzeit dabei.«

Laurids fuhr auf. »Fängst du wieder von ihr an!«

Sørens Augen verdunkelten sich vor Zorn. »Soll ich schweigen, nur weil du nicht von Mutter reden willst? Im Übrigen müssen wir nie mehr von ihr sprechen, wenn du mir jetzt sagst, wo ich sie finde!« Søren sah seinen Vater mit zusammengepressten Lippen an.

Helle schaute zu ihrem Schwiegervater. Er saß aufrecht und erwiderte mit unbewegter Miene den Blick seines Sohnes. Warum nur verschloss er sich Sørens Fragen so hartnäckig? Sie überlegte, was damals zwischen den Eltern vorgefallen sein könnte. Als Alma Lauridsen fortging, war Søren noch ein kleiner Junge gewesen. Vielleicht hatte er nicht alles erfasst? War die Mutter in ihrem Unglück untreu geworden? Für einen Mann mit solch strengen Maßstäben wäre es sicher eine untilgbare Familienschande, über die man besser schwieg.

Sie räusperte sich. »Schwiegervater mag entschuldigen. Trägt

Schwiegermutter vielleicht einen neuen Namen? In den Registern und Telefonbüchern findet sich nirgends eine Alma Lauridsen.« Sie versuchte vergeblich, in Laurids Gesicht zu lesen, während sie auf seine Antwort wartete.

»Es gab keine Scheidung«, entgegnete er schließlich kalt.

»Gut, wo ist Mutter also?«, fragte Søren ungeduldig. Plötzlich weiteten sich seine Augen, als sei ihm etwas eingefallen. Er holte tief Luft.

Helle fasste nach seiner Hand. »Was ist denn, Darling?«

»Mutter lebt doch noch?«, fragte er leise.

Sein Vater senkte den Kopf. »Ich weiß nur, dass sie fortging«, antwortete er gedämpft. »Obwohl ich ihr alles gegeben habe. Aber es war wohl nicht genug.«

Bleich vor Anspannung stieß Søren seinen Stuhl zurück und trat vor das Stubenfenster. Seine Schultern hoben und senkten sich rasch, während er hastig Atem schöpfte.

»Du weißt genau, dass Mutter gegangen ist, weil sie deine Härte nicht mehr ertrug. Sie lebte ja wie eingesperrt neben dir. Du hast sie fortgetrieben, Vater.«

Helle sah, wie er die Zähne zusammenbiss, und schaute auf Laurids, der mit erhobenen Brauen das Tischtuch betrachtete. Sie schluckte, um ihre trockene Kehle zu befeuchten. Søren hatte ihm vor ihr die Schuld am Verschwinden seiner Mutter gegeben. Was würde der Alte nun tun? Er hatte seinem Sohn schon für Geringeres die Tür gewiesen …

»Ich wollte immer nur das Beste für unsere Familie«, sagte Laurids nach einer Weile schleppend. »Aber das hat deine Mutter nie verstanden. Und du offenbar auch nicht.« Er hob resigniert die Hände. »Ich kann dir nicht helfen. Ich habe nie mehr von ihr gehört.«

Helle sah mit angehaltenem Atem zu Søren. Seine Schultern sanken herab und er setzte einige Male vergeblich zu einer Erwiderung an. »Warum hast du mir nicht die Wahrheit gesagt? Die ganze Zeit habe ich geglaubt, du wüsstest, wo Mutter ist, und wolltest es mir nicht sagen«, erwiderte er schließlich stockend.

Der Blick des Alten wurde weich. »Weil du nicht wissen solltest, dass deine Mutter dich wie mich aufgegeben hat.«

»Vater...«, begann Søren, doch der alte Lauridsen winkte ab.
»Wenn ihr noch auf den Sund hinauswollt, solltet ihr besser los«, sagte er in seinem üblichen knappen Ton.

Sie liefen inmitten der sonntäglich herausgeputzten Kopenhagener zum Hafen hinunter. Søren hielt seinen Blick aufs Kopfsteinpflaster gerichtet und Helle spürte seinen Kummer, als wäre es ihr eigener. Welch ein seltsamer Mensch der Schwiegervater doch war! Zu glauben, dass er Søren half, indem er ihm die Wahrheit über seine Mutter verschwieg. Nun, immerhin hatte der Alte beim Abschied versprochen, ihn einmal auf eine Tasse Tee in der Ahornsgade zu besuchen. Bislang war er ja lieber daheim geblieben.

Auch am besonnten Hafenplatz ging es lebhaft zu. Die Kaffeedurstigen schlenderten zum Strandhotel und die Spaziergänger strebten ans Meer und zu den Molen. Søren schaute geistesabwesend auf das fröhliche Treiben um sie herum.

»Ich bin noch ganz durcheinander, Helle. Vater hätte nicht zulassen sollen, dass ich ihm jahrelang Unrecht getan habe, nur um mir Kummer zu ersparen.«

Helle drückte seinen Arm. »Bloß kein schlechtes Gewissen, Darling! Wäre er aufrichtig mit dir gewesen, hättest du längst ganz anders nach deiner Mutter suchen können.«

Søren sah sie nachdenklich an. »Ja, mag sein.«

Sie traten aus dem Gedränge vor der Teerkocherei heraus, um zum Anleger vorzugehen.

»Ich kann einfach nicht glauben, dass Mutter mich auch aufgegeben hat. Sie hat mich doch geliebt«, sagte Søren, als sie an den Booten vorbeigingen.

Helle sah, dass er mit den Tränen kämpfte. »Natürlich hat sie dich geliebt!«, sagte sie eindringlich. »Es gab doch ein starkes Band zwischen euch, nicht?«

Er nickte. »Und wenn sie tatsächlich nicht mehr lebt?«, fragte er zögernd. »Ich muss immerzu daran denken.«

Helle zog ihn an sich und hielt ihn, so fest sie konnte. »Weil du bislang darauf gerechnet hast, dass Schwiegervater dir weiterhelfen kann. Stattdessen scheint ihr Verbleib plötzlich völlig ungewiss. Und mit der Ungewissheit kommen die Hirngespinste.« Helle sah fragend zu ihm auf.

Søren legte seine Wange an ihre. »Es kommt mir vor, als hätte ich sie gerade endgültig verloren.«

Sie wiegte ihn sacht in ihren Armen. »Du hast sie nicht verloren, Darling! Deine Mutter lebt und wir werden sie finden, egal, wie lange wir nach ihr suchen müssen.«

Erleichtert sah sie, dass sich ein kleines Lächeln um seinen Mund legte. »Ja, das werden wir.« Er holte tief Luft und nahm sie bei der Hand. »Und jetzt Schluss mit den dummen Gedanken. Komm, sagen wir der *Hanne* guten Tag.«

Wie immer kam beim Segelsetzen eine große Ruhe über Søren. Die vertrauten Handgriffe, der schwache Hanfgeruch des Tauwerks und das feste, von der Sonne durchwärmte Segeltuch unter seinen Händen blieben sich stets gleich. Auf dem Boot gab es keine Ungewissheiten. Das ziegelrote Großsegel war bereits angeschlagen.

»Klar zum Ablegen über Backbord?«, fragte er lächelnd, nachdem er auch die Fock gesetzt hatte.

Helle fasste nach der Vorschot und strahlte ihn an. »Klar!«

Søren löste die Vorleine. Helle hatte recht, dachte er, jetzt konnte er ganz anders nach der Mutter suchen als bisher. Vielleicht wussten die Jørgensens etwas? Seine beiden Mutterbrüder lebten als Fischer in Dragør, doch seitdem die Mutter fort war, ging man sich aus dem Weg. Nun, er würde trotzdem bei den Onkeln nachfragen.

Er setzte sich an die Pinne und nickte Helle zu. Sie holte die Fock dichter und der Bug der *Hanne* drehte sich langsam zur Hafenausfahrt. Als sie am Feuerturm der Südermole vorbei waren, holte Søren auch das Großsegel dicht. Nun nahm das Boot schnell Fahrt auf. Der Lotsenturm und die Hafengebäude hinter ihnen erschienen rasch kleiner, während er Kurs auf die schwedische Küste hielt. In einiger Entfernung folgten andere Boote einem ähnlichen Kurs, doch um sie herum gab es nur die bläulich schimmernden

Wasser des Sunds. Bis auf Sørens gelegentliche Anweisungen zum Abfallen und Dichtholen der Segel schwiegen sie. Unterdessen führten Wind und Wellen ihre eigene Unterhaltung miteinander. Søren lauschte auf das seidene Rauschen der Bugwelle, sah in die Segel hinauf und holte das Großsegel wieder ein wenig dichter. Die Blöcke knarrten und ein feines, kaum wahrnehmbares Zittern lief durch das Boot, als der Wind stärker ins Segel fuhr. Die *Hanne* war ungeduldig. Søren lächelte. Ob der Vater wie er Schiffe als Wesen ansah?, fragte er sich. Heute hatte er ihm zum ersten Mal seine empfindsame Seite gezeigt. Vielleicht könnten sie doch miteinander zurechtkommen? Er würde mit ihm viel lieber übers Segeln sprechen, statt zu streiten. Søren schaute zu Helle, die ihm vergnügt zublinzelte. Und gottlob mochte er seine neue Schwiegertochter, hatte sogar geschmunzelt, als Helle ihm beim Abschied versicherte, dass ihr Tee fast so gut war wie seiner …

Er sandte ihr einen Kuss über die ausgestreckte Handfläche. »Zufrieden mit unserem Törn, Butzelchen?«

Sie seufzte wohlig auf. »Es ist herrlich!«, sagte sie. »Nur wir beide, das Boot und die See. Ich könnte immer so weitersegeln.«

Er drückte die Pinne leicht nach Steuerbord. »Bis zu den Inseln im Wind am anderen Ende der Erde?«

»Türkisblaues Wasser und Palmen am Strand«, erwiderte Helle verträumt. »Lass uns hinsegeln und nachschauen, ob's stimmt, Darling!«

»Auf jeden Fall!« Er zwinkerte ihr zu, dann schaute er abschätzend nach Backbord. Die Südspitze Saltholms lag gleichauf mit dem Bug der *Hanne*. »Aber fürs Erste sollten wir besser wenden, damit wir nicht in schwedische Gewässer laufen.«

XXII

Ernst Rav schob die Gardine vor dem Salonfenster ein wenig beiseite und blickte hinaus. Gerade schlenderte eine Gruppe junger Männer in lebhafter Unterhaltung den Bülowsvej herunter. Sicher kamen sie von der Königlichen Hochschule für Veterinärmedizin und Landwirtschaft, deren Hauptgebäude sich unweit ihres Hauses auf der gegenüberliegenden Straßenseite befand. Schon bald könnte auch Frøken Jul in einem solchen Grüppchen von Studenten den Weg herabkommen. Er malte sich aus, wie ihr Blick suchend zur anderen Straßenseite hinübergehen und sie zu lächeln beginnen würde, wenn sie ihn am Fenster entdeckte. Und vielleicht würde sie seinen Gruß erwidern und ihm sogar erlauben, herunterzukommen und sie ein Stück zu begleiten.

Porzellanklirren holte ihn aus seiner Träumerei. Er drehte sich zum Tisch herum, an dem seine Mutter, noch in Ausgehtoilette, den Tee einschenkte. Das helle Jackenkleid war, wie ihr Hausmantel, recht abgetragen, denn die Eltern mussten mit den Einkünften aus dem Verlag des *Magasin* haushalten. Ihre Teestunde gönnten sie sich allerdings immer, wenn auch selten in solcher Üppigkeit wie an diesem Montagnachmittag.

Sidonie Rav hob einige rosaüberzuckerte Kuchenstücke aus einem Papierkästchen und legte sie auf einen Kuchenteller, den sie neben die Tasse ihres Mannes stellte. Dann sah sie stirnrunzelnd zur Tür. »Wo bleibt Vater denn? Er lässt uns doch sonst nicht warten.«

Ernst deutete ein Lächeln an. »Sicher brütet er über meinem Artikel. Hat er dir nun doch einen neuen Hausmantel geschenkt?« Er wies auf die längliche Schachtel, die neben Sidonies tüllverziertem Hut auf dem Sofa lag.

»Im Gegenteil! Ich will *ihn* zu einem neuen Anzug und einem passenden Hut überreden«, entgegnete sie vergnügt. »Wenn Vater demnächst wieder vom Theater und von der Rennbahn berichtet, soll er doch genauso flott ausschauen wie die anderen Herren. Sieh mal!« Sie hob den Deckel ab, schlug das Seidenpapier auseinander und wies lächelnd auf die Stoffmuster in der Schachtel.

Ernst schmunzelte über ihren Eifer. »Ich hab' doch noch gar nicht mit Vater gesprochen.«

Sie winkte ab. »Oh, er braucht sowieso etwas Neues. Sein guter Anzug ist noch älter als mein Ausgehkleid.« Sie blätterte durch die Musterstücke und verhielt bei einem grünbraunen, mit feinen weißen Streifen durchwebten Wollstoff. »Dieser würde mir an ihm gefallen, nur geht er leider nicht fürs Theater«, sagte sie bedauernd. »Ich war bei Henrik Bensen und habe ihn um einen Vorschuss auf meine Buchantiemen gebeten«, fügte sie hinzu.

Ernst setzte sich in den Sessel ihr gegenüber. Er deutete lächelnd auf den Karton mit der Auswahl bunt verzierter Kuchenstückchen aus Scheffmanns Konditorei. »Dann war Bensen wohl großzügig?«

Sidonie schob ihm das Kuchenkästchen hin und legte sich selbst ein Schinkenbrötchen auf den Teller. »Eher vorsichtig. Aber wenn ich schon mal einen Scheck auf die Bank tragen kann … Jedenfalls soll Vater bei seinem Anzugstoff an nichts sparen. Er sorgt immer so gut für uns und denkt dabei nie an sich. Ohne ihn hätte ich kaum so viel für den Frauenverband arbeiten können.«

Ernst nickte. Sein Vater war neben der Herausgabe des *Magasin* oft für Mabel und ihn da gewesen, während seine Mutter für das Wahlrecht der dänischen Frauen kämpfte. Erst als junger Mann hatte er verstanden, welch eine ungewöhnliche Ehe seine Eltern führten und wie sehr sie von ihrer hingebungsvollen Liebe zueinander getragen wurde. »Aber du hast von Vater auch nie mehr verlangt als das Nötigste.«

»Weil eine Karriere in einem großen Zeitungshaus ihn sicher unglücklich gemacht hätte. Vater mag Menschen nun mal mehr als Nachrichten und Geschichten lieber als Berichte.« Lächelnd zupfte sie den angestoßenen Saum ihrer Jacke zurecht. »Natürlich würde ein komfortableres Einkommen uns manches erleichtern. Trotzdem ist unser Leben für uns beide genau richtig, wie es ist.« Sie legte den Deckel zurück auf die Schachtel. »Aber nun lass mich von Norby hören«, bat sie. »Wir haben uns ja kaum gesehen, seit du wieder zu Hause bist.«

»Ich war mit meinem Artikel beschäftigt«, erwiderte Ernst. *Auch,* verbesserte er sich in Gedanken. Neben den Notizen auf seinem Schreibtisch lag ein Briefbogen, den er während der Schlusskorrektur an seinem Reisebericht immer wieder vorgenommen hatte. Doch über die höfliche Frage nach Frøken Juls Befinden und die belanglosen Sätze über seine Heimreise war er nicht hinausgekommen. Was könnte er ihr sonst schreiben? Wohl kaum, dass sie bei ihrem Abschied sein Herz mit sich fortgenommen hatte. Oder dass er in Nybøl kurz vor der Abfahrt wieder aus dem Zug steigen wollte, weil er plötzlich meinte, sie unter den Wartenden auf dem Bahnsteig zu sehen. Sollte er ihr überhaupt schreiben? Schließlich hatte sie zu seinem *auf Wiedersehen* geschwiegen ...

»Ernst?«

»Entschuldige!« Er wandte sich seiner Mutter zu. »Nun, auf den ersten Blick gleicht Norby den Westküstenbildern unserer Maler. Strand, Heide und Rosen, die auf Dünensand wachsen. Aber bei näherem Hinsehen ...« Er brach ab, nahm den Teelöffel von seiner Untertasse auf und strich mit dem Daumen behutsam über den Löffelstiel. »Ich habe jemanden getroffen«, fuhr er zögernd fort.

Sidonie tupfte sich mit der Serviette einen Brotkrümel aus dem Mundwinkel. »Eine junge Dame?«, fragte sie leichthin.

Er nickte. »Sie ist ein bisschen wie Mabel. Und wie diese jütländischen Rosen auf den Dünen.«

Sie sah seinen verträumten Blick und sein zärtliches Lächeln. »Erzähl' mir noch ein wenig von ihr.«

***

Malvine nutzte das schöne Wetter, um die Georginenknollen aus Kathrine Söderbloms Zucht vom Vorjahr in die Erde zu bringen. Leider mussten die Blumen dem Kaffeegarten des Strandhotels weichen. Aber Malvine gab die Knollen fleißig an Freundinnen und Nachbarn weiter, so würden sie in diesem Sommer in den Kopenhagener Gärten neue Blüten treiben.

Sie verteilte die von Kathrine beschrifteten Pflanzschilder auf dem Beet und begann mit dem Einbetten der Knollen. Mit Schäufelchen und Graber arbeitete sie sich auf dem Streifen frisch gelockerter Erde am Zaun ihres Vorgartens entlang. Goldene gefüllte, lila gebauschte, samtschwarze mit gerollten Blättern, cremeweiß und rot geflammte, einfach orangefarbene und zitronengelbe Kokarden. Was Bruno wohl zu ihrer Auswahl sagen würde? Es wäre schön, sich mit ihm an den farbenfrohen Blüten der Georginen zu erfreuen, dachte sie. Oder mit ihm über Kaffeekanne und Marmeladengläser hinweg über ihre Pläne für den Tag zu sprechen, statt allein zu frühstücken. Über sich selbst lächelnd, sah sie auf ihre erdbehaftete Schaufel nieder. Hier war sie nun, eine Frau hoch in ihren Vierzigern, bald Großmutter. Und verliebt in einen Mann, den sie als stark und selbstgewiss gekannt hatte, und der nun ihre Stärke brauchte, weil sein Leben, wie ihres, von Grund auf erschüttert worden war. Als Bruno seine Stirn auf ihre Hände legte, war es einfach geschehen. Und sie hatte nicht vor, etwas gegen ihre Gefühle zu unternehmen. Einmal mehr wies sie das feine Stimmchen ab, das sie seitdem immer wieder vor neuem Kummer und Schmerz warnen wollte. Sie war glücklich darüber, noch einmal zu lieben, egal, was die Zukunft bringen mochte.

Wie es Bruno wohl ging? Sie könnte anläuten und sich erkundigen, wenn sie mit ihrer Gartenarbeit fertig war, überlegte sie und häufte Erde auf eine große Knolle der samtschwarzen Georginen. Ein Räuspern ließ sie aufschauen.

Hans Sofus Møller blickte von der anderen Seite des Zauns auf sie herab. »Hoffentlich störe ich nicht«, sagte er, seinen Homburg ziehend.

Malvine stand auf. »Keineswegs«, sie lächelte höflich.

»Ich konnte mich noch gar nicht bei Ihnen bedanken, Fru Hansen.« Er streckte ihr seine Hand über den Zaun entgegen. »Ihr Advokat Brandt war eine vorzügliche Empfehlung. Er hat die Dinge fürs Geschäft zurechtgebracht, darf ich sagen.«

Malvine steckte ihre Gartenhandschuhe in die Schürzentasche und ergriff Hans Sofus' Hand. »Ich freue mich, dass ich helfen konnte.«

Er neigte den Kopf. »Ob ich mich allerdings mit Hr. Lauridsen als Schwiegersohn zufriedengeben kann, muss sich erst noch zeigen.«

Malvine beschloss, seinen missliebigen Ton zu überhören. »Dann haben Helle und er sich verlobt? Wie schön! Meinen herzlichen Glückwunsch, Hr. Møller!«

»Abwarten!«, erwiderte er säuerlich. »Sie hatten sicher gute Gründe, Hr. Lauridsen die Tür zu weisen.«

»Aber keine, die in seinem Charakter lagen«, versicherte Malvine eilig. »Hr. Lauridsen ist ein untadeliger junger Mann. Leider zeigte er überhaupt keine Neigung fürs Geschäft und ich konnte mir damals eine Nachfolge außerhalb der Familie nicht vorstellen. So gab eins das andere.«

»Na, wenn Sie so gut von ihm sprechen …« Er brach ab und beobachtete die Droschke, die von der Randersgade her in den Krausesvej einbog. »Das wird aber auch Zeit! Man hatte mir bei der Bestellung einen Wagen für die nächste Viertelstunde versprochen. Ich komme noch zu spät zu meiner Verabredung!« Energisch winkte Hans Sofus dem Fahrer. »Hierher!«

Der Droschker stieg aus dem Automobil. In der einen Hand trug er einen in Seidenpapier gehüllten Blumenstrauß, die andere legte er grüßend an die Mütze. »Herrschaften! Blumen für Fru Malvine Hansen.«

»Das bin ich«, sagte Malvine überrascht.

»Ich hatte eine Droschke zur Villa Möller bestellt«, mischte sich Hans Sofus ungeduldig ein. Der Chauffeur zuckte mit den Schultern und reichte Malvine die Blumen über den Zaun. »Davon weiß ich nichts.«

»Ich habe leider keine Börse bei mir«, entschuldigte Malvine sich. »Wollen Sie einen Augenblick warten, damit ich Ihnen ein Trinkgeld holen kann?«

Der Droschker winkte ab. »Nicht nötig, Frue! Mein Trinkgeld hat der Herr beim Auftrag für das Abliefern der Blumen schon beglichen.«

Malvine belustigte sich über Hans Sofus' abschätzenden Blick. »Sicher ein Geschäftsfreund, dem ich behilflich sein konnte«, sagte sie heiter.

Hans Sofus' Wangen bekamen Farbe. Er hüstelte. »Liebe Fru Hansen, wer bin ich, eine Erklärung von Ihnen zu verlangen!« Er wandte sich an den Droschker: »Könnten Sie mich nicht in die Stadt fahren? Es eilt nämlich.«

Der Chauffeur schüttelte den Kopf. »Bedaure, meine Droschke ist vorbestellt.«

»Ach, zum Kuckuck«, sagte Hans Sofus ärgerlich. »Pardon, Fru Hansen.« Er lüftete seinen Hut und trat zum Wagen. »Na, wenigstens bis an die Straßenbahn nach Trianglen können Sie mich wohl mitnehmen«, sagte er und stieg ohne Umschweife in die Droschke ein.

***

Ludvig Rav stellte seinen leeren Teller auf den Tisch zurück. »Gefüllter Biskuitkuchen an einem Montagnachmittag! Was haben wir es doch fein!«, sagte er mit einem bemühten Lächeln. »Hast du noch ein bisschen Tee für mich, Si?«

Sidonie hob die Wärmehaube von der Teekanne und füllte ihrem Mann die Tasse.

»Danke dir.« Ludvig trank einige Schlucke, dann wandte er sich an Ernst. »Ich habe deine Reiseauslagen durchgesehen. Gut, dass du auf einer genauen Abrechnung der Pensionskosten bestanden hast.«

»Nach den vielen Missverständnissen um meine Reportage über Norby hielt ich es für das Beste.«

Ludvig nickte. »Ich bin froh, dass ich mich auf dich verlassen konnte«, sagte er, Ernst bei der Schulter fassend.

»Danke, Vater«, er lächelte. »Hast du auch schon meinen Artikel zu Ende gelesen?«

Ludvig setzte sich im Sessel zurecht. »Eine ausgezeichnete Arbeit«, erwiderte er. »Allerdings …«

»Allerdings nicht ganz, was unsere Leser sich erwarten?«, führte Ernst seinen Satz fort.

Sein Vater winkte ab. »Mit einigen Änderungen wird der Artikel sicher gut ankommen.«

Statt zu antworten, erhob Ernst sich und ging unter den fragenden Blicken seiner Eltern schweigend im Salon auf und ab. Seit er beim *Magasin* angestellt war, hatte er dem Vater die journalistische Zaghaftigkeit der Zeitschrift oft verübelt. Wie stark ihn die Sorge um die Auflage manchmal belastete, hatte Ernst dabei nicht bedacht. Und der Vater hatte diese Sorge immer allein getragen. Doch würde die bisherige gefällige Berichterstattung auch in Zukunft noch die Leser ansprechen? Sofie Jul hatte seine Artikel eine »schöne Erinnerung an Kopenhagen« genannt. Von der Vorfreude auf spannende, in modernem Stil geschriebene Reportagen hatte sie leider nicht gesprochen. Dabei könnte sie durchaus zu einem Kreis jüngerer Leser gehören, für die es sich lohnen würde, dem *Magasin* eine ausdrucksvollere Stimme zu geben. Er trat an den Tisch. »Du sprichst von unseren Lesern und meinst die Auflage, nicht?«

Sein Vater blickte mit gerunzelter Stirn zu ihm hoch. »In gewisser Weise schon. Was nützen die schönsten Geschichten, wenn sie keiner lesen will?«

»Und doch kämpfst du, trotz aller Rücksicht auf unsere Leser, ständig um die Auflage und die Abonnements.«

Ludvig hob schicksalsergeben die Hände. »So ist das Geschäft nun mal.«

»Vielleicht ist es an der Zeit, etwas Neues zu probieren. Ich halte nichts davon, meinen Artikel für unsere Leser zurechtzuschreiben, Vater.«

Seine Mutter schaute ihn erstaunt an. Ernst sandte ihr ein rasches Lächeln, dann blickte er abschätzend zum Vater, der still in seinem Sessel saß und seine Teetasse betrachtete. Bislang hatte Ernst seine Entscheidungen als Herausgeber nie offen angezweifelt. Wie würde der Vater seinen Widerspruch aufnehmen?

Ludvig schüttelte den Kopf. »Wir leben in den Möbeln deiner Großeltern und essen von ihrem Geschirr«, sagte er, auf seine Tasse weisend. »Deine Mutter geht in einem Kleid aus, das bestimmt zehn Jahre alt ist, und wenn sie uns mit einem Kästchen Kuchen eine Freude machen will, muss sie ihren Verleger um einen Vorschuss bitten. Ich biete ihr wenig genug, aber *das* Wenige schulde ich ihr. Deshalb …«

»Nicht, Ludvig!« Sidonie lehnte sich vor. »Ich habe alles, was ich brauche: Dich, unsere Kinder und die Freiheit, zu forschen und zu schreiben. Was sollte ich denn noch verlangen?«

»Einen Ehemann mit einem respektablen Renommee als Journalist und einem Kontor in einem Zeitungshaus am Rathausplatz. Eine Villa statt einer Villenetage und nicht zuletzt die Reise nach Paris, die ich dir an unserem Hochzeitstag versprochen habe.«

Sie streckte ihm die Hände entgegen. »Oh, ich habe unsere Reise nach Paris noch nicht aufgegeben«, antwortete sie munter. »Wer sagt denn, dass man alles sofort haben muss?«

»Meine allerliebste Si!« Gerührt umfasste Ludvig ihre Hände. Dann wandte er sich an Ernst: »Ich werde nichts tun, was unsere Auflage gefährden könnte.«

XXIII

In den Augen des Vaters schimmerten Tränen. Zum ersten Mal erahnte Ernst den hoffnungsfrohen, verliebten jungen Mann hinter dem sorgenvollen Herausgeber, dessen Lebensträume sich im Kampf um Abonnenten und Verkaufszahlen allmählich aufgebraucht hatten. Doch waren diese Träume nicht erst recht ein Ansporn, das *Magasin* neu zu gestalten?

Er kehrte zum Tisch zurück und nahm wieder in seinem Sessel Platz. »Auf der Heimreise habe ich viel darüber nachgedacht, ob wir wirklich noch für unsere Leser schreiben«, sagte er versöhnlicher. Er erzählte den Eltern von Sofie Juls Bemerkung über das *Magasin*. »Sie mag unsere Zeitschrift, weil die Berichte sie an Kopenhagen erinnern. Ich hätte lieber ein Lob für die moderne Aufmachung des *Magasin* gehört«, schloss er.

Sein Vater lehnte sich zurück und verschränkte die Arme hinter dem Kopf. »Du meinst, wir verfehlen den Geschmack des jungen Lesepublikums? Das wäre allerdings schlimm!«

Ernst suchte seinen Blick. »Leider nicht nur den, fürchte ich. Unsere Artikel scheinen mir oft allzu glatt und vorhersehbar zu sein. Vielleicht würden sich unsere Stammleser gern mal überraschen lassen. Und neue Leser sowieso.«

Sein Vater wiegte nachdenklich den Kopf. »Natürlich könnten wir Inhalt und Stil der Geschichten behutsam ändern und sehen, ob die neue Art den Lesern gefällt. Aber nicht bei dem Artikel über Norby. Er darf unsere Leser auf keinen Fall enttäuschen.«

»Das *Magasin* wird erstmals auch Fotografien zum Artikel präsentieren. Gerade diese Mischung könnte neue, jüngere Leser anziehen. Allerdings nur, wenn sie auch der Stil des Berichts anspricht«, hielt Ernst dagegen.

Ludvig presste seine Hände um die Sessellehnen. »Du kennst die Zahlen nicht«, entgegnete er. »Das *Magasin* braucht jeden Abonnenten!«

Ernst neigte zustimmend den Kopf. »Das glaube ich dir«, sagte er sanft. »Aber wenn ich zusätzlich eine andere Arbeit annehmen würde, könnten wir einen Teil meiner Bezüge einsparen und uns damit Spielräume für Änderungen schaffen.«

Sein Vater sah ihn überrascht an. »Uns?«, wiederholte er.

Ernst nickte. »Auch darüber habe ich nachgedacht. Ich wäre gern mehr als nur der Reporter vom *Magasin*, Vater.«

Seine Mutter antwortete zuerst: »Na, das nenne ich mal eine gute Neuigkeit! Was sagst du zu Ernst als Mitherausgeber, Ludvig?«

Sein Vater rieb sich mit den Fingerspitzen über die Stirn. »Ich habe das *Magasin* immer als *meine* Zeitung angesehen«, sagte er nachdenklich. »Dabei hätte ich dir wohl längst eine Teilhaberschaft anbieten sollen.«

Ernst lächelte ihm zu. »Ich hätte dein Angebot gar nicht zu schätzen gewusst. Erst durch die Verteidigung unserer Statuten habe ich verstanden, *wie* schwierig es ist, frei und unabhängig zu berichten. Du hast all die Jahre gut auf unsere Zeitung achtgegeben, Vater.«

Sein Vater drückte seinen Arm. »Danke!«, erwiderte er leise. »Ich habe immer getan, was ich konnte. Auch wenn mir in der letzten Zeit manchmal der rechte Schwung fehlte.«

Sidonie trat hinter ihren Mann und legte ihm die Hände auf die Schultern. »Weil du zu wenig an die frische Luft und zum Schreiben kommst. Aber wenn Ernst dir Arbeit abnimmt, könntest du wieder auf Reportage gehen.«

Ludvig nickte. »Und wir beide könnten mal wieder durch Frederiksberg spazieren.«

Sidonie beugte sich zu ihm herab und küsste seine Wange. »Das klingt bald so verlockend wie eine Reise nach Paris.«

Er lächelte. »Ach, Si! Ich werde über einiges neu nachdenken müssen«, setzte er ernster hinzu.

»Auch über meinen Artikel?«, fragte Ernst.

Sein Vater legte ihm wieder die Hand an den Arm. »Lassen wir ihn, wie er ist«, sagte er.

***

Hans Sofus hatte sich standhaft geweigert, wieder aus der Droschke zu steigen, und nach einigem Geplänkel hatte ihn der Fahrer schließlich mitgenommen. Als die beiden fort waren, streifte Malvine behutsam das Seidenpapier um die Blumen herunter und enthüllte fünf halb erblühte Rosen. Ein Kärtchen steckte zwischen den cremefarbenen, mit einem rosa Schimmer überhauchten Blüten. Sie zupfte das Billett mit den Fingerspitzen heraus. *Eine Kleinigkeit für deine blaue Vase. Dir zur Freude, Bruno.* Malvine lächelte. Eine Kleinigkeit? Kostbar waren die Rosen und um diese Jahreszeit sicher nicht vom Blumenmarkt am Højbro Plads. Sie neigte ihr Gesicht über die Blüten. Im Aufblühen würde ihr rosiger Schimmer zunehmen und allmählich das Weiß überdecken. Waren sie wirklich nur ein exquisiter Vasenschmuck? Oder lag auch eine vorsichtige Andeutung in ihnen? Mit einem kleinen Kopfschütteln verwies sie sich ihre Träumerei, eilte ins Haus und übergab Frøken Nielsine Blumen und Schürze.

»Bitte geben Sie den Rosen nur etwas Wasser. Ich stelle sie nachher selbst in die Vase«, sagte sie und ging ins Arbeitszimmer hinüber, wo ihr Tischtelefon stand. Sie zog den Apparat zu sich heran, kurbelte und nahm an ihrem Schreibtisch Platz, während sie auf die Verbindung wartete.

»Byen 361. Kaufmands Wein- und Gewürzhandel, Kontor.«

»Malvine hier. Guten Tag, Vilhelm.«

»Ah, Malvine! Schön, dich zu hören. Und noch einmal meinen besten Dank für den behaglichen Nachmittagskaffee.«

Malvine hörte das Lächeln in Vilhelms Stimme und lächelte auch. »Gern wieder! Sag', ist Bruno da?«

»Er ist mit Frieder im Hof. Ich hol' ihn dir grade.«

Eine Weile blieb es still, dann klang Frieders helle Stimme an ihr Ohr. »Ich habe unser Lastmobil gelenkt«, sagte er in die Sprechmuschel hinein, ohne sich mit einer Begrüßung aufzuhalten. »Onkel Bruno hat nur ein ganz bisschen mitgeholfen.«

Malvine schmunzelte. »Hallo, Frieder. Da ist Onkel Bruno sicher ordentlich stolz auf dich, wie?«

»Glaub' schon«, sagte Frieder.

Brunos kräftige, dunkle Stimme füllte den Raum. »Deine Mutter fragt nach dir. Zeit für deinen Kakao!«

»Wiedersehen, Frieder«, sagte Malvine. Doch statt zu antworten, legte Frieder nur den Hörer hin. Eine Tür wurde geschlossen. Dann war Bruno am Apparat.

»Entschuldige!«, sagte er. »Der Kleine war schneller als ich.«

»Immerhin weiß ich nun, was ihr noch so tut, wenn ihr nicht in den Zoo geht oder mit dem Drachen lauft.«

Bruno lachte. »Viggo ist krank. Deshalb habe ich heute das Ausfahren übernommen. Erlaubst du mir einen Zigarillo?«

»Natürlich.« Sie hörte, wie er ein Zündholz anbrannte. »Ich habe deine Rosen bekommen. Sie sind wunderschön und bestimmt keine Kleinigkeit. Wo hast du sie nur her?«

»Eine Geschäftsverbindung.« Sein Ton klang lässig. Malvine sah sein angedeutetes Lächeln und die knappe Handbewegung vor sich, mit der er seine Mühe beiseite wischte. »Machen sie sich gut in der blauen Vase?«

»Sie stehen noch im Wasserglas. Zuerst solltest du wissen, wie sehr ich mich über deinen Blumengruß gefreut habe.«

Bruno blies langsam den Rauch aus. »Ich würde dir gern jede erdenkliche Freude machen, wenn du mich lässt«, sagte er.

Plötzlich spürte Malvine ihren Herzschlag bis an den Hals hinauf. Sie griff nach der Telefonschnur und schloss ihre Finger fest um das raue Stoffgeflecht des Überzugs, während sie versuchte, sich zu sammeln. »Vorsicht! Es könnte sein, dass ich dich beim Wort nehme.« Es sollte scherzhaft klingen, doch ihre Stimme zitterte.

»Nur zu!«, erwiderte Bruno. Seine Stimme zitterte nicht. »Also, was soll es als Nächstes sein?«

Malvine ließ die Schnur los. »Lass uns noch einmal zusammen ausgehen, bevor wir nach Norby fahren«, sagte sie.

***

Der große Zeiger der Uhr über dem Eingang des Wartepavillons zitterte über der Zwölf. Nun war es Schlag sechzehn Uhr und von Helle auf ganz Trianglen nichts zu sehen. Søren musste lächeln. Er kam wie immer überpünktlich zu ihrer Verabredung, und sie war, wie so oft, zu spät dran. Aber sie hatten ja alle Zeit der Welt. Helle hatte den Montag mit ihren Eltern verbracht und wollte heute nach der Kinovorstellung bei ihm übernachten. Ob sie seine Überraschung gleich bemerken würde, wenn sie heimkamen? Weil er sich so nach ihr sehnte, hatte er gestern unvernünftig viel Geld für ein Fläschchen ihres Parfüms ausgegeben. Einige Tropfen hatte er auf sein Kopfkissen gesprengt, damit er besser von ihr träumen konnte. Nun wartete der Flakon im Regal neben seinem Rasierzeug darauf, von ihr entdeckt zu werden.

Er umrundete den ovalen Pavillon mit dem geschwungenen Kupferdach, um auf der anderen Seite des Platzes nach Helle Ausschau zu halten. Ihre gelbe Kappe tauchte zwischen den Hüten und Mützen der anderen Passanten auf und er winkte ihr zu. Helle löste sich aus der Menge. Sie lief in seine Arme.

»Tut mir leid, dass ich zu spät bin, Darling.«

Er zog sie an sich und küsste sie. »Ich hab' gern auf dich gewartet, mein Butzelchen.«

Arm in Arm gingen sie zur Konditorei gegenüber, um sich vor dem Kinobesuch zu stärken.

»Übrigens habe ich gute Neuigkeiten zu verkünden«, sagte Helle fröhlich. »Mutter und Vater freuen sich über unsere Verlobung und erwarten morgen deinen Besuch.«

Søren sah sie überrascht an. Nach allem, was er über Helles Vater wusste, hatte er sich darauf gefasst gemacht, auch im Hause Møller auf Vorbehalte zu treffen.

Helle lächelte verschmitzt. »Fru Hansen hat vor Vater deinen untadeligen Charakter gelobt. Und da er viel von ihrer Meinung hält, hat er seine Bedenken gegen dich aufgegeben.«

Søren schmunzelte. »Man könnte meinen, Fru Hansen will etwas gutmachen.«

Helle drückte ihn an sich. »Sie *hat* etwas an dir gutzumachen, Darling!«

Søren streichelte Helles Taille. »So? Mir scheint eher, dass *wir* ihr was schulden. Stell dir mal vor, sie hätte mich als Schwiegersohn willkommen geheißen, dann …« Statt den Satz zu vollenden, blickte er stirnrunzelnd zum Wartehaus hinüber. Von einer der steinernen Bänke erhob sich eine schlanke Frau mittleren Alters. Sie trug ein blaues Mantelcape über ihrem schwarzen Kleid. Als sie zum Straßenbahngleis vorging, ließ Søren Helle los und schaute genauer hin. Er meinte, in den schmalen Gesichtszügen mit der durchfurchten Stirn ein vertrautes Antlitz zu erkennen. Sein Herz klopfte schneller. *Sie ist es und sie ist es nicht …* Nun hob sie im Gehen tastend eine Hand an den Nacken und schob dann rasch ihren Haarkamm tiefer in den Zopfknoten. Diese kleinen Handbewegungen nahmen Søren alle Zweifel.

»Mutter!«, rief er und eilte, von Helle gefolgt, auf die Frau zu. Atemlos blieb er vor ihr stehen.

»Søren?«, sagte sie ungläubig, doch langsam erhellte sich ihr Gesicht. »Mein Junge, du bist es wirklich!«

Ihr leicht singender Tonfall brachte ihm die Erinnerung an ihren letzten gemeinsamen Sonntag zurück. Damals war er gerade zehn Jahre alt geworden und hatte mit der Mutter vor dem Haus auf den Vater gewartet. Sie hatte die dunkle Tracht mit der hellen Schürze und der glänzenden Silberplatte über der schwarzen Samtschärpe angelegt. Eine steife, brodierte Haube umrahmte ihr Gesicht. Sie beugte sich zu ihm herab, um seine Jacke zurechtzuzupfen, und mahnte ihn, auf seine guten Stiefel achtzugeben. Dann nahm sie seine Hand und neigte sich zum Blumenspalier. »Unsere Rose treibt aus«, sagte sie mit ihrer hellen, weichklingenden Stimme, und er wusste, dass sie gerade glücklich war, und wurde auch ganz froh. Dann trat der Vater aus der Tür und sie machten sich schweigend auf den Weg zur Kirche. In der Woche darauf war sie fortgegangen und sein langes, banges Hoffen auf ein Wiedersehen hatte begonnen.

Sie streckte ihre Hand nach Søren aus und umklammerte seine Finger. Lächelnd betrachtete sie ihn. »Wie groß du bist. Sicher ein gutes Stück größer als dein Vater, nicht?«

Vollauf damit beschäftigt, seine Tränen fortzublinzeln, nickte Søren. »Ich hatte Angst, dass ich dich nie mehr finden werde«, brachte er leise hervor. »Wo warst du nur, Mutter?«

Ihr Gesicht wurde ernst. »Das ist eine lange Geschichte.«

»Dann sollten wir vielleicht besser in die Konditorei hinübergehen«, schlug Helle vor.

Die Bedienung brachte Kaffee für Søren und heiße Schokolade für
Alma und Helle. Helle sah besorgt zu Sørens Mutter, die große
Schlucke von ihrem Kakao trank. Gottlob belebte sich ihr blasses
Gesicht wieder. Von ihrer Freude überwältigt, war ihr plötzlich
schwindelig geworden, und Søren hatte sie auf dem Weg zur Kon-
ditorei gestützt.

Sie stellte den Becher hin. »Jetzt geht's mir wieder gut«, sagte sie
lächelnd und blickte Søren fragend an.

Er fasste nach Helles Hand. »Darf ich bekannt machen: Helle
Møller, meine Verlobte. Helle, meine Mutter.« Seine Stimme
schwankte vor freudiger Erregung.

Helle drückte seine Hand. »Liebster Darling!«, sagte sie gerührt.
Sie wandte sich Alma zu. »Ich freue mich sehr, Sie kennenzulernen, Fru Lauridsen. Søren hat mir schon viel von Ihnen erzählt.«

»Von deinen schönen Geschichten«, sagte Søren weich, »und
von deiner Rose.«

»Ach, mein Junge!« Seufzend presste Alma beide Hände an ihre
Brust. »So viel Freude auf einmal!« Sie suchte Helles Blick. »Nun
bekomme ich zu meinem Sohn sogar noch eine Schwiegertochter.
Ich freue mich auch, Frøken Møller. Helle?«

Helle neigte den Kopf. »Gern, Schwiegermutter.«

Almas Blick wanderte zu ihrer modischen Kappe. »Du bist wohl
nicht von Amager?«, fragte sie mit einem winzigen Augenzwinkern.

Helle lächelte ihrer Schwiegermutter zu. Wie leicht sie es einem
doch machte, sie zu mögen!

»Nein, ich bin aus Østerbro.«

Alma nickte. »Nun, mit der Bahn ist es ja nur ein Katzensprung
von Amager nach Kopenhagen hinüber. Falls du mal was brauchen solltest, was es auf der Insel nicht zu kaufen gibt.«

Sie rührte ihre Schokolade um und trank genussvoll.

»Helle wird nach der Hochzeit erst einmal zu mir nach Nørrebro ziehen«, sagte Søren.

»Du lebst auch in Kopenhagen?«, fragte Alma ihren Sohn erstaunt. »Aber wie versiehst du dann deinen Dienst bei der Lotserei?«

»Ich bin nicht Lotse geworden, Mutter, sondern Lehrer.«

Alma brauchte einige Augenblicke, bis sie auf Sørens Erwiderung antworten konnte. »Und Vater war einverstanden?«, sagte sie ungläubig. »Er wollte doch, dass du auch ein Lotse wirst, seit er dich zum ersten Mal auf dem Arm gehalten hat.«

Søren fasste nach seiner Tasse. »Trotzdem konnte er nicht ändern, dass ich lieber Menschen als Schiffe auf ihrem Weg begleiten wollte, auch wenn er lange versucht hat, mir meinen Beruf auszureden.«

Alma nickte. »Vor deinem Vater zu bestehen, ist schwer.«

Søren nahm einen Schluck Kaffee. »Und deshalb bist du fortgegangen, nicht?«, fragte er bedächtig.

Alma streichelte über seinen Arm. »Ich war es gewohnt, mich für deinen Vater zurückzunehmen«, erwiderte sie. »Doch als du älter wurdest, warf er mir vor, dich die falschen Dinge zu lehren. Er meinte, du würdest mit meiner sanften Erziehung im Leben nicht bestehen können und überdies vor deinen Kameraden lächerlich erscheinen.« Sie zog unwillig die Brauen zusammen. »Erst tat ich seine Worte ab, denn ich sah ja, dass du zurechtkamst. Aber er hielt mir immer wieder meine Fehler vor und ich kam ins Zweifeln. Vielleicht war es wirklich falsch, mit dir zu singen, Geschichten zu erzählen und den Duft unserer Rose zu genießen? Doch ich konnte unmöglich so streng mit dir sein, wie Vater es von mir verlangte.«

Helles Blick wanderte über Almas abgehärmtes Gesicht. Sie mochte sich gar nicht vorstellen, in welcher bedrückenden Lage sie sich damals befunden haben musste. »Und dann?«, fragte sie mit belegter Stimme.

Alma wandte sich Helle zu. »Eines Morgens wollte ich einkaufen. Ich nahm meinen Korb und verließ das Haus. Ständig kreisten meine Gedanken um die Vorwürfe meines Mannes. Was sollte ich wegen Søren nur anfangen? Aufgewühlt ging ich bis auf die

Landstraße hinaus. Ein Marktwagen kam vorbei und der Fahrer fragte: *Willst du mit?* Ohne weiter zu überlegen, stieg ich auf seinen Wagen. Als wir Kopenhagen erreichten, hielt er vor einem Wirtshaus und nahm mich mit hinein. *Du kannst wohl auch einen Schnaps vertragen*, sagte er. Die Wirtin kam an unseren Tisch und fragte besorgt, ob ich krank wäre. *Ich weiß es nicht*, erwiderte ich.«

»Um Gottes willen, Mutter!« Søren konnte seine Bestürzung nicht zurückhalten.

Alma versuchte ein Lächeln. »Schon gut«, sagte sie beruhigend. »Die Wirtin war eine mitleidige Seele. Sie brachte mir etwas zu essen und ließ mich in der Mädchenkammer über der Gaststube schlafen, ohne Fragen zu stellen. Tage und Wochen verstrichen, während ich wie betäubt umherging und einen Ausweg aus meiner misslichen Lage suchte.«

Søren runzelte die Stirn. »Deine missliche Lage?«, wiederholte er. »Warum bist du nicht heimgekommen, Mutter?« Er schob seine Finger fast gewaltsam zwischen Helles.

Alma fuhr glättend über eine Bügelkante in der Tischdecke. »Indem ich einfach fortging, hatte ich mein gutes Ansehen unwiderruflich beschädigt. Die hochgeachtete Alma Lauridsen läuft ihrem Mann davon, um plötzlich wieder vor seiner Tür zu stehen? Stell dir das Gerede vor!«

»Das Gerede hätte wohl mit der Zeit aufgehört!«, brach es aus Søren heraus.

»Mag sein«, antwortete Alma begütigend, »aber die Verachtung nicht. Und die hätte auch Vater und dich getroffen. Das konnte ich doch nicht zulassen.« Sie holte tief Luft, bevor sie ihre Erzählung wieder aufnahm. »Gelegentlich half ich der Wirtin in Haus und Küche. Und als sie bemerkte, wie fein ich nähen und stopfen konnte, vermittelte sie mir die Bekanntschaft einer Freundin, die eine Nähstube hinter dem Højbro Plads betrieb. So kam ich als Flickschneiderin zu Anna Mortensen, die mir auch ein Zimmer bei ihrem Geschäft besorgte. Ich habe ihr viel zu verdanken.«

»Wenn du wüsstest, wie sehr ich dich damals vermisst habe.«

Aus Sørens Stimme klang die Trostlosigkeit des kleinen Jungen, der vergeblich auf seine Mutter wartete. Er beugte sich vor und sah Alma geradewegs in die Augen. »Warum hast du uns nicht wenigstens eine Nachricht geschickt, Mutter?«

XXIV

Alma umfasste Sørens Hand. »Ich habe etliche Briefe an euch angefangen. Aber da ich dir keine Hoffnung auf meine Rückkehr machen konnte, schickte ich sie nicht ab. Ich dachte, du würdest besser zurechtkommen, wenn du nichts von mir hörst.«

Søren zog seine Hand weg. »Ich wollte Vater nicht glauben, dass du mich aufgegeben hast. Aber genau so war es!«, sagte er hart.

Unter seinem zornigen Blick konnte Alma nur mühsam die Fassung wahren. Søren sah nicht, dass sie sich *seinetwegen* zurückgehalten hatte. Wie lange hatte sie davon geträumt, ihren Sohn in die Arme schließen zu dürfen. Nun stand sie kurz davor, ihn noch einmal zu verlieren. Und diesmal würde sie nicht auf ein Wiedersehen hoffen können. Sie stützte sich schwer auf die Armlehnen ihres Stuhls.

»Ich habe dich nicht aufgegeben«, sagte sie unverändert freundlich. »Im Gegenteil! Weil ich wissen wollte, wie es dir geht, habe ich mich gelegentlich bei unserem Herrn Pastor nach dir erkundigt.«

Søren schüttelte ungläubig den Kopf. »Er wusste, wo du warst, und hat mir nichts davon gesagt?«

»Weil ich ihn gebeten habe, zu schweigen. Meine Fragen sollten dich nicht aufstören.« Alma schmiegte die Hände um ihre Tasse, trank aber nicht. »Natürlich hätte ich dich am liebsten zu mir genommen. Aber ich musste an dich denken, nicht an mich. Bei deinem Vater warst du gut versorgt, während ich kaum das Nötigste für mich selbst hatte und meine Zukunft völlig ungewiss war.« Sie trank ihre Schokolade aus und setzte die Tasse behutsam auf den Tisch zurück. »So sehr ich es mir wünschte, ich konnte dir kein Zuhause geben.« Sie lehnte sich ein wenig im Stuhl zurück, während sie das Wechselspiel in Sørens Miene beobachtete.

Er erwiderte ihren Blick mit gerunzelter Stirn. Doch nach einer Weile glätteten sich die Falten und seine Miene hellte auf. »Mutter mag verzeihen«, sagte er und neigte den Kopf. »Ich habe wie ein kleiner Junge über Mutter gedacht.«

Alma hob rasch die Serviette an den Mund, um ihr Lächeln zu verbergen. So förmlich hatte Søren sie zuletzt um Entschuldigung gebeten, als er aus ihrem Webschiffchen ein Segelbötchen gebaut hatte. »Ich weiß doch, dass du es schwer hattest«, sagte sie sanft. Helle lächelte sie mitfühlend an. »Und du auch, Schwiegermutter. Sicher hast du Søren genauso schmerzlich vermisst wie er dich.«

Alma nickte, ihre Augen füllten sich mit Tränen. Aber sie fasste sich, langsam sprach sie weiter: »Wenn es gar zu schlimm wurde, habe ich mich mit den Schreiben unseres Herrn Pastors getröstet. Durch sie konnte ich wenigstens von Ferne an Sørens Leben teilnehmen.« Sie wandte sich zu ihm: »Leider endete unser Briefwechsel nach deiner Konfirmation. Doch mit dem letzten Brief sandte mir der Herr Pastor noch eine Fotografie von eurem Konfirmandenjahrgang. Ich war so stolz, als ich dich zwischen den anderen auf der Abbildung entdeckte! Aus meinem kleinen Sohn war mittlerweile ein junger Mann geworden.«

Nun lächelte Søren auch. »Ich habe in so vielen Registern nach dir gesucht, Mutter. Auf den Pastor wäre ich nie gekommen.«

»Søren, mein Junge!« Alma streckte wieder die Hand nach ihm aus. »Ich habe die ganzen Jahre gehofft, dass du eines Tages trotz allem von selbst nach mir fragen würdest«, sagte sie. »Dann sollte der Herr Pastor dir erzählen, wo du mich finden würdest.«

***

Das Bootshaus der *Norby* stand nah bei den Dünen. Julia und Christian betrachteten das rot-weiß gestrichene Rettungsboot durch die kleinen Fenster des gemauerten Schuppens. Während ihres Abendspaziergangs hatte Christian Julia von Norbys Seenotrettern erzählt. Steen Steensen war ihr Vormann und hatte Christian im letzten Herbst für die Mannschaft angeworben. Seitdem ging Christian bei Sturm oder Nebel Strandwache und hatte auch schon einige Übungseinsätze als Ruderer in der *Norby* hinter sich. Er hatte so begeistert geklungen, dass Julia das Boot gleich einmal anschauen wollte.

Sie beschattete ihr Gesicht mit den Händen, um die Lichtspiegelung auf der Fensterscheibe auszublenden. »Ich habe noch nie ein so großes Ruderboot gesehen«, sagte sie beeindruckt.

»Es braucht mindestens sechs Pferde, um den Bootswagen zu ziehen«, erwiderte Christian. Er wies auf die Gehöfte, die den Dünen am nächsten lagen. »Bei Schlechtwetter halten die Bauern ihre Tiere bereit. Wenn der Aufruf kommt, bringen sie die Pferde sofort zum Bootshaus.«

Julia wandte sich zu ihm. »Und wer überbringt ihnen die Nachricht? Die Strandwache?«

Christian schüttelte den Kopf. »Die Männer aus der Rudermannschaft. Sie warten beim Boot auf ihren Einsatz. Wenn die Wache eine Strandung sichtet, läuft ein Wachgänger zur Dünenkette vor und gibt den Ruderern Signal mit Armzeichen oder mit der Lampe. Dann laufen einige der Männer zu den Bauern hinüber.«

»Übt ihr auch das Signalisieren mit der Lampe?«

Christian trat hinter Julia und umfasste sie. »Wir üben alles!«, antwortete er nachdrücklich. »Im Ernstfall kommt es auf jeden Handgriff an. Und auf jede Minute.«

Sie schmiegte sich in seine Arme. »Ich freu mich darauf, euch bei der nächsten Übung zuzusehen. Rudert Steen eigentlich auch?«

»Er fasst mit an, wenn wir das Boot ins Wasser ziehen. Da wird jede Hand gebraucht. Im Boot beobachtet er den Seegang und steuert, während wir anderen pullen.«

Julia nickte verstehend. Sie stellte sich vor, wie die Männer das Boot bei einem Rettungseinsatz durch die aufgewühlte See ruderten. Inmitten der schäumenden Sturzwellen brauchte die *Norby* sicher einen wachsamen Bootsmann. Plötzlich erschrak sie. Was würde geschehen, wenn Wellen und Gischt ein ums andere Mal in das offene Boot schlugen?

Sie sah zu Christian auf. »Könnte die *Norby* sinken, wenn zu viel Wasser ins Boot dringt?«, fragte sie besorgt.

Christian zog sie fester an sich. »Die *Norby* kann nicht sinken.« Er wies auf den hölzernen Bootsrumpf. »Hinter den Planken sitzen Luftkammern, die das Boot über Wasser halten.«

Julia war noch nicht zufrieden. »Aber kentern könnte sie?«

Christian legte seine Wange an ihre. »Nicht bei einem erfahrenen Bootsmann wie Steen. Er kennt die Untiefen genau und sieht am Verlauf der Wellen, wohin er das Boot steuern muss. Deshalb hat er die *Norby* auch von jedem Einsatz heil zurückgebracht.«

Julia spürte seine Ruhe und wurde auch ruhig.

»Wenn du dich nicht fürchtest, fürchte ich mich auch nicht«, sagte sie.

***

Helle wartete vor der Lutherkirche an der Randersgade auf Søren. Ausnahmsweise war sie einmal vor ihm da. Er würde vor dem Antrittsbesuch bei ihren Eltern nervös genug sein, da wollte sie ihn nicht auch noch mit ihrer Unpünktlichkeit plagen. Versonnen betrachtete sie die Backsteinfassade mit dem gemauerten Säulenportal. Schon bald würde Søren sie vor dem Eingang als Bräutigam erwarten und sie würden als Brautpaar den Mittelgang zum Altar entlangschreiten. Wie unverhofft sich doch alles zum Guten gewendet hatte! Noch vor ein paar Tagen mochte Søren kaum an ein Wiedersehen mit seiner Mutter glauben, und nun würde sie ihm sogar seinen sehnlichen Wunsch erfüllen und zu ihrer Trauung kommen. Allerdings galt es noch, sie auch zur Hochzeitsfeier zu überreden. Weil sie fürchtete, dass die Gäste wegen ihrer Trennung von Sørens Vater Anstoß an ihr nehmen würden, wollte sie der Festgesellschaft lieber fernbleiben.

Helle runzelte nachdenklich die Stirn. Vielleicht könnte sie ihre Mutter bitten, mit Schwiegermutter zu sprechen? Søren sollte bestimmt nicht ohne seine Mutter an der Hochzeitstafel sitzen!

Ihre Stirn glättete sich, als sie an das Parfümfläschchen in seinem Küchenbord dachte. Weil Søren reichlich von ihrem Toilettenwasser auf sein Kissen gesprengt hatte, war seine Stube noch ganz von dem Duft erfüllt, als sie gestern heimkamen. Wie romantisch er unter seiner Ernsthaftigkeit doch war! Sicher würde er sie bei ihrer Trauung gern mit einem Brautschleier sehen …

Er trat zu ihr, für den Besuch bei ihren Eltern in sein gutes Zeug gekleidet. Als er ihren verträumten Gesichtsausdruck sah, lächelte er.

»Na, woran denkst du?«

»An dich«, sagte Helle, stellte sich auf die Zehenspitzen und küsste ihn. »Was meinst du, würde es dir gefallen, wenn ich zu meinem Hochzeitskleid einen Schleier trage?«

Er hob ihre Hand an seine Lippen und küsste ihr Handgelenk. »Es würde mir sehr gefallen.«

Sie sah ihn zärtlich an. »Dacht' ich mir's doch!«, erwiderte sie und hakte ihn unter.

***

Kathrine klappte ihr Anmeldebuch zu. Gerade hatte sie das letzte Einzelzimmer für Bruno Kaufmand reserviert. Es fing gut an, dachte sie zufrieden. Die Eröffnung fand erst am Samstag statt und das Hotel war bereits jetzt, am Mittwochabend, ausgebucht. Morgen würde sie die Hausmädchen einweisen, damit sie alles für die Anreise der Gäste vorbereiten konnten. Und die Kochfrauen sollten mit der Zubereitung der Terrinen und Gelees für das Festbüfett beginnen. Doch für heute blieb ausnahmsweise nichts mehr zu tun und Kathrine freute sich auf einen geruhsamen Abend.

Sie ging zu Axel und Christian in die Küche.

Axel brühte bereits Kaffee auf.

»Es zieht immer mehr zu«, sagte er mit einem Blick durchs Fenster, »man könnte meinen, es dämmert schon.«

»Umso mehr Grund, es gemütlich zu haben.« Kathrine stellte die Kaffeetassen und eine Schachtel Konfekt aufs Tablett.

»Oh, Marzipan! Du meinst es aber gut mit uns, Nana«, bemerkte Christian. »Ich hol' uns auch was Feines zum Kaffee.«

Er lief in den Salon hinüber und holte die Cognacflasche von der Bar. Besorgt blickte er zu Julia hin, die in sich gekehrt vor dem Klavier saß, statt zu spielen. Sicher dachte sie wieder an ihre Mutter.

Es schmerzte ihn, sie so zu sehen. Seine Mutter hatte ihnen längst brieflich zur Verlobung gratuliert und freute sich schon auf ihre Trauung im Nybøler Rathaus. Zur Hoteleröffnung würde sie ohnehin anreisen und ihren Aufenthalt in Norby bis zu ihrer Hochzeit verlängern. Doch von Nikoline Krøger war bisher noch keine Post gekommen. Hoffentlich hatte sie Julias Brief erreicht! Sie hatten gemeinsam die Nachricht über ihre Verlobung verfasst und eine Einladung zum Eröffnungsfest beigelegt. Julia hatte den Umschlag mit dem Absender ihrer Patentante versehen, falls der Vater ihre Post zurückweisen würde.

Christian trat an den Klavierhocker. »Der Kaffee ist gleich fertig, Jule. Kommst du mit ins Wohnzimmer?«

Sie legte den Kopf gegen seine Hüfte und sah mit einem kleinen Lächeln zu ihm auf. »Es hat gar keinen Zweck, zu grübeln, nicht? Es verdirbt einem nur die Laune und ändert nichts. Es ist ja noch nicht zu spät für Mutters Zusage«, antwortete sie.

Arm in Arm gingen sie ins Wohnzimmer hinüber.

Kathrine stellte die Petroleumlampe auf den Tisch. »Natürlich macht der Generator alles viel bequemer, aber gemütlicher ist die alte Lampe doch, oder?«

»Viel gemütlicher.« Christian reichte ihr einen der Cognacschwenker und setzte sich zu Julia aufs Sofa, die sich eine Wolldecke über ihre Beine legte.

»Auf uns!«, sagte er.

Die vier tranken einander zu und lauschten dann schweigend dem Wind, der in kräftigen Böen ums Haus fuhr.

Christian wickelte das Plaid fester um Julias Beine. »Kann sein, dass ich heute noch rausmuss.«

Julia sah ihn beunruhigt an. Gestern Abend in Christians Armen schienen die Gefahren eines Rettungseinsatzes weit weg, doch nun kam ihre Sorge zurück.

»Hoffentlich musst du nicht rudern«, sagte sie gedämpft.

Christian fasste nach ihrer Hand. »Für uns bleibt es sicher beim

Wachegehen. Die Strandungen passieren meistens weiter unten bei Horns Rev.«

Sie lehnte sich in seine Arme zurück. »Vielleicht lässt der Wind später nach und du kannst hierbleiben«, tröstete sie sich.

»Gibt's was Interessantes, Liebling?«, erkundigte Kathrine sich bei Axel, der das *Nybøl Dagblad* vorgenommen hatte. »In den letzten Tagen bin ich nicht einmal dazu gekommen, in die Zeitung zu schauen.«

Axel überflog die Spalte mit den Neuheiten. »Einem Hr. Michaelsen ist auf dem Nybøler Marktplatz die Geldbörse abhandengekommen. Er setzt zehn Kronen Finderlohn aus. Ansonsten gibt es nur Schiffsmeldungen und die Preise von den Fleischmärkten in Kopenhagen und Hamburg«, erwiderte er. »Aber hier: Ibsens Stoff- und Kurzwarenhandlung bittet um Aufmerksamkeit für die neu eingetroffenen Sommerstoffe.«

»Gut, dass ich nichts brauche.« Kathrine griff nach einem Stück Konfekt und kaute genüsslich. »Nach der Vorhangsäumerei in den letzten Tagen mag ich keine Nähmaschine mehr sehen.«

»Ich hätte Lust, mir von Meister Sørensen eine Hose nach englischer Art schneidern zu lassen«, sagte Julia schläfrig. »So eine wie deine mit den Umschlägen.« Sie blickte zu Christian hoch.

Er schob ihr schmunzelnd eine Locke aus der Stirn. »Da würde Meister Sørensen aber staunen«, entgegnete er. »Sicher wärst du die erste Dame in Nybøl, die bei ihm nach einer Hose verlangt.« Schneidermeister Sørensen war der Herrenschneider von Nybøl, während die Damen ihre Kleider bei Ibsens nähen ließen.

Julia schloss mit einem behaglichen Seufzer die Augen. »Eine muss ja den Anfang machen.«

Axel ließ die Zeitung sinken und lächelte Kathrine zu. »Aber erst mal soll Meister Sørensen meinen Anzug fertig nähen.« Er wollte zur Eröffnungsfeier des Strandhotels endlich die Eheringe kaufen, die er sich bei ihrer Hochzeit im letzten Sommer noch nicht leisten konnte. Doch Kathrine hatte ihn überredet, sein Geld lieber für einen neuen Anzug auszugeben. Schließlich sollte er als Direktor des Hotels nicht vor ihren elegant gekleideten Gästen zurückstehen.

Jemand klopfte gegen die Scheibe. Axel öffnete das Fenster.

Mette Steensen steckte den Kopf zur Stube herein und grüßte knapp in die Runde. »Steen schickt mich«, wandte sie sich an Christian. »Aufruf zur Wache. Er hat die Wetteraussichten bekommen. Weiter zunehmender Westnordwest mit schweren Schauern und Hagelböen. Er lässt dir sagen, dass du die erste Wache übernehmen sollst. Terkel Terkelsen geht mit dir. Er weiß schon Bescheid.« Sie zog den Kopf aus der Fensteröffnung zurück. »Ich muss weiter, die Bootsleute aufrufen«, sagte sie und verschwand im Dämmerlicht.

Christian stand auf. Wenn der Vormann des Rettungsboots zur Wache rief, war Eile geboten. Julia folgte ihm in die Spülküche. Während sie ihm beim Ankleiden zusah, wurde ihr immer unbehaglicher zumute. Mittlerweile hatte es zu regnen begonnen. Dicke Tropfen klatschten gegen die Fensterscheiben und mischten sich mit prasselnden Hagelkörnern.

»Ich will nicht, dass du hinausgehst«, sagte sie entschieden, als Christian in seine Seestiefel stieg. »Bleib bei mir!«

Christian knöpfte die Öljacke zu. »Es ist nicht so schlimm, wie es aussieht, Jule. Ich werde am Strand auf und ab gehen, frieren und dich vermissen«, sagte er mit einem kleinen Lächeln. »Und ehe du dich's versiehst, bin ich wieder bei dir.« Er legte seine Schwimmweste an.

Julia schüttelte den Kopf. »Und wozu dann die Weste? Wenn du nicht mehr wiederkommst, hab' ich niemanden mehr«, setzte sie heftig hinzu und begann zu weinen.

Christian nahm sie bei den Händen. »Aber ich komme ja wieder. Ich verspreche es.«

»Das kannst du nicht!«, erwiderte sie schluchzend. »Wenn du rudern musst und das Boot doch kentert ... Denk an die Ertrunkenen!« *Vermisst und nie gefunden ruh'n sie am Grund der Flut.* So stand es auf der Gedenktafel für die auf See Gebliebenen in der Kirche von Norby. Beim Lesen der Namen war Julia voller Mitleid mit den Angehörigen gewesen. Nun wusste sie, dass auch Christians Name einmal auf dieser Tafel stehen könnte ... Sie zog ihre Hände fort und stellte sich vor die Tür zum Garten. »Lass mich nicht allein!«, flehte sie.

Christian trat vor sie hin, den Südwester in der Hand. »Versteh doch«, sagte er leise, »ich habe mich *verpflichtet*. Es bedeutet mir viel …«

Ärgerlich wischte Julia die Tränen fort. »Das ist mir egal. Bleib hier!«

Als Kathrine und Axel in die Küche kamen, sandte Christian der Schwester einen bittenden Blick.

Kathrine nickte ihm zu. »Geh nur, wir kümmern uns um Julia.«

»Geh zur Seite, Jule«, sagte er darauf sanft, »bitte, mach es mir nicht so schwer. Ich will dich doch nicht fortdrängen.«

»Das würdest du tun?«, fragte sie.

Sein Gesicht war bleich vor Kummer, doch er nickte. »Wenn du mich dazu zwingst.«

Da senkte sie den Kopf und trat von der Tür weg. Christian drückte einen Kuss auf ihr Haar. »Ich liebe dich«, sagte er und ging hinaus in den Regen.

Julia starrte auf die Tür. Alles in ihr war dunkel. Sie hatte gewagt zu vertrauen, und nun hatte Christian sie allein gelassen. … *ruh'n sie am Grund der Flut.* Der Satz mahlte in ihrem Kopf. Sie spürte Kathrines Arm um sich und ließ sich zum Sofa führen.

»Sie friert«, hörte sie Kathrine zu Axel sagen, »kannst du die Wärmepfanne für sie füllen?«

Julia ließ sich aufs Sofa sinken. … *ruh'n sie am Grund der Flut …*

Kathrine reichte ihr den Cognacschwenker. »Trink!«, befahl sie.

Julia nippte mit zitternden Lippen daran.

»Komm, trink noch einen Schluck«, sagte Kathrine, aber Julia schüttelte den Kopf.

Axel brachte die Wärmepfanne, die er mit einem Handtuch umwickelt hatte. Kathrine hieß Julia, die Beine aufs Sofapolster zu legen, und schob ihr die Pfanne unter die Füße.

»Gleich geht's dir besser«, sagte sie tröstend und hielt ihr wieder das Glas hin.

»Besser?«, fragte Julia und erschrak über den Hohn in ihrer Stimme. »Wenn Christian fortbleibt, will ich auch nicht mehr da sein!«

»Er kommt zurück!«, antwortete Kathrine mit fester Stimme.

»Du hast gut reden«, erwiderte Julia scharf, »dein Mann steht neben dir.«

»Was fällt dir ein!«, begann Axel, doch Kathrine winkte ihm ab.

»Du hast Angst um deinen Liebsten und ich um meinen Bruder«, sagte sie.

Julia sah die Sorge in ihren Augen und nickte langsam.

»Die See ist wild und gefährlich«, fuhr Kathrine fort, »dennoch müssen die Männer in den Sturm hinaus, wenn sie Leben retten wollen, und wir Frauen müssen hoffen, dass die See sie verschont. So ist es hier nun mal.«

Statt zu antworten, stand Julia auf und setzte sich ans Klavier. Mit zitternden Händen begann sie zu spielen. Langsam fügten sich die Töne zu einem Jammern und Brausen, Julia legte all ihre Wut und Verzweiflung in sie hinein. *Am Grund der Flut … Am Grund der Flut …* Der Klang ihrer Akkorde füllte das Terrassenzimmer und übertönte sogar das Tosen des Sturms. Immer wieder suchte sie den Missklang, den harten Anschlag. Sie wollte Christians Frau sein, nicht seine Witwe. Er hatte ihr seine Liebe versprochen, und jetzt bedeutete die Wache ihm mehr als sie? Dicht über die Klaviatur geneigt, hämmerte sie wieder und wieder auf die Tasten ein. Irgendwann wurde sie ruhiger und schlug leisere Töne an. *Aber ich liebe ihn doch.* Und war Liebe nicht, alles miteinander zu teilen? Als sie Christian aufhalten wollte, hatte sie nur an sich gedacht und ihm zum Wachgang in Regen und Sturm auch noch die Sorge um sie aufgebürdet. Der letzte Ton verklang. Julias Finger lagen still auf den Tasten. Nein, sie würde ihn nicht zwingen, zwischen ihr und seiner Wachmannschaft zu wählen. Langsam hob sie den Kopf. Axel und Kathrine standen in der Tür und blickten sie mitleidig an.

»Es ist gut«, sagte sie und ging zu ihnen hinüber.

Kathrine streckte die Arme aus und diesmal wies Julia ihren Trost nicht zurück. Schweigend umarmten die Frauen einander.

»Ich bin müde«, sagte Julia schließlich. »Ich gehe nach oben.«

»Warum schläfst du nicht hier auf dem Sofa?«, schlug Kathrine vor. »Dann hörst du doch besser, wenn Christian hereinkommt.«

Julia nickte. »Und er sieht gleich, dass ich auf ihn gewartet hab'.«

XXV

Christian und Terkel schritten unablässig am Spülsaum entlang, den Blick achtsam seewärts gerichtet. Terkel trug ihr Fernglas. Die Sicht reichte kaum über die schäumenden Brecher bei der letzten Sandbank hinaus. Signale von Schiffen, die auf offener See in Not gerieten, konnten sie nicht sehen. Doch küstennahe Strandungen würden die beiden Männer auf ihrem Wachgang entdecken können.

Mit vorgeneigtem Oberkörper stemmten sie sich gegen die Böen, die Regen- und Hagelschauer über Meer und Strand jagten. Sie gingen schweigend, das Brausen des Sturms und das Tosen der Brandung ließen eine Unterhaltung kaum zu.

Nach ihrem zweiten Wachgang kehrten sie zum Wachhäuschen bei der Dünenkette zurück. Steen Steensen brachte ihnen Kaffee und Brote. Während Christian und Terkel hastig ihren Imbiss verzehrten, erkundigte sich Steen über den warmen Draht, die Telefonleitung zwischen den Rettungsstationen, nach den Geschehnissen bei den anderen Wachen.

Er hängte den Hörer an die Gabel des Wandtelefons. »Keine Strandungen bis jetzt«, sagte er, schon wieder im Gehen.

»Der Sturm soll im Verlauf der Nacht abflauen. Na, schauen wir mal. Um ein Uhr lasse ich euch ablösen«, setzte er hinzu und schloss sorgfältig die Tür hinter sich.

Die jungen Männer ruhten noch ein wenig auf der schmalen Bank im Häuschen aus. Dann bereitete Terkel die Sturmlaternen für den nächsten Wachgang vor.

Christian lehnte sich gegen die Bretterwand hinter ihm. Ihm war das Herz schwer. Wie es Julia wohl ging? Hoffentlich hatte Kathrine sie beruhigt. Zu wissen, dass sie sich seinetwegen so quälte ... Aber er *musste* doch hinausgehen. Auch wenn seine Fahrenszeit als Seemann hinter ihm lag, fühlte er sich der Gemeinschaft der Seeleute zugehörig und wollte in Not geratenen Kameraden helfen. Wie sollten Julia und er miteinander leben, wenn sie diese Ehrenverpflichtung nicht anerkannte? Er nahm seine Laterne auf und verließ das Wachhäuschen.

Terkel trat neben ihn und schlug den Kragen seiner Öljacke hoch. »Gehen wir erst mal Richtung Süden«, meinte er, »da haben wir's ein bisschen leichter.«

Mit dem Wind im Rücken begann Terkel nun doch eine Unterhaltung. Er erzählte, dass ihm in letzter Zeit einiges im Kopf herumginge. Norby würde ihm allmählich zu klein und er könne sich auch nicht vorstellen, auf ewig den Meiereiwagen zu fahren.

Christian nickte abwesend. Seine Gedanken kreisten weiter um Julia. Er hatte nicht damit gerechnet, dass sie sich solche Sorgen um ihn machen würde. Würde es so weit kommen, dass er sich zwischen ihr und der Seenotrettung entscheiden musste?

Während sie langsam auf den Leuchtturm zugingen, nahm Terkel das Gespräch wieder auf. Er hatte sich überlegt, nach Esbjerg zu ziehen. Dort könnte er sich nach einer Anteilsfischerei auf einem Kutter umsehen. Da wäre sein Erspartes doch gut angelegt?

»Sicher«, erwiderte Christian einsilbig. Und wenn er um Julias willen doch aus der Mannschaft austreten würde? Aber das wäre wie ein Verrat an den Kameraden. Und an sich selbst … Wenn er nur nicht immer ihren verzweifelten Blick und ihren gesenkten Kopf vor sich sehen würde …

Terkel stieß ihn mit dem Ellenbogen an. »Sehr gesprächig bist du ja nicht.«

»Entschuldige, ich …« Christian unterbrach sich. Auf der Höhe ihres Wachhäuschens war ein Lichtschein zu erkennen, der sich über den Strand zum Wasser hinbewegte. Er fasste nach Terkels Arm. »Da!«

Terkel wandte den Kopf. »Steen?«, fragte er und hob das Fernglas.

»Los!«, sagte Christian.

Die beiden Männer folgten dem Lichtschein, der sich am Spülsaum entlang von ihnen fortbewegte. Der Wind und die schweren Seestiefel hinderten sie am schnellen Laufen. So brauchten sie eine Weile, um sich dem Licht zu nähern.

»Hejsa!«, brüllte Christian über Sturm und Brandung hinweg. Beide Männer hielten ihre Laternen hoch. Die Gestalt am Wasser hob ebenfalls ihre Lampe.

»Das ist nicht Steen«, sagte Terkel verblüfft. »Wer, zum Teufel …«

»Jule!« Christian stellte seine Laterne ab und stapfte zu ihr hin. Sie war es wahrhaftig, in seiner Arbeitshose und in seinem alten, mit Farbe beklecksten Troyer. Die Wolldecke, die sie über Kopf und Schultern gelegt hatte, schützte sie nur notdürftig gegen Wind und Regen. Er strich über ihre Wange, dann fasste er prüfend nach der Decke.

»Ganz nass«, sagte er halb besorgt, halb vorwurfsvoll. »Was tust du auch hier draußen!«

Sie lächelte. »Nach dir sehen.«

Er konnte ihre leise Stimme kaum verstehen, doch er sah ihr zärtliches Lächeln und schämte sich. Wie hatte er nur an ihr zweifeln können? Er legte den Arm um sie und führte sie ein Stück den Strand hinauf.

»Als ich aufgewacht bin und deine Sachen nicht in der Spülküche hingen, musste ich herkommen«, sagte sie, den Kopf an seiner Schulter. »Es war falsch von mir, dich aufzuhalten. Ich hab' dabei nur an mich gedacht.« Sie umfasste ihn und schmiegte sich an ihn. »Du sollst wissen, dass ich in Liebe an dich denken werde, wenn … du nicht wiederkommst«, setzte sie zögernd hinzu.

Gott … Für einen Moment schloss Christian die Augen. Er hatte Julia Geduld und Liebe versprochen und sie stattdessen mit ihrer Angst um ihn allein gelassen. Und sie nannte *sich* selbstisch! Er zog sie fester an sich. »Nicht!«, sagte er rau. »Du sollst dich meinetwegen nicht bekümmern. Ich gebe die Wache auf.«

»Nein!« Sie biss sich auf die Lippe. »Wenn du nur nicht in dieses grässliche Boot steigen müsstest«, sagte sie bittend.

»Nie mehr!«, entgegnete er sofort. »Gleich morgen spreche ich mit Steen. Immerhin bin ich bald ein verheirateter Mann.«

Sie seufzte erleichtert auf. »Und es macht dir wirklich nichts aus?«

Er schüttelte den Kopf. »Es macht mir was aus, dass ich dich allein gelassen habe, Julia.« Er sah zu Terkel hinüber, der ihn zu sich winkte. »Gleich!«, rief er und wandte sich wieder Julia zu. »Ich muss weiter.« Er küsste sie innig.

Julia drückte ihn noch einmal an sich. »Ich warte in der Wohnstube auf dich.« Dann löste sie sich von ihm. »Und ich hab' die Wärmekanne in der Hütte gelassen, falls ihr Kaffee zum Durchwärmen möchtet.«

**

Das Tosen von Wind und Brandung hatte sie immer wieder aus einem unruhigen Schlaf geschreckt, doch diesmal erwachte Tilda von der Stille um sie her. Der Sturm hatte nachgelassen. Sie blickte auf ihren Wecker. Es war kurz nach Mitternacht. Morgen würde sie nach Kopenhagen reisen. Die Empfehlungsschreiben ihres Vaters lagen bereits in ihrem Koffer. Gleich nächste Woche wollte sie bei seinen Studienfreunden um eine Assistenzstelle vorstellig werden. Und Tante Malvine hatte sie auf ihre Bitte nach einer Unterkunft für die ersten Tage großzügig eingeladen, bis auf weiteres bei ihr zu wohnen. Tilda streckte sich behaglich unter der Decke. Ihr neues Leben war zum Greifen nah.

Vor dem Gaubenfenster wanderte der Lichtstrahl des Leuchtfeuers ruhig über den schwarzdunklen Nachthimmel. Hier und da schienen ein paar Sterne auf. Ob man in Kopenhagen auch gerade die Sterne sehen konnte? Sie setzte sich auf und zündete ihr Nachtlicht an, um einmal mehr Ernst Ravs Brief zu lesen. Gestern nach ihrem Friseurbesuch in Nybøl hatte sie ihn überraschend vorgefunden.

Verehrtes Frøken Jul, Ihr Einverständnis voraussetzend, erlaube ich mir, Ihnen meinen Reisebericht von der Westküste zu übersenden. Sie sollen doch wissen, dass ich mein Versprechen gehalten und nur gut von Norby geschrieben habe! Darf ich fragen, wie es Ihnen geht und ob Sie manchmal noch an unsere Begegnung denken? Ich denke oft an Sie ... Auf meinem letzten Spaziergang in Norby habe ich nach den Dünenrosen gesehen. Ihre Blüten erinnern mich an Sie, genau wie der Flieder vor unserem Haus, der gerade zu blühen beginnt. Warum er mich an Sie erinnert? Das möchte ich Ihnen viel lieber sagen als schreiben und Sie dabei anschauen und – hoffentlich – lächeln sehen. Bin ich zu voreilig? Ist es vielleicht vermessen,

Ihnen überhaupt zu schreiben? Bitte, legen Sie meinen Brief nicht fort. Schauen Sie nicht auf meine armseligen Worte, sondern nur auf mein Herz, das ganz bei Ihnen ist. Verehrtes Frøken Jul, liebe Tilda, ich hoffe, Sie schon bald in Kopenhagen zu sehen! Bis dahin bin ich Ihr ergebener Ernst (Rav). P.S.: Bitte grüßen Sie Melusine von mir. Es könnte ihr gefallen, im Schlosspark von Frederiksberg den Schmetterlingen nachzujagen, meinen Sie nicht?

Mit einem kleinen Seufzer legte Tilda ihre Wange an den Briefbogen auf ihren Knien. Miteinander auf den Parkwegen beim Kanal zu spazieren, wäre das Wunderbarste überhaupt. Sie könnten über das Wasser zum chinesischen Pavillon schauen und sie würde Ernsts Arm nehmen und nah bei ihm stehen, während sie von Dünenrosen und blühendem Flieder sprachen. Sie schmiegte ihre Wange fester an das Papier. Wie kam er nur darauf, dass sie ihn vergessen könnte? Während ihrer Reisevorbereitungen hatte sie dauernd an ihn gedacht. *Mein Herz, das ganz bei Ihnen ist.* Vorsichtig strich sie mit den Fingerkuppen über die Buchstaben. *Und mein Herz will zu dir.* Die Flamme ihres Nachtlichts knisterte leise. Sie hob den Kopf. Die Kerze war bis auf einen Rest heruntergebrannt, doch für eine kurze Antwort würde das Licht ausreichen.

Im Zimmer war es nachtkühl. Fröstelnd legte Tilda sich ihre Strickjacke um die Schultern und setzte sich zum Schreiben an ihren Frisiertisch.

Lieber Ernst, Ihr Brief war mir eine große, unerwartete Freude. Sie haben wahrlich Wort gehalten. Sicher wird es allen in Norby sehr gefallen, dass Sie so schön über unser Dorf und die herzliche Gastfreundschaft der Norbyer geschrieben haben. Ich wüsste noch viel mehr Gutes über Ihren Artikel zu sagen, doch da meine Kerze fast aufgebraucht ist, muss ich mich leider kurzfassen. Wenn Sie meinen Brief bekommen, bin ich vielleicht schon in Kopenhagen, denn Melusine und ich nehmen am Freitag den ersten Zug nach Fredericia. Sie hielt inne und blickte zu der schlafenden Hündin hinüber, die zwischen zwei Atemzügen leise aufseufzte und dabei traumverloren ein Pfötchen von sich streckte. *Wir freuen uns*

schon auf den Spaziergang im Schlosspark. Und auf die Schmet-
terlinge. Und auf Sie. Die Kerzenflamme flackerte unruhig. Eilig
schrieb sie weiter. *Anbei finden Sie meine Kopenhagener Anschrift.*
Fru Hansen, meine Gastgeberin, empfängt übrigens am Dienstag-
und Freitagnachmittag. Nun ist mein Licht fast zu Ende. Ich grüße
Sie also vielmals, auch von Melusine.

Rasch überflog sie ihre Zeilen. Etwas fehlte noch. *In aufrichtiger*
Zuneigung, Ihre Tilda, setzte sie hinzu und drückte den Brief an
ihr Herz.

***

Geborgen in der wohligen Wärme der Decken und Kissen auf
dem Sofa lauschte Julia auf die leisen Schritte im Korridor. »Christian?«, fragte sie schlaftrunken und öffnete langsam die Augen.

Er stand bei der Tür, in Pullover und Übersocken, seine Seestiefel noch in der Hand, und sah lächelnd zu ihr hin. Sie streckte ihm
ihre Arme entgegen. »Liebster«, sagte sie, »endlich!«

Er kam zu ihr und seine Lippen schmeckten nach Salz, als er
sie küsste. »Ich hab' so auf dich gewartet«, sagte sie zwischen zwei
Küssen.

Er kniete vor dem Sofa nieder. »Du sollst nie mehr Angst um
mich haben«, versprach er, »nie mehr, Julia.« Sie streichelte sein
Haar und bedeckte sein Gesicht mit ihren Küssen. Seine Wangen
waren rau vom Regen und von getrockneter Gischt und schmeckten so salzig wie seine Lippen.

»Nein, nie mehr«, wiederholte sie. »Und wenn du das nächste
Mal auf Wache gehst, werde ich geduldig auf dich warten und
den Badeofen anheizen und Brote für dich richten.« Sie mussten
beide lächeln.

Christian streichelte ihre Schultern. »Wirst du mich auch vermissen?«

»Dummer«, erwiderte sie zärtlich, »jede einzelne Minute werde
ich mich nach dir sehnen.«

Er schloss die Augen und schmiegte sein Gesicht an ihren Hals.
»Gut«, sagte er mit einem behaglichen Seufzer.

Julia lachte leise. »Du fühlst dich ganz kalt an.« Sie schlug die Decke zurück und öffnete ihre Arme für ihn. »Komm, ich wärm dich!«

XXVI

Kathrine trank noch einen Schluck Kaffee, während sie nachdenklich auf die Liste neben ihrem Frühstücksteller sah. Der eigens für das Hotel angefertigte Kühlschrank mit dem modernen Kompressionsmotor war großzügig bemessen. Dennoch würden seine Schübe und Fächer vielleicht nicht ausreichen, um alle Lebensmittel aufzunehmen, die morgen noch geliefert werden sollten. Butter, Käse, Aufschnitt und Eier für die Frühstücke und Abendessen der nächsten Woche, dazu das Fleisch und die Gemüse für die Sülzen und Terrinen am Samstag. Einmal zubereitet könnten die Schüsseln in der Spülküche neben den Gläsern mit Marmeladen und Eingewecktem stehen, überlegte sie. Das würde Platz für die großen Schalen mit den Fruchtgelees lassen, die bis zum Stürzen unbedingt gekühlt werden mussten. Blieben noch die Milch- und Sahneflaschen. Und wohin mit dem Schaumwein? Nun, den könnten sie notfalls in der großen Zinkwanne kühlen. Mette würde ihnen sicher gern etwas vom Stangeneis ihres Kühlkabinetts überlassen. Kathrine strich den Schaumwein aus der Liste, schrieb *Eis* an den Zettelrand und blickte nur kurz auf, als Axel ihr ein frisches Röstbrot auf den Teller legte.

»Lass dein Brot nicht wieder kalt werden«, mahnte er fürsorglich und schob die nächsten Brotscheiben in die Haltegestelle des Flügeltoasters. Seit der Röstapparat Anfang der Woche geliefert worden war, gönnten sie sich jeden Morgen Toast zum Frühstück und genossen den Luxus, ihr Brot gemütlich am Tisch zu rösten statt in der Pfanne auf dem Komfur. Mit dem Toaster hatten sie probehalber auch einige Gläser englische Apfelsinenmarmelade bestellt, die sie gern dick auf ihr warmes, gebuttertes Brot strichen.

»Köstlich! Unsere Gäste werden die Marmelade genauso lieben wie wir«, sagte Kathrine und biss noch einmal herzhaft in ihr Brot. »Sie ist genauso fein und elegant wie unser Hotel, nicht?«, setzte sie kauend hinzu.

Axel griff nach ihrer Hand. »Weißt du noch, unsere Speckwurstbrote?«

Sie schob ihre Finger zwischen seine. »Und wie ich es weiß!« Im letzten Herbst lagen die Mittel für die Reklame der neu gegründeten Vermietungsgesellschaft noch bei der Nybøl Bank und die Gesellschafter konnten ihren gerade eingestellten Reklamechef nur zögerlich bezahlen. Da mussten sie oft von Dickmilch und grobem Brot mit Speckwurst leben. Ihre Weizenbrottage hatten Kathrine und Axel trotzdem genossen.

»Verflixt!« Axel klappte rasch die Haltegestelle des Toasters von der Heizsäule weg. »Angebrannt«, stellte er bedauernd fest.

Kathrine wies aufs Fensterbrett. »Die Vögel freuen sich. Keinen Toast mehr für mich, Liebling. Ich möchte noch nach Julia sehen, bevor die Kochfrauen kommen. Hoffentlich haben Christian und sie sich vertragen«, setzte sie ein wenig besorgt hinzu. »Er war so stolz, als Steen ihn in die Wache berufen hat. Es bedeutet ihm viel, zur Rettungsmannschaft zu gehören.«

»Sicher nicht so viel wie Julia«, gab Axel lächelnd zurück. Er hatte selbst lange mit sich und anderen um sein Ansehen und seine Ehre gekämpft. Doch schließlich war seine Liebe zu Kathrine stärker gewesen als sein Ehrgeiz.

»Hoffentlich behältst du recht«, sagte sie und stand auf. Als sie an ihm vorbeigehen wollte, hielt er sie zurück. »Bleib noch ein bisschen hier«, bat er. »Wir hatten in der letzten Woche so wenig Zeit füreinander.«

Sie neigte sich über ihn und küsste ihn lange. »Besser so?«

»Viel besser!«, erwiderte er. Mit einem kleinen Seufzer ließ er sie los. »Na, dann werd' ich mal unser Geschirr abräumen, während du nach Julia schaust.«

»Liebling, Julia ist nicht in ihrem Zimmer! Sie wird doch nicht fortgelaufen sein?« sagte Kathrine besorgt zu Axel, der gerade das Tablett mit dem Frühstücksgeschirr in die Spülküche tragen wollte.

Axel stellte das Tablett wieder auf den Küchentisch. »Das kann ich mir nicht denken. Warum sollte sie?«

»Du weißt, wie durcheinander sie gestern war«, gab Kathrine zu bedenken.

Axel schüttelte den Kopf. »Als wir schlafen gingen, lag Julia friedlich schlummernd auf dem Sofa.«

»Aber wenn Christian und sie sich nicht vertragen haben und sie die Nerven verloren hat?«

Axel überlegte. »Dann hätte er uns sicher geweckt, damit wir ihm suchen helfen. Er müsste doch längst zu Hause sein, nicht?«

Kathrine nickte. »Eine Wachzeit dauert sieben Stunden.«

»Lass uns vorsichtshalber mal nach seinen Sachen sehen«, schlug Axel vor.

Zusammen gingen sie in die Spülküche durch.

»Christians Öljacke hängt bei seiner Joppe.«

»Und seine Stiefel stehen auf dem Rost«, antwortete Kathrine, »aber sieh mal.« Sie hielt Axel ihre sandverkrusteten Holzschuhe entgegen. »Die waren gestern noch sauber. Und wieso hängt die Wolldecke dort über dem Trockengestell?«

Axel fasste nach der Decke. »Ganz klamm.« Die beiden sahen einander beunruhigt an.

»Besser, ich klopfe mal bei Christian«, sagte Axel.

»Nicht nötig.« Christian trat in den Durchgang zur Spülküche.

»Nini …« Kathrine ging auf ihren Bruder zu. »Julia ist nicht auf ihrem Zimmer und wir fragen uns …«

»Sie ist bei mir«, antwortete er mit einem Lächeln. »Ich wollte uns gerade Frühstück holen.«

Kathrine sah ihn einen Augenblick überrascht an, bevor auch sie lächelte. »Dann ist wohl alles gut«, sagte sie leichthin.

»Sehr gut sogar«, entgegnete Christian. »Übrigens gebe ich das Rudern im Rettungsboot auf. Ich spreche noch heute mit Steen.«

Als Schwester und Schwager ihn erstaunt ansahen, wies er auf Kathrines Schuhe. »Julia war bei mir auf Wache, um mir zu sagen, dass sie in Liebe an mich denken wird, wenn ich auf See bleibe.« Seine Stimme schwankte. »Da wusste ich, was ich tun muss.« Er fuhr sich schnell über die Augen. »Na ja. Sicher möchte sie gleich ein Honigbrot«, fuhr er in festerem Ton fort, »und auch von der Apfelsinenmarmelade.« Er verschwand in der Küche.

»Nun weiß er es auch«, sagte Axel versonnen.

Kathrine sah ihn fragend an. »Was denn?«

Er legte lächelnd den Arm um sie. »Dass ein Mann sich selbst gehört, bis er die Frau trifft, die er liebt. Dann gehört er ihr.«

Als Christian mit dem Frühstückstablett in sein Zimmer zurückkehrte, hatte Julia sich unter der Decke zusammengerollt, die Hände neben ihrem Kopf zu Fäusten geballt und das Gesicht halb unter der Bettdecke verborgen. Vorsichtig zog er das Oberbett ein wenig beiseite und strich ihr die Locken aus der Stirn.

»Jule?«, fragte er leise. »Julia? Bist du wach?« Er zeichnete mit einem Finger den Schwung ihrer Jochbeine nach und fuhr über ihr kleines, rundes Kinn. Ein Lächeln legte sich um ihren Mund, als er ihre Augen sachte mit seinen Lippen berührte. Letzte Nacht hatten sie einander mit unzähligen Küssen und Umarmungen gezeigt, dass es wieder gut war zwischen ihnen, bis Julia irgendwann in seinen Armen eingeschlafen war.

Er küsste ihre Fäuste. »Sieh mich mal an …«

Sie umfasste seine Hand und schmiegte ihre Wange gegen seine Fingerknöchel. »Sag mir erst noch was Liebes«, murmelte sie.

Er streichelte ihre Wange. »Mein Schatz«, sagte er zärtlich, »mein allerliebster kleiner Schmetterling, willst du mich denn gar nicht ansehen?«

Da öffnete sie die Augen. »Wo warst du denn?«

»Ich hab' uns Frühstück gemacht.«

»Oh …« Sie setzte sich auf und betrachtete überrascht das hochbeladene Tablett. »So viel nur für uns?«

Er schlüpfte zu ihr unter die Decke. »Es soll doch alles da sein, was du gern magst«, erwiderte er, setzte einen Teller vor sich auf die Bettdecke und schmierte ihnen ein Honigbrot.

Julia schob sich einen Bissen in den Mund und nahm Christians Krawattennadel vom Nachtkästchen, um sie näher zu betrachten. *New York* stand in schwungvollen goldenen Buchstaben auf der Nadelschiene. »Woher hast du sie?«, fragte sie kauend.

»Aus Grimsby. Ich hab' sie einem Matrosen abgekauft, der seine Heuer verprasst hatte.«

Sie hob die Nadel gegen das Licht. »Ist sie aus Gold?«

Christian schüttelte den Kopf. »Vergoldet bestenfalls. Und bestimmt viel zu teuer bezahlt. Aber der Kamerad hat so begeistert von den vielen Musikklubs in der Stadt erzählt, da konnte ich nicht anders.«

Sie sahen einander an. »Warte nur, eines Tages …!«, sagten sie wie aus einem Mund und mussten beide lachen. Julia legte die Nadel auf ihre ausgestreckte Handfläche. »Wirst du sie zum Eröffnungsfest anstecken?«

Christian legte den Honiglöffel zurück ins Glas und nahm Julia die Nadel aus der Hand. »Wollte ich eigentlich. Aber vielleicht ist es besser so«, fuhr er nachdenklich fort und schob ihr die Spange ins Haar.

Sie reckte sich ein wenig zur Seite, um sich im Kommodenspiegel zu betrachten, schob die Nadel noch ein wenig tiefer, legte sich eine Locke hinters Ohr und sah Christian fragend an.

»Flott!«, sagte er lächelnd, »machst du mir die Freude, sie beim Fest zu tragen?«

Sie warf ihm eine Kusshand zu. »Aber ja! Und sie soll allen zeigen, wo wir noch hinwollen.«

Auf dem Korridor erklangen Stimmen. Kathrine und Axel begrüßten die Kochfrauen.

Julia seufzte. »Jetzt sitze ich in der Klemme! Ich sollte doch bei den Terrinen helfen. Was werden die Kochfrauen denken, wenn ich mitten am Vormittag im Nachthemd herumlaufe?«

Christian küsste sie auf die Wange. »Sie werden es gar nicht bemerken, weil ich dir deine Sachen herunterbringen werde.«

Julia stellte den Brotteller aufs Nachtkästchen und schmiegte sich wieder an ihn. »Danke schön, Liebster. Und bring' auch mein Kopfkissen mit«, setzte sie lächelnd hinzu. »Ich mag nämlich nicht mehr ohne dich einschlafen.«

»Und ich nicht ohne dich.« Christian küsste sie. »Wenn ich Steen noch erwischen will, bevor der Betrieb in der Gaststube beginnt, sollte ich besser los«, fügte er seufzend hinzu und stieg widerstrebend aus dem Bett. Leise vor sich hin summend sah Julia zu, wie er eilig in Hose und Hemd schlüpfte.

Christian streifte die Hosenträger über. »Ist die Melodie neu?«

Julia nickte. »Sie fiel mir ein, als ich gestern Nacht auf dich gewartet habe.«

»Hast du schon einen Text?«

Sie nickte wieder. »I'm so blue, without you I'm so blue …«, begann sie.

Er setzte sich zu ihr auf den Bettrand und versuchte mitzusummen. Sie fasste ihn bei den Händen. »Wir könnten es am Samstag zusammen singen«, schlug sie vor, »bis dahin hab' ich mir auch eine Klavierbegleitung ausgedacht.«

Christian sah sie zweifelnd an. »Wir zusammen?«, wiederholte er unbehaglich, »Jule, das kann ich nicht. Nicht vor allen Leuten.«

»Was bist du doch für ein merkwürdiger Held«, entgegnete sie mit einem verschmitzten Lächeln und hielt seine Hände fester. »Du würdest ohne weiteres in dieses grässliche Rettungsboot steigen und dich von den Wellen umschmeißen lassen. Aber mit mir singen magst du nicht?«

»Meine Stimme taugt nicht zum Vorsingen«, wandte er ein.

Sie lachte hellauf und wies auf den goldbraunen Honig im Glas auf dem Tablett. »Deine Stimme ist wie dieser Honig und gefällt sicher nicht nur mir. Keine Ausrede, Liebster. Wir beide zusammen. Ja?«

Er neigte sich noch einmal zu ihr. »Überredet«, sagte er mit seinem Mund an ihrem.

***

Malvine hielt im Schreiben inne und sah durch die Türen ihres Esszimmers hinaus in den Garten. Der kräftige Westwind der vergangenen Nacht hatte die Johannisbeerbüsche am hinteren Zaun ordentlich gezaust. Frøken Nielsine entwirrte gerade das dünne Garn der Schutznetze über den Büschen und entfernte abgeknickte Zweige aus dem Blattwerk. Tilda Jul und die kleine Melusine würden bei ihrer Haushälterin in den besten Händen sein, dachte Malvine. Frøken Nielsine vermisste Sofie und freute sich darauf, dass Tilda wieder mehr Leben ins Haus bringen würde. Sie schrieb die letzten Anweisungen auf den Umschlag mit dem

Haushaltsgeld und schraubte dann den Füllfederhalter zu. Alle Reisevorbereitungen waren getroffen. Nun blieb nur noch, Brunos vorerst letzten Abend in Kopenhagen zu feiern.

Lächelnd schaute sie auf seine Rosen, die in zartem Rot über der blauen Vase auf dem Esszimmertisch schimmerten. Gestern waren Bruno und sie sich bei Huldas Damennachmittag kurz begegnet. Er hatte nach der Begrüßung ihre Hand festgehalten, während sie für die Ohren der honorigen Damen neben ihr belanglose Sätze wechselten. Versonnen zupfte Malvine die Rosenstiele ein wenig zurecht. Seine Blicke hatten allerdings eine ganz andere Sprache gesprochen …

Motorengeräusche drangen durch die offene Tür zum Vestibül und ein Wagen hielt vor dem Haus. Kurz darauf ließ Frøken Nielsine Bruno ins Esszimmer ein.

Malvine ging ihm entgegen. »Ich habe gerade an dich gedacht«, begrüßte sie ihn.

Er ergriff ihre Hände und küsste sie. »Ich habe auch an dich gedacht«, erwiderte er. »So sehr, dass Frieder gar nichts mehr mit mir anfangen konnte.«

»Aber sicher versteht er doch, dass du als Kaufmand einer Dame die Ehre gibst?«

Bruno lachte. »Ich habe Besserung gelobt und ihm versprochen, ihn zu den Fischkuttern mitzunehmen, wenn er das nächste Mal nach Esbjerg kommt.«

Malvine lächelte. »Der kleine Frieder ist wirklich gut dran mit dir. Und ich auch.« Sie wies auf die blaue Vase. »Sieh nur, wie schön deine Rosen blühen. Ich habe solche Freude an ihnen!«

Bruno sah erst auf die Rosen und dann zu ihr. »Das habe ich mir gewünscht«, sagte er leise und fuhr nach einem Augenblick lauter fort: »Bummeln wir noch ein Stück am Wasser entlang, bevor wir ins Café Paraplyen fahren?«

Auf der Straße nahm Malvine seinen Arm. Während sie an der Reihe der Vorgärten entlangschritten, erzählte sie ihm schmunzelnd von Hans Sofus' Erstaunen über seinen Blumenstrauß.

»Wahrscheinlich ist ihm zum ersten Mal aufgegangen, dass die Witwe Hansen von gegenüber auch eine Frau ist.«

Bruno hob höflich den Hut für einen Herrn, der ihnen auswich. »Dabei hätten dich damals viele gern getröstet.«

»Du aber nicht.«

Er legte seine Hand auf ihre. »Du warst für mich die Witwe eines Freundes, die meinen Beistand brauchte. Und eine gleichgesinnte Seele in der nüchternen Welt der ehrbaren Kaufleute. Ich habe deine eleganten Gesellschaften sehr geschätzt. Bei den Gesprächen über Kunst und Theaterleben ließ sich so manches Geschäft wie nebenbei verhandeln.«

Sie gesellten sich zu den zahlreichen Fußgängern auf dem platanengesäumten Gehweg in der Mitte des Strandboulevards. Malvine drückte Brunos Arm. »Und ich wusste, dass wenigstens einer mit mir schmunzelte, wenn der gute Hr. von Stein mich vor meinen Gästen wieder mal eine gescheite kleine Frau nannte.« Sie sahen einander mit einem verschmitzten Lächeln an.

»Ich hätte ihm wohl einen Wink gegeben, aber ich durfte ja nicht«, erinnerte Bruno sie.

»Weil er mir meine Geschäftsverbindung nach Helsinki eröffnet hat«, entgegnete Malvine heiter und zwinkerte ihm zu. »Da konnte ich doch nicht so streng mit dem alten Herrn sein.«

Die Lichter in Brunos Augen tanzten. »Gut, dass er nicht geahnt hat, *wie* gescheit du bist.«

Malvine lachte. »Sicher wäre er über meine Heuchelei *erschüttert* gewesen.«

Vergnügt hingen sie weiter ihren Erinnerungen an alte Bekannte nach. Sie schlenderten über die Langeliniebro ans Meer hinunter und folgten langsam dem Uferweg. Beim Gefionbrunnen hielten sie inne, um zuzusehen, wie das Wasser die mächtige Bronzestatue der pflügenden Göttin umspielte, bevor es sich funkelnd und schaumsprühend in das untere Becken ergoss.

»Erstaunlich, wie ähnlich wir uns in vielem sind, nicht?«, fragte Malvine nachdenklich.

»Und doch haben wir uns damals nicht zueinander hingezogen gefühlt.«

»Vielleicht, weil wir nicht frei waren«, überlegte Bruno. »Du hast um Jesper getrauert und ich war der Familientradition verpflichtet. Da war kein Platz für uns beide.«

Malvine schaute ihn lächelnd an. »Aber jetzt ist es anders.«

Einige Sonnenstrahlen drangen durch die Krempe seines Strohhuts und malten flirrende Schattenstreifen auf Nase und Wangen. Sein Blick wurde weich. »Ganz anders!«, sagte er und lächelte auch.

»Gib mir eine Münze«, bat Malvine.

Bruno fischte eine Viertelkrone aus seiner Börse und reichte sie ihr. Malvine drückte das Geldstück an ihre Lippen.

»Für uns!«, sagte sie und warf die Viertelkrone ins Wasser. Bruno zog sie an sich, Malvine umfasste ihn auch. Zusammen neigten sie sich über den Rand der Kaskade, um ihrer Münze nachzublicken, die langsam zu den anderen auf den Grund des Beckens sank.

XXVII

Tildas letzte Nacht auf Julsgård war quälend langsam verstrichen. Zwischen Abschiedsschmerz und Vorfreude hin- und hergerissen, hatte sie erst in den Schlaf gefunden, nachdem sie Melusine zu sich ins Bett genommen hatte. Besonders drückte sie der Gedanke, dass sie Tapper zurücklassen musste. Der alte Cockerspaniel hatte sie während des Frühstücks unverwandt angeschaut. Als ob er ahnte, dass sie fortgehen würde. Jetzt saß er vor ihr und sah mit müden Augen zu ihr auf. Sie ging in die Hocke und strich über seinen Rücken.

»Im August komme ich wieder«, sagte sie leise. »Du wirst sehen, es dauert gar nicht lange.« Sie wischte sich die Tränen von den Wangen und erhob sich. Der Abschied vom Gefährten ihrer Kinderzeit war genauso schmerzlich, wie sie befürchtet hatte.

Ihr Vater nahm sie tröstend in den Arm. »Wir passen gut auf Tapper auf.«

»Er ist schon so alt, Vater«, sagte Tilda nach einem letzten, bekümmerten Blick zurück.

Ihr Vater schüttelte den Kopf. »Keine Sorge«, erwiderte er bestimmt. »Natürlich ermüdet Tapper schneller als früher, aber sein Herz schlägt immer noch kräftig genug.« Er öffnete die Hoftür.

Vor dem Haus wartete die Familie schon auf sie. James saß auf dem Wagen, Melusine neben sich und Tildas Tasche mit dem Nötigsten für die Reise zu seinen Füßen. Die Koffer waren bereits aufgegeben, damit sie sich unterwegs nur um Melusine kümmern musste. Die Mutter und Sofie standen bei der Fahnenstange, wo sich der beste Ausblick auf den Weg bot. Der Vater hatte ihr zu Ehren geflaggt. Das rot-weiße Fahnentuch des Danebrogs leuchtete festlich unter dem blauen Maihimmel.

Tilda begann wieder zu weinen. »Danke«, sagte sie zwischen zwei Schluchzern. »Danke für alles, Vater.«

Ihr Vater drückte sie an sich. »Nicht doch. Gib auf euch acht und lass uns bald wissen, wie eure Reise war.«

Sie nickte. »Ich schreibe euch gleich.«

»Recht so!« Er führte sie hinüber zur Fahnenstange, wo die Mutter schon die Arme nach ihr ausstreckte. »Macht es kurz, ihr beiden«, sagte er.

Vom Vater sanft gedrängt, ließ die Mutter sie nach vielen Umarmungen endlich auf den Wagen steigen. Tilda schwenkte ihr Taschentuch, bis sie hinter dem Krug auf die Landstraße einbogen. Mit einem tiefen Seufzer lehnte sie sich gegen die Sitzbank.

James sah sie prüfend an. »Geht's?«

Sie nickte.

Er legte ihr kurz die Hand auf die Schulter, dann ermunterte er Balder, auf der breiten Straße ordentlich auszugreifen. Während sie rasch an den grünenden Feldern vorüberfuhren, hing Tilda ihren Gedanken nach. Seit ihrer Konfirmation hatte sie nicht mehr so viele Hände geschüttelt und gute Wünsche gesagt bekommen wie in den letzten Tagen. Mette Steensen hatte ihr einige von ihren köstlichen Eierteigwaffeln als Wegzehrung vorbeigebracht. Und die vier vom Strandhotel hatten ihr zum Abschied eine mit ihren Grüßen versehene Zeichnung vom Hotel geschenkt. Sie fuhr gedankenverloren über Melusines Fell. Nie hatte sie sich Norby mehr zugehörig gefühlt als beim Abschiednehmen. Und doch wurde das Dorf bereits zu einer Erinnerung. Künftig würde sie nicht mehr nach Hause kommen, sondern auf Besuch. Ihr so sehnlich herbeigewünschtes neues Leben hatte begonnen. Sie blickte die Straße entlang. Am Horizont zeigte sich bereits die Turmspitze der Sankt Laurentii Kirke von Nybøl und bald darauf erreichten sie auch die ersten Häuser am Stadtrand.

Als sie in den Søndre Landevej eingeschwenkt waren, ließ James Balder im Schritt gehen. Den Blick über den Rücken des Falben auf die Fahrzeuge vor ihnen gerichtet, sagte er zögernd: »Du wirst in Kopenhagen eine Menge neue Bekanntschaften schließen und viele Komplimente und allerhand Versprechen von jungen Männern zu hören bekommen. Nimm sie nur nicht zu ernst, Tilda.«

Sie betrachtete den großen Bruder gerührt. Als Kinder waren sie unzertrennlich gewesen. Auch später, als sie mehr die eigenen

Wege gingen, hatte er stets ein wachsames Auge auf sie gehabt. Doch vor der Liebe konnte er sie nicht beschützen.

»Aber wenn der Richtige kommt, weiß man es, nicht?«, erwiderte sie leichthin.

Er wandte den Kopf und blickte sie erstaunt an.

»Ich habe Ernst Rav hier kennengelernt. Wir wollen uns in Kopenhagen wiedersehen.«

James hielt die Fahrleinen fester, um den Wagen am krøgerschen Hof vorbei auf die Aubrücke zu lenken. »So?«, entgegnete er unbehaglich. »Na, besser, ich sag's dir. Ich hab' ihm wegen Sofie tüchtig Bescheid gegeben.«

Tilda schaute auf den Hafenkran. »Ich weiß von eurem Streit«, antwortete sie. »Ernst findet ihn übrigens nicht der Rede wert. Vielleicht könntest du ihn auch vergessen?«

Sie fuhren auf den Bahnhofsvorplatz ein. James schloss zu den wartenden Fuhrwerken auf. Als ihr Wagen stand, wandte er sich wieder zu Tilda. »Bist du sicher, dass er der Richtige ist?«

Sie lächelte dem Bruder zu. »Ganz sicher!«, sagte sie.

∗∗∗

Nielsine Nielsen entlohnte den Droschker und eilte in Richtung Hauptbahnhof. An diesem schönen Freitagabend waren viele Menschen unterwegs. Die Konzertsaison im Tivoli hatte begonnen, auch der schumannsche Zirkus gastierte wieder am Axeltorv. Das Gedränge erschwerte das Durchkommen rund um den Rathausmarkt und um den Bahnhof. Nun, sollten andere sich nur vergnügen, dachte sie. Ihr war der gemütliche Nachmittag im Garten der Villa Hansen gerade recht gewesen, nachdem sie heute früh der gnädigen Frau in die Droschke geholfen und danach das Zimmer für Frøken Tilda und ihre Melusine hergerichtet hatte.

Sie wies ihre Bahnsteigkarte vor und stieg die Treppe bei der Gepäckinsel hinab. Auf dem Perron hatten sich bereits etliche Wartende versammelt. Der Zug mit den Reisenden von der Fähre über den großen Belt sollte in wenigen Minuten eintreffen. Ein junger Mann in hellem Trenchcoat eilte auf der Treppe an ihr vorbei und entschuldigte sich hastig, als er ihren Arm mit seinem Fliederbukett streifte. Nielsine schaute ihm nachsichtig hinterher. So ungeduldig waren nur die Sehnsüchtigen.

Der Zug lief ein. Sie schritt an den Wagen entlang und entdeckte Tilda hinter einem der Waggonfenster in der Mitte des Zugs, Melusine auf dem Arm. In dem schicken Jackenkleid und mit den kurzen Locken unter dem dunkelblauen Strohhut sah das Frøken ganz verändert aus. Aus dem Backfisch vom letzten Herbst war eine junge Dame geworden. Sie winkten einander zu, dann verschwand Frøken Tilda vom Fenster, um gleich darauf bei der Türöffnung zu erscheinen.

»Da sind wir!«, sagte sie fröhlich. »Hallo, Frøken Nielsen!«

»Wie schön, Sie wieder bei uns zu haben, Frøken Tilda! Na, jetzt geben Sie mir erst mal Ihre Tasche herunter und dann Ihre Kleine.«

»Melusine war so brav«, erwiderte Tilda stolz, während sie Nielsine die Hündin auf den Arm setzte. »Ich habe ihr als Belohnung einen tüchtigen Auslauf im Garten versprochen.«

Nielsine streckte Tilda die Hand hin, um ihr beim Aussteigen zu helfen. »Den soll sie bestimmt haben. Und was sagen Sie zu einer Omelette zum Abendessen und frischen Makronen zum Nachtisch? Ich habe auch durchgedrehtes Hühnerfleisch für Melusine vorbereitet.«

Tilda strahlte. »Oh, Sie sind die Beste, Frøken Nielsen.« Ihre Augen weiteten sich. »Ernst!«, rief sie überrascht.

Nielsine folgte Tildas Blick und schmunzelte. *Na, sieh mal einer an! Der sehnsüchtige junge Mann mit dem Fliederbukett!*

Seinen Namen murmelnd verbeugte Ernst sich knapp vor Nielsine, dann trat er vor Tilda hin. »Endlich!«, sagte er lächelnd. »Nachdem Ihr Brief heute Mittag kam, habe ich die Sekunden bis zu unserem Wiedersehen gezählt.« Er legte ihr die Blumen in den Arm. »Willkommen in Kopenhagen.«

»Ist das ein schöner Strauß.« Tilda neigte ihr Gesicht über die Blütenrispen und holte tief Luft. »Und er duftet herrlich süß. Wie der Sommer! Danke Ihnen … *dir*.« Melusine reckte aufmerksam den Kopf vor. »Oh, sie erkennt dich«, sagte Tilda lächelnd.

Ernst ließ die Hündin an seiner Hand schnuppern. »Dir auch willkommen in Kopenhagen, kleine Melusine«, sagte er.

Nielsine räusperte sich und wies zum Gedränge am Treppenaufgang. »Wir sollten wohl besser los, bevor die letzte Droschke belegt ist, Frøken Tilda. Ich gehe voran, wenn's recht ist.«

Ernst legte den Arm um Tilda, als sie langsam hinter Nielsine hergingen. »Du hast dir ja die Haare abschneiden lassen«, sagte er.

»Ich fand, mein Zopf passte nicht für Kopenhagen. Gefällt dir meine Frisur?«, fragte Tilda errötend.

»Sehr!«, er nickte. »Ich … ich hab' meiner Mutter von dir erzählt«, fuhr er zögernd fort. »Sie möchte dich gern zum Tee sehen.« Er blickte Tilda forschend an. Und tatsächlich, sie lächelte.

»Dann war ich nicht zu voreilig?«, fragte er erleichtert. »Ich war so glücklich deinetwegen, da konnte ich nicht anders.«

Sie sah ihn verschmitzt von der Seite an. »Und ich habe meinen Bruder gebeten, euren dummen Streit zu vergessen.«

Er blieb stehen. »Tilda«, sagte er zärtlich, »du unglaubliches Mädchen.«

»So ist es doch für uns alle besser, nicht?«, sagte sie und hob ihm mit einem übermütigen, kleinen Lachen ihr Gesicht entgegen.

***

Nikoline Krøger fasste nach dem Briefbogen, der neben der Bibel auf ihrem Nachtkästchen lag. Seit ihr Mann Julia aus dem Familienbuch gestrichen hatte, war sie unpässlich. Ganze Tage lang hatte sie auf ihrem Bett gelegen, das Gesicht der Wand zugekehrt, unfähig, eine Entscheidung zu treffen. Ein Mann war Herr in seinem Hause, und seine Frau folgte ihm, so sah es die christliche Ordnung vor. Auch, wenn der Mann unrecht tat? Sie richtete sich auf, um die Einladung zum Eröffnungsfest des Strandhotels von Neuem zu lesen. Sanft strich sie über Julias energische, runde Schrift. Ihre Willensstärke war das Erbteil ihres Vaters, das er ihr allerdings nur zu gern ausgetrieben hätte. Und sie hatte Erwin darin unterstützt, indem sie ihrer Tochter halbherzigen Trost gespendet und sie um Gehorsam gebeten hatte. Weil sie es als Julias

Kindespflicht angesehen hatte, dem Vater zu gehorchen. Doch war es nicht auch die Pflicht eines Vaters, sein Kind zu lieben? Warum nur hatte sie ihren Mann nie an die Worte des Apostels Paulus erinnert? *Ihr Väter, erbittert eure Kinder nicht, auf dass sie nicht scheu werden.*

Beim Lesen des Briefes hellten sich ihre Gesichtszüge ein wenig auf. Christian Pedersen bat darum, sich ihr als Schwiegersohn vorstellen zu dürfen. Seine Schrift war viel gefasster als Julias und kündete wie seine wenigen, zurückhaltenden Worte von der Bedachtsamkeit ihres Schreibers. Es schien, als hätte Julia gut gewählt. *Mutter, Christian ist mein ganzes Glück. Bei ihm bin ich zu Hause. Denk nur, wir machen zusammen Musik und er lehrt mich, zu fotografieren. Komm zu uns heraus nach Norby, ich bitte dich sehr. In Liebe, Julia.*

Sie las Julias Worte noch einmal und griff dann nach dem Klingelzug neben ihrem Bett. Nein, sie würde ihre Tochter nicht wieder verraten und sie heute umsonst warten lassen. Mochte Erwin Julia auch von sich weisen, über ihr Herz gebot er nicht. Sie unterdrückte ein Lächeln, als Frøken Bettine auf Zehenspitzen an ihr Bett herantrat.

»Bitte läuten Sie bei der Garage an und bestellen Sie für den Nachmittag einen Tageswagen nach Norby«, sagte sie. »Außerdem brauche ich mein Necessaire. Und bitte legen Sie mir auch einen reinen Kragen für mein schwarzes Seidenkleid heraus.«

Frøken Bettine räusperte sich. »Frue wird wohl Frøken Julia sehen?«

Nikoline nickte.

»Wird Frue sie auch von mir grüßen?«

Diesmal verbarg Nikoline ihr Lächeln nicht. »Das werde ich bestimmt«, erwiderte sie.

Auf Julsgård saß man derweil in der Küche beim Mittagsbrot. Malvine und Bruno waren Frejas Einladung zu einem Willkommensimbiss genauso gern gefolgt wie Helle und Søren.

Freja sah wehmütig über die kleine Gesellschaft hin. Beim Blick in die fröhlichen Gesichter ringsum vermisste sie ihre Tilda umso mehr. Natürlich musste man seine Kinder gehen lassen, und sicher war Tilda bei Malvines Haushälterin in den besten Händen. Dennoch *fehlte* sie in dieser Runde. Auch Tapper schien auf der Suche nach der Spielgefährtin seiner jungen Jahre zu sein. Seit Tilda gestern vom Hof gefahren war, streifte er unruhig durch die Küche und über die Diele, um immer wieder vor der Tür zum Stallgang zu warten. Auch jetzt verließ er einmal mehr seinen Korb und umrundete langsam den Tisch, verhielt zwischendurch, schnupperte und gesellte sich schließlich zu Theo, der ihm die Ohren kraulte. *Armer, alter Tapper …* Heute konnte Theo ihn wohl genauso wenig fortweisen wie sie, obwohl er doch der Familie beim Essen fernbleiben sollte.

Zwischen den jungen Leuten am Tisch ging es dagegen fröhlich zu. Während sie sich von den Platten mit belegten Broten bedienten, wechselten ihre Gesprächsthemen rasch. Sie sprachen über die Hochlandrinder, dann über populäre Jazzschlager und später über die Eröffnungsfeier des Strandhotels. Sofie und Helle schwärmten von ihrer gemeinsamen Zeit in Kopenhagen, über die auch Søren allerhand zu erzählen wusste.

Freja wandte ihren Blick zu Malvine, die still dem Geplauder der Jungen zuhörte und ihr ein mitfühlendes Lächeln sandte. Sogleich rief sie sich zur Ordnung. Immerhin war die von ihr befürchtete Missstimmung beim Essen ausgeblieben. Dieser Gedanke machte sie munterer. Søren trug offenbar weder Malvine noch Sofie etwas nach. Sofie und er gingen so unbefangen miteinander um, als wären sie nie etwas anderes gewesen als Freunde. Gottlob zeigte sich auch James ihm gegenüber liebenswürdig. Er hatte sich gern von Sørens Segelboot erzählen lassen und den jungen Mann eingeladen, nach dem Essen mit ihm am Strand angeln zu gehen.

Freja wandte den Blick zurück zu Malvine. Ihre Augen hingen jetzt an Bruno Kaufmand, der mit Theo ein leises Gespräch über die Zollverwaltung am Hafen von Esbjerg führte. Malvines Gesicht erschien plötzlich viel jünger, was sicher nicht nur an dem lockeren Nackenknoten lag, in den sie ihr Haar neuerdings fasste. Nun, vielleicht würde es neben der Taufe ihres Enkelkindes auch eine Hochzeit in der Familie geben … Sofie freute sich jedenfalls über das unerwartete Glück ihrer Mutter und würde *Onkel Bruno* sicher gern als *Morfar* für ihr Kleines willkommen heißen.

»Wir rechnen um Weihnachten herum mit dem Baby«, erklärte sie Helle gerade, »aber vielleicht wird es auch ein Neujahrskind.«

James fasste nach Sofies Hand und nickte Helle und Søren zu. »Jedenfalls hätten wir euch gern als Pateneltern. Die Söderbloms machen uns auch die Freude.«

Helle und Søren sahen einander an. »Dann müssen wir unsere Pläne wohl noch einmal überdenken, Darling«, sagte Helle zu Søren.

Alle Augen richteten sich auf die beiden.

»Wir träumen nämlich von den Inseln im Wind«, fuhr sie fort.

»Und von türkisblauem Wasser und Palmen am Strand«, fügte Søren lächelnd hinzu. Er erzählte, dass sie nach ihrer Hochzeit erst einmal gemeinsam die Welt erkunden würden. Unterwegs wollten sie immer wieder haltmachen und für eine Weile bleiben, wo es ihnen gefiel, um das Geld für die nächste Etappe der Reise zu verdienen.

Sofie blickte ihn erstaunt an. *Søren ein Weltenbummler?* Helles Liebe hatte wahrlich einen ganz neuen Menschen aus ihm gemacht, dachte sie und schmunzelte, als die Freundin ihr vergnügt zublinzelte.

»Aber natürlich kommen wir zur Taufe eures Babys heim«, versprach Søren.

Helle nickte. »Wo immer wir dann sein werden.«

XXVIII

Nach Ankunft der letzten Gäste wurde es ruhig im Strandhotel. Einige machten sich zu einem Spaziergang über Strand und Heide auf, die meisten zogen sich am Nachmittag zurück, um vor dem Ankleiden fürs Fest ein wenig auszuruhen.

Gesine Pedersen nutzte die Stille, um sich die Gesellschaftsräume anzusehen. Bislang kannte sie die neuen Räumlichkeiten nur von den Fotografien, die Kathrine ihren Briefen beigelegt hatte.

Aufmerksam schritt sie durch das Vestibül und die angrenzenden Zimmer. Ihre Kinder und ihr Schwiegersohn hatten beim Umbau ihres Hauses ganze Arbeit geleistet. Aus den verwinkelten Zimmern mit den tief hängenden Deckenbalken waren großzügig geschnittene Gesellschaftsräume geworden, ihre breiten Fenster boten eine herrliche Aussicht auf Dünen und Heide. Bei der Tür zum Salon blieb sie stehen, um über den Raum zu blicken. Sie wusste, dass Kathrine sich mit der Ausstattung besondere Mühe gegeben hatte. Das sanfte Orangerot der Wände und Vorhänge strahlte eine anheimelnde Wärme aus, die weichen Ledersessel luden zum Verweilen ein. Gesine nickte anerkennend. Sicher würden die Gäste den Ausblick auf die Dünen und den hohen Himmel in dieser behaglichen Stimmung sehr genießen!

Im Terrassenzimmer war schon festlich in Weiß eingedeckt. Rote Nelken in schmalen Silbervasen schmückten die Tische. Gesine trat vor den Familientisch. Eine Girlande aus zartem Farngrün und Nelken umkränzte ihren Platz. Kinder und Schwiegerkinder wollten sie mit dem selbstgeflochtenen Blumenschmuck vor den Gästen ehren. Nachdenklich strich sie über die feinen Farnblätter. Als sie im letzten Frühjahr Witwe geworden war, hatte sie nichts mehr für sich erhofft. Und doch war das Leben noch einmal gut zu ihr gewesen. Das Hotel sicherte die Zukunft der Familie und beide Kinder hatten ihr Glück in der Liebe gefunden. Sie hatte wahrhaftig Grund, dankbar zu sein.

Hinter ihr ertönten leise Schritte. Sie wandte sich um und lächelte Teddy Baker zu, der eben ins Zimmer kam.

In Jazzkreisen kannte man Teddy Baker als einen Künstler, der am Klavier alle Grenzen vergaß. Bei seiner Anreise am Mittag hatte sich jedoch herausgestellt, dass er abseits der Bühne schüchtern war. Erst sein stahlblauer Anzug mit den schimmernden Satinstreifen verwandle ihn von Claus Clausen in *den* Teddy Baker, hatte er beim Mittagessen entschuldigend erklärt und sich kaum getraut, um einen Tee anstelle des Kaffees zu bitten, den Kathrine ihm nach dem Essen angeboten hatte.

Julia musste sich mit Teddy Baker die Zeit zum Einspielen am Klavier teilen, ehe die ersten Gäste wieder herunterkamen. Daher hatten Christian und sie sich schon beizeiten umgezogen. Gerade befestigte Julia Christians Krawattennadel in ihrem Haar und besah sich noch ein letztes Mal im Spiegel, bevor sie sich zu ihm wandte.

Er umfasste sie lächelnd mit seinem Blick. »Mein wunderschöner Schatz«, sagte er zärtlich.

Julia schlang die Arme um ihn und versuchte vergeblich, sein Lächeln zu erwidern. Auch heute war keine Antwort von ihrer Mutter gekommen. So nahm ihr die Sorge alle Vorfreude auf ihr Debüt als Hauspianistin. »Ich muss immerzu an Mutter denken«, sagte sie leise. »Wenn ich nur wüsste, wie es ihr geht.«

Christian drückte sie an sich. »Wir werden gleich morgen nach ihr sehen. Und wenn sie mag, nehmen wir sie mit nach Norby.«

Nun musste Julia doch ein wenig lächeln. »Das wäre zu schön! Aber natürlich würde sie niemals mit uns kommen. Die christliche Ordnung … « Sie hielt inne, um zu lauschen. Aus dem Terrassenzimmer ertönten kraftvolle Pianoklänge. Teddy Baker war dabei, sich einzuspielen.

Christian legte seine Wange an Julias Haar. »Ob Teddy wohl schon seinen Bühnenanzug trägt?«

Julias Lächeln vertiefte sich. »Klingt fast so.« Sie küsste Christians Wange. »Gut, dass du mich von Mutter ablenkst, Liebster. Und jetzt will ich nur noch ans Klavierspielen denken«, fügte sie entschlossen hinzu und schob ihre Hände in Christians Jackenärmel. »Wärmst du mir bis zum Einspielen noch ein bisschen die Finger?«

Teddy Baker wollte den Söderbloms gern den Gefallen tun, *Sleep, my darling, good night* für sie zu singen. Allerdings hatte er Mühe, seinen Gesangsstil an die ungewohnten dänischen Zeilen anzupassen. Kathrine und Axel hatten ihm ihre selbst erdachten Verse beim Mittagsbrot vergnügt auf einen großen Zettel geschrieben, den er noch immer brauchte, um nicht durcheinanderzukommen.

Er schob das Textblatt auf dem Notenhalter des Klaviers zurecht und griff wieder in die Tasten. »Sov, min elskede, sov og drøm om mig ...«

Als die Tür sich öffnete, hob er den Blick von der Klaviatur und unterbrach sein Spiel. Julia und Christian kamen herein.

»Hallo! Ich bin gleich fertig«, begrüßte er sie.

Julia winkte ab. »Wir haben noch viel Zeit. Wie geht's mit dem dänischen Text?«

Teddy zupfte den Schal über seiner Strickjacke zurecht. Er war bereits in Anzughose und Bühnenhemd und hatte auch seine blonden Locken schon mit Brillantine in Form gebracht. Sein Jackett legte er jedoch immer erst kurz vor dem Auftritt an.

»Es wird allmählich. Aber ich stecke vorsichtshalber meinen Zettel ein.«

Er stand auf und Julia setzte sich ans Klavier. Sie begann mit einigen Dreiklängen und Tonleitern und ging dann zu *Take me to heaven* über.

»Wir zusammen«, sagte sie zu Christian und rückte ein wenig zur Seite.

Christian nahm neben ihr Platz und sie spielten gemeinsam *I'm so blue*. Teddy nickte anerkennend.

»Klingt gut. Ist es einer von deinen Songs?«, fragte er, als sie geendet hatten.

Julia lächelte. »Freut mich, dass er dir gefällt«, erwiderte sie stolz.

»Er ist gut, weil er von hier kommt.« Teddy legte eine Hand über sein Herz. »Man spürt es sofort.«

Julia streichelte Christians Arm. »Er ist gut, weil wir ihn zusammen singen«, sagte sie.

»Und weil er uns an was erinnert«, fügte Christian hinzu und küsste sie.

Erneut öffnete sich die Tür. Die drei am Klavier drehten die Köpfe.

»Bitte hier, Frue«, sagte Frøken Frida, eines der beiden Hausmädchen. Sie führte eine hochgewachsene Frau im schwarzen Seidenkleid herein.

»Mutter!« Julia sprang auf und lief auf sie zu. »Ich hab' so auf dich gewartet.« Weinend fiel sie in ihre Arme.

Nikoline Krøger drückte ihre Tochter fest an sich. »Ich weiß, meine Kleine«, sagte sie leise.

Teddy nickte Christian zu. »Bis später«, sagte er und ging rasch hinaus.

Christian blickte erleichtert auf Nikoline Krøger, die Julia in ihren Armen wiegte. Was auch immer sie so lange zurückgehalten hatte, nun war sie da. Sie hatte der quälenden Ungewissheit noch rechtzeitig ein gutes Ende bereitet.

Julia nahm ihre Mutter bei der Hand und führte sie zu Christian. »Mutter, das ist Christian. Christian, meine Mutter«, sagte sie strahlend und wischte sich die Tränen von den Wangen.

Fru Krøger streckte Christian die Hand hin. »Sehr erfreut, Hr. Pedersen«, sagte sie mit einem kleinen Lächeln. »Bitte entschuldigen Sie, dass ich meinen Besuch nicht angekündigt habe.«

Wenn Nikoline Krøger auch äußerlich nichts mit ihrer Tochter gemein hatte, erinnerte ihn ihre helle Stimme mit den kräftigen, dunklen Untertönen doch sehr an Julias. Er ergriff ihre Hand. »Wir freuen uns, dass Sie noch herauskommen konnten, Fru Krøger.«

Nikoline Krøger neigte dankend den Kopf. »Sie sind ein großzügiger Gastgeber, Hr. Pedersen – Christian?«

»Oh!« Julia klatschte entzückt in die Hände. »Dann bist du mit unserer Heirat einverstanden?«

»Aber ja!« Ihre Mutter nickte Christian zu. »*Ich* werde mich nicht gegen einen Schwiegersohn aus einer unserer angesehenen Familien stellen, der mich noch dazu so freundlich um mein Wohlwollen gebeten hat. Es tut mir nur leid, dass ich euch so lange auf meine Antwort warten ließ«, fügte sie abbittend hinzu.

»Ich denke, wir verstehen Ihre Gründe, Fru Krøger«, erwiderte

Christian mit einem raschen Blick zu Julia, die ihm kaum merklich zunickte.

»Schwiegermutter«, berichtete Nikoline ihn freundlich, ihre Züge hellten sich wieder auf. »Und Du, wenn ich bitten darf.«

»Sehr gern!« Christian gefiel seine Schwiegermutter immer besser. Mochte sie auch gezögert haben, sich an Julias Seite zu stellen, jetzt würde sie nicht mehr wanken, das spürte er. »Ich hoffe, du bleibst über Nacht?«

»Wenn es noch ein Zimmer gibt? Ich habe für alle Fälle mein Necessaire dabei.«

Christian nickte. »Frøken Frida wird dein Gepäck in Julias Zimmer bringen. Wie wäre es mit einem Kaffee in der Wohnstube, während ich meine Mutter zu uns bitte?«

***

»Christian ist so ein Schatz«, sagte Julia, als Nikoline und sie nebeneinander auf dem Sofa in der Wohnstube saßen. »Ich bekomme überhaupt eine reizende neue Familie. Wir vier am Strandweg sind alle völlig jazzverrückt.« Sie strahlte ihre Mutter an.

Nikoline streichelte ihre Wange. »Ich bin froh, dass du so glücklich bist. Auch über deine Schwiegermutter?«

Für einen Augenblick schmiegte Julia ihr Gesicht an die Hand ihrer Mutter. »Aber ja! Sie freut sich sehr für Christian und mich. Und sie liebt Psalmenchoräle, wie du. Aber sie versteht auch, dass wir jungen Leute den Jazz vorziehen.« Sie hielt inne. »Wie geht es Vater?«, fragte sie dann zögernd.

Nikolines Lächeln schwand. »Er zürnt immer noch und will nichts von dir wissen.«

Julia nahm Nikolines Hand in ihre. »Lass nur, Mutter«, erwiderte sie tröstend. »So bin ich wenigstens frei.«

Ihre Mutter seufzte. »Mag sein. Aber traurig ist es dennoch.«

Sie sah auf ihre Hände nieder. »Dein Vater hat oft nicht gut an dir gehandelt«, fuhr sie leise fort, »und ich habe es hingehen lassen. Dabei liebe ich dich doch.«

»Ich habe nie an deiner Liebe gezweifelt«, erwiderte Julia ruhig. »Ich wusste ja, dass du genauso unglücklich wegen Vater warst wie ich.«

Nikoline suchte ihren Blick. »Ich war unglücklich, weil ich deinen Gehorsam gegen Vater über meine Liebe zu dir gestellt habe. Das war falsch und es tut mir sehr leid.«

Julia lächelte. »Ich kann kaum glauben, dass du gegen die christliche Ordnung sprichst, Mutter.«

»Die christliche Ordnung hat nur recht, wenn sie von *Liebe* getragen wird«, antwortete Nikoline ernst. »Das weiß ich jetzt. Übrigens soll ich Grüße und Glückwünsche von Frøken Bettine bestellen«, fügte sie heiterer hinzu. »Sie freut sich schon sehr darauf, deinen Christian kennenzulernen.«

Julia sah ihre Mutter überrascht an. »Dann werden wir am Søndre Landevej empfangen?«

Nikoline lehnte sich ins Sofa zurück. »Jedenfalls von *mir*«, erwiderte sie und lächelte.

Geschirr klapperte und aus der Küche drangen die gedämpften Stimmen der Kochfrauen. Der verheißungsvolle Duft von Braten und erwärmten Saucen zog übers Vestibül und die Korridore bis hinauf in Kathrines und Axels Schlafzimmer.

Sie sog genießerisch den Atem ein. »Wie köstlich es schon riecht! Höchste Zeit, dass wir auch hinuntergehen, Liebling.«

»Ich weiß.«

Kathrine wartete bereits in Abendkleid und Tanzschuhen bei der Spiegelkommode, während Axel noch dabei war, seine Krawatte zu binden. Nun schob er eilig den Knoten zurecht und schlüpfte in das Jackett seines neuen Anzugs. Das dunkelblaue Tuch mit den feinen weißen Streifen stand ihm ausgezeichnet. Ihn so zu sehen, machte Kathrine unendlich mehr Freude, als ein bisschen Gold an ihrem Finger zu tragen.

Axel sah ihren anerkennenden Blick und lächelte. »Gut?«, fragte er.

Kathrine lächelte auch. »Sehr gut. Du siehst genauso elegant aus, wie ich mir's gewünscht hab'.«

Axel sandte ihr eine Kusshand und trat hinter sie, um wie immer die obersten Knöpfe ihres Kleids für sie zu schließen. Als er den schmalen Kragen über der Knopfleiste zurechtgeschoben hatte, ließ er seine Hände auf ihren Schultern ruhen, statt sie zu küssen, wie er es sonst tat. Kathrine schaute ihn fragend an.

»Im letzten Sommer hatten wir beide nur uns und unseren Traum vom Jazzhotel«, sagte er versonnen.

Sie strich ihm über die Wange. »Und nun ist unser Traum wahr geworden.«

»Hör mal!« Axel legte die Arme um ihre Mitte und zog sie an sich. Gemeinsam lauschten sie auf die Gesprächsfetzen und das Gelächter, das vom Treppenhaus zu ihnen heraufklang. »Dieser Augenblick ist so besonders. Lass ihn uns immer in Erinnerung behalten, Kathrine«, sagte er leise. Sie nickte und lehnte sich fester an ihn. So standen sie einige Augenblicke still aneinandergeschmiegt, bis fröhliche Rufe auf dem Vorplatz des Hotels sie jäh aus ihrer Versunkenheit holten. Kathrine löste sich lächelnd von Axel.

»Um die gute Stimmung brauchen wir uns heute Abend bestimmt nicht zu sorgen«, sagte sie über die lautstarke Begrüßung der Steensens und Juls hinweg. Nun gesellten sich auch Malvines und Brunos Stimmen hinzu.

Als sie ins Vestibül hinunterkamen, drängte sich gerade der Telegrammbote an den Ankömmlingen vorbei zum Empfang vor. »Fernschreiben aus Kopenhagen!«, rief er und überreichte Christian das Telegramm.

Christian hielt das Schmuckblatt mit den goldenen Buchstaben und der funkelnden Krone über Wappen und Ährenzweigen für alle sichtbar in die Höhe. »Glückwünsche und alles Liebe zur Eröffnung des Strandhotels von eurer Tilda«, las er laut vor.

Die Zuhörenden bei der Treppe ließen sie begeistert hochleben. Als sich bewundernde Ahs und Ohs unter ihre Rufe mischten, wandte Kathrine sich um. Teddy Baker kam in seinem schimmernden Bühnenanzug die Treppe herab.

Beim Hauptgang sorgte er mit leichten Melodien für eine unbeschwerte Stimmung und die Gäste bedienten sich eifrig vom

Büfett. Die Kochfrauen warteten in weißen Schürzen bei den Schüsseln mit Bratenfleisch und Gemüse auf, während die Hausmädchen die Getränke an die Tische brachten.

Nachdem sie die Gelees und Fruchtgrützen aufgetragen hatten, beendete Teddy Baker sein Spiel. Er nickte zu Julia hinüber, die aufstand und neben ihn ans Klavier trat. Die Gäste merkten von ihren Tellern auf. Gespannt sah man auf die zierliche junge Frau im silbergrünen Abendkleid und der goldenen Spange im Haar.

»Ich habe die Ehre, Ihnen die Hauspianistin des Strandhotels anzukündigen«, sagte Teddy Baker. »Frøken Julia Krøger.« Er wies auf Julia und ging zur Seite. Die Gäste applaudierten.

Julia schaute in die erwartungsvollen Gesichter. Sie sah das stolze Lächeln ihrer Mutter und Christians zärtlichen Blick. Ein warmes Glücksgefühl durchströmte sie, das die Schmerzen der langen, einsamen Jahre endgültig mit sich fortnahm. Alles war gut. Sie holte tief Luft und verneigte sich. »*Take me to heaven*«, sagte sie mit fester Stimme und setzte sich ans Klavier.

Als sie zu *Deep in my heart* überging, führte Axel Kathrine auf die Tanzfläche vor den Tischen, schon bald gefolgt von anderen Paaren. Julias Spiel kam an und der Applaus nach jedem Stück trug sie wie berauscht von Melodie zu Melodie. Erst als Christian ans Klavier trat, bemerkte sie bedauernd, dass ihr erster Auftritt sich bereits dem Ende näherte.

Sie wandte sich zum Publikum: »Zum Schluss möchte ich mich mit etwas Eigenem bei euch bedanken. *I'm so blue*. Ein Duett.«

Wie sie Christian vorausgesagt hatte, gefiel seine warme Stimme den Zuhörern sehr. Seine kleinen Wackler am Anfang fielen wohl nur den beiden auf, denn die Gäste verlangten, ihren Song gleich noch einmal zu hören, und applaudierten kräftig, während sie sich Arm in Arm vor ihnen verneigten.

Dann kehrte Teddy Baker ans Klavier zurück und zeigte seinem Publikum mit einigen Boogie-Woogies, weshalb er der gefeierte Star der Jazzkneipe war. Als er seinen letzten Song vor der Pause ankündigte, füllte sich die Tanzfläche bis zum Letzten. Freja und Theo versuchten vergnügt, ihren Tanz dem ungewohnten Rhythmus von *Sleep my darling, good night* anzupassen, und kehrten zwischendurch immer wieder zum Walzerschritt ihrer Jugendzeit zurück. Freja schaute zu Malvine und Bruno, die sich inmitten der tanzenden Paare küssten, als gäbe es nur sie auf der Welt.

»Sieh nur, wie verliebt sie sind«, sagte sie mit einem gefühlvollen kleinen Seufzer.

Theo nahm sie fester um die Taille. »Grade so wie wir«, antwortete er lächelnd und küsste sie.

Während sie sich langsam weiterdrehten, ging Teddy Baker zu den dänischen Versen des Liedes über. Kathrine legte ihren Kopf an Axels Schulter und schloss die Augen. »Sov, min elskede, sov«, sangen sie beide die eigenen Worte mit. Während sie sich engumschlungen zu Teddy Bakers Gesang wiegten, zogen sich die anderen Paare allmählich an den Rand der Tanzfläche zurück.

»Wir tanzen ganz allein«, flüsterte Axel plötzlich. Kathrine öffnete die Augen und sah erstaunt um sich. Wie bei einem Brauttanz standen die Zuschauer schweigend im Kreis um sie herum. Als die ersten im Takt mitklatschten, winkte Steen den Hausmädchen, die Tabletts mit den Schaumweingläsern heranzubringen. Mit dem Glas in der Hand kam er zu Axel und Kathrine.

»Lasst uns unseren Gastgebern danken«, sagte er. »Für dieses Jazzhotel, das man sicher auch bald über Dänemark hinaus kennen wird. Und für ein Fest, wie es Norby noch nicht gesehen hat.«

Als die Hochrufe verstummt waren, nahm Axel das Wort. »Unser Traum konnte sich nur erfüllen, weil die Norbyer dieses Hotel ebenso sehr wollten wie wir.« Er hob sein Glas. »Auf Norby!«

Die Personen

Norby

James und Sofie Jul, geb. Hansen, kehren mit ihren schottischen Hochlandrindern zu den Anfängen der Familie Jul als Ochsenzüchter auf Julsgård zurück.

Matilda Jul ist James' jüngere Schwester und wird von allen *Tilda* genannt. Sie hat Sehnsucht nach der Großstadt.

Freja und Theo Jul, James' und Tildas Eltern, würden sich gern über ihr erstes Enkelkind freuen.

Axel und Kathrine Söderblom leiten am Strandweg Norbys erstes Hotel. Axel ist als Maler und Werbekünstler auch der Reklamechef von Norbys neugegründeter Gesellschaft zur Vermietung von Sommerhäusern. Kathrine folgt als Dichterin dem poetischen Erbe ihres Vaters.

Christian Pedersen, Kathrines jüngerer Bruder, hilft den Söderbloms bei der Leitung des Hotels. Ansonsten lebt er fürs Fotografieren und für die Jazzmusik. Seit letztem Herbst gehört er zur Mannschaft des Rettungsboots von Norby.

Gesine Pedersen, Christians und Kathrines Mutter, lebt als Witwe bei ihrem Bruder in Aalborg in Nordjütland.

Mette und Steen Steensen gehört Norbys Gasthaus. Steen ist außerdem der Vormann des Rettungsboots und steht auch der Vermietungsgesellschaft vor.

Vater und Sohn Terkelsen sind Milchbauern. Der junge Terkel Terkelsen ist Christians Wachkamerad bei der Strandwache und fährt außerdem den Meiereiwagen, Norbys einziges Automobil.

Claus Clausen ist abseits der Bühne schüchtern. Erst sein schimmernder Bühnenanzug verwandelt ihn in *Teddy Baker*, den Star der berühmt-berüchtigten Jazzkneipe in Esbjerg. (Die Kneipe ist eine Erfindung der Autorin.)

Tapper, der betagte Cockerspaniel der Juls, sowie **Melusine**. Die goldbraun gefleckte Cockerspanielhündin ist Tildas Weihnachtsgabe. **Balder**, **Rosa** und **Clementine** sind die Pferde auf Julsgård. Sofies und James' schottische Hochlandrinder heißen **Runa**, **Ragnhild** und **Theo**. Dann gibt es noch den vorwitzigen **James-Kater** und nicht zuletzt **Sigurd**, Steen Steensens Braunen.

Nybøl

Erwin und Nikoline Krøger gehört der größte Kaufmannshof Nybøls. Nikoline ist den Worten des Apostels Paulus und guten Werken zugeneigt.

Julia Krøger, ihre Tochter, unterhält die Gäste ihrer Mutter mit gefälliger Klaviermusik. Sie selbst hält allerdings mehr von schnelleren Rhythmen.

Frøken Bettine, die Hauswirtschafterin der Krøgers, bewundert Julias Künste am Piano.

Tor Torsten ist ein Wagenmann der Garage von Nybøl und **Inspektor Thomsen** ist Zollbeamter im Hafen von Esbjerg.

Kopenhagen

Malvine Krogh Hansen, Sofies Mutter, ist die Inhaberin des Handelshauses Krogh Hansen und die Witwe des früh verstorbenen Jesper Krogh Hansen. Tilda Jul nennt sie **Tante Malvine**.

Nielsine Nielsen ist ihre Hauswirtschafterin.

Hans Sofus und Eveline Møller sind Malvine Hansens Nachbarn. Hans Sofus führt ein Handelshaus und eine Schiffsmaklerei.

Helle Møller ist ihre Tochter und Sofie Juls beste Freundin.

Bertel Bertelsen, der erste Buchhalter des Handelshauses Møller, wäre ein Schwiegersohn nach Hans Sofus Møllers Geschmack.

Janne Jensen ist die Hauswirtschafterin der Møllers.

Søren Lauridsen möchte als Lehrer lieber Kinder auf ihrem Weg begleiten, statt wie sein Vater Schiffe über den Øresund zu lotsen. Er ist Helles Kamerad und Sofies ehemaliger Verlobter.

Laurids und Alma Lauridsen sind seine Eltern. Laurids ist ein stolzer Lotse von Dragør. Alma erzählt gern Geschichten. Außerdem liebt sie Gesang und den Duft ihrer selbst gezogenen Rose.

Die alte Fru Johanesen ist Sørens Nachbarin. Ihr Zungenschlag weist sie unverkennbar als Bewohnerin Nørrebros aus.

Bruno Kaufmand ist der älteste Sohn einer Kopenhagener Kaufmannsfamilie mit Lübecker Wurzeln.

Friedrich Kaufmand ist sein verstorbener Vater.

Vilhelm und Hulda Kaufmand sind Brunos jüngerer Bruder und seine Schwägerin aus Lübeck.

Frieder ist ihr kleiner Sohn und Brunos Neffe.

Ernst Rav ist Reporter beim *Magasin,* der illustrierten Zeitschrift für Unterhaltung und Kulturleben.

Ludvig und Sidonie Rav sind seine Eltern. Ludvig ist Herausgeber des *Magasin.* Sidonie hat für das Frauenwahlrecht gekämpft und verfasst gerade eine *Geschichte der Frauen.*

Advokat Brandt ist Malvine Hansens geschätzter Ratgeber in geschäftlichen Angelegenheiten.

Kusine Lisbet ist eine entfernte Verwandte der Møllers auf Bornholm.

Glossar

Ahornsgade, Elmegade, Nørrebrogade, Sankt Hans Torv: Straßen und Plätze in Nørrebro, dem ersten Arbeiterviertel Kopenhagens, durch künstlich angelegte Seen von der Innenstadt getrennt, die ursprünglich zu den Verteidigungsanlagen Kopenhagens gehörten. Der **Sortedams Sø** und die **Fredensbro** gehören zum nördlichen Teil der Anlage.

Altona: Stadt bei Hamburg, bis 1864 Teil des dänischen Gesamtstaats, heute zu Hamburg gehörig.

Amager, Saltholm: vor bzw. nordöstlich von Kopenhagen gelegene Inseln im Øresund. Nahe bei Saltholm verläuft die dänischschwedische Seegrenze.

Amagertorv, Højbro Plads, Havnegade: Straßen und Plätze in der inneren Stadt. Auf dem Højbro Plads fand der Blumen- und Gemüsemarkt der Bäuerinnen von Amager statt. Auf dem Nikolaj Plads dahinter steht die Nikolaj Kirke aus dem 13./16. Jahrhundert, die beim großen Stadtbrand 1795 schwer beschädigt wurde. Die Kirche beherbergte zwischenzeitlich Kopenhagens Hauptbibliothek und wird heute für Kunstausstellungen genutzt.

Axeltorv: Platz in Kopenhagen in der Nähe des Hauptbahnhofs. Dort steht Europas ältestes, noch erhaltenes Zirkusgebäude, das noch immer für Veranstaltungen genutzt wird. Der runde Bau wird von einem umlaufenden Fries mit Szenen aus einem Pferderennen geschmückt.

Berlingske Tidende: Dänemarks älteste Tageszeitung hieß bis 1936 noch *Berlingske Post og Avertissementstidende*. Wegen der besseren Lesbarkeit habe ich im Text die jüngere Bezeichnung benutzt.

Biksemad: ursprünglich ein Resteessen aus Fleisch, Zwiebeln und gekochten Kartoffeln, serviert mit Roter Bete und Spiegelei.

Café Paraplyen im Centralhotel: Damals ein beliebter Treffpunkt am Rathausplatz. Das Hotel wurde 1934 abgerissen. Heute steht dort das Richshuset, bekannt für seinen Turm mit den vergoldeten Wettermädchen und dem Neonthermometer an der Fassade.

Charlottenlund: An der Küste gelegener Vorort im Norden von Kopenhagen. Dort eröffnete 1891 die älteste und bis 1922 einzige Trabrennbahn im gesamten Norden.

Dansk kvindesamfund: Die älteste Gesellschaft zur Förderung der Gleichberechtigung der Frauen in Dänemark, 1871 gegründet von Matilde und Frederik Bajer.

Den Kongelige Veterinær- og Landbrugshøjskole (KVL): Die Hochschule für Tiermedizin und Landbrauch, seit 1856 am Bülowsvej in Frederiksberg gelegen, das damals noch außerhalb Kopenhagens lag. Obwohl Frauen rechtlich zum Studium der Tiermedizin zugelassen waren, blieb die Anzahl weiblicher Studierender doch bis weit in die Zeit nach dem Zweiten Weltkrieg gering. So waren 1949/50 an der Hochschule 980 Studierende eingeschrieben, davon 37 Frauen. Heute dagegen gibt es an der Universität Kopenhagen viel mehr weibliche als männliche Studierende im Fach Tiermedizin.

Diligence: Postkutsche, die auch Personen beförderte. Die letzte Tour einer Diligence ging am 31. März 1912 nach Vejle in Ostjütland

Dragør: Ort an der Südspitze Amagers. Dort befand sich von 1684 bis 1984 eine Lotsenstation für die Begleitung des Schiffsverkehrs auf dem Øresund. Vestgrønningen und die Store Grønnegade (heute: Sønder Stræde) sind vor bzw. in Dragør gelegene Straßen.

Esbjerg: Dänemarks fünftgrößte Stadt in Südwestjütland. Über die Exportställe am Hafen wurde Lebendvieh und später Fleisch nach Großbritannien ausgeführt. (Die Jazzkneipe am Hafen ist eine Erfindung der Autorin.) Die **Stormgade** führt zum Hafen hinunter.

Fanø: Insel vor Esbjerg.

Fredericia: Hafenstadt auf der jütischen Seite des Kleinen Belts, 1650 von Frederik III. gegründet.

Frederik IV. (1671–1730): seit 1699 König von Dänemark und Norwegen.

Fru, Frue, Frøken, Hr., Morfar, Mormor, Moster: Die Anreden Frau, Fräulein und Herr. Die Anrede *Frue* entspricht der *Gnädigen Frau*. *Mormor* und *Morfar* sind die Großeltern mütterlicherseits und *Moster* nennt man im Dänischen die Mutterschwester.

Gefionbrunnen: Kopenhagens größtes Wasserspiel mit der Skulptur der Göttin Gefion, die in einer einzigen Nacht die dänische Insel Seeland von Schweden losgepflügt haben soll. An der *Langelinie*, der Waterfront Kopenhagens, gelegen. Der Brunnen soll Wünsche erfüllen, wenn man eine Münze hineinwirft.

Geldgesetz: Im Dezember 1924 wurde beschlossen, die dänische Währung durch eine schrittweise Aufwertung der Krone zu stabilisieren, um 1927 zum Vorkriegsgoldstandard von 2.480 Kronen pro Kilogramm Feingold zurückzukehren. Vor allem Währungsspekulationen führten allerdings bereits ab Beginn des Jahres 1925 zu einer wesentlich schnelleren Aufwertung der Krone als vorgesehen und brachten damit Teile der dänischen Wirtschaft zunehmend in Schwierigkeiten.

Gilleleje: ehemaliges Fischerdorf am nördlichsten Punkt Seelands, ein schon vor dem Ersten Weltkrieg beliebter Badeort.

Grimsby: Nordenglische Hafenstadt an der Mündung des Humber, im 9. Jahrhundert n. Chr. von Dänen gegründet. Grimsby ist auch die Heimatstadt von James Juls Großvater.

Hirschsprungsche Sammlung: 1902 übertrugen der Tabakfabrikant Heinrich Hirschsprung und seine Frau Pauline ihre Sammlung dänischer Kunst aus der Zeit ab 1800 dem dänischen Staat. 1911 wurde für ihre Sammlung das kleine Museum in der Stockholmsgade eröffnet, das auch viele Werke von Dänemarks Goldaltermalern wie C. W. Eckersberg aus der Zeit von 1810 bis 1848 zeigt.

Ica: eine frühe, in Deutschland entwickelte Rollfilmkamera. Ab 1926 übernommen von den Zeiss-Ikon-Werken.

Komfur: gusseiserner Herd, Kochmaschine

Kraks Vejviser: Seit 1770 verlegtes (Firmen) Adressbuch für Kopenhagen, ab 1863 mit der Übernahme durch den Verleger Thorvald Krak allmählich auf ganz Dänemark ausgeweitet.

Krausesvej, Trianglen, Østerbrogade, Randersgade, Strandboulevard, Webersgade: Straßen im eleganten Østerbro, östlich der *Seen* (s.o.) gelegen. Der **Blegdamsvej** läuft von Østerbro nach Nørrebro hinüber.

Kyloe: Ein Hochlandrind aus dem nordwestlichen Schottland, ursprünglich schwarz und etwas kleiner als die bekannten rotbraunen Rinder.

Løve Apotek: Dänemarks älteste Apotheke, gegründet 1620.

Mandelgabe: Zu den dänischen Weihnachtstraditionen gehört die Reisgrütze oder *risalamande* mit gehackten Mandeln und Kirschen als Zugabe. Im Reis ist eine ganze Mandel versteckt. Wer sie findet, bekommt eine Mandelgabe, z.B. ein Marzipanschweinchen.

Nachtboot: Eine vielgenutzte, inzwischen eingestellte Schiffsverbindung zwischen Kopenhagen und Rønne auf der Insel Bornholm. Während der achtstündigen Fahrt konnte man an Bord übernachten. Die *Frem* war eines der Schiffe auf der Linie.

Ringkøbing: Stadt am Ringkøbingfjord in Mitteljütland, bis ins 17. Jahrhundert Hafenstadt.

Scheffmanns Konditorei: Im Ladenlokal am H. C. Ørstedsvej in Frederiksberg wird seit 1898 eine Bäckerei/Konditorei betrieben.

Transportstreik: Der Höhepunkt der Arbeitskämpfe, die im Frühjahr 1925 nach Auslauf der Tarifverträge begannen und erst im Juni 1925 endeten, nachdem auch englische Hafenarbeiter sich geweigert hatten, dänische Schiffe in englischen Häfen zu entladen.

Vordingborg: Hafenstadt ganz im Süden Seelands mit der Ruine des mittelalterlichen Vordingborg Slot.

Weizenbrottage: dänisch für Flitterwochen.

Quellen

Hilfreich waren insbesondere die Internetdokumentationen zur Stadtgeschichte Kopenhagens (*www.kbharkiv.dk*) und Dragørs (*www.dragoerhistorie.dk*) sowie die Homepage der Universität Kopenhagen.

Das *Dansk Kvindebiografiskleksikon (www.kvinfo.dk)* gab gute Hinweise auf die Situation berufstätiger Frauen zu Beginn des 20. Jahrhunderts, ebenso das Buch *På trods ... 100 års kvindehistorie* (Hanne Dam, hrsg. vom Nationalrat der dänischen Frauen, Kopenhagen 1999).

Informationen zur Preisentwicklung unter der Aufwertung der Krone gaben mir die *Statistiske Undersøgelser Nr.1, Landbrugets Priser 1900–1957* aus Dänemarks statistischer Bibliothek (Kopenhagen 1958).

Einen lebendigen Eindruck vom Leben an der Westküste durch die Zeiten vermittelten mir die Bücher *Varde, eine Stadt in Dänemark* (hrsg. v. Museum für Varde und Umgebung, 1992) sowie *Vejers,* (A.P.U. Jepsen und M. Plough, hrsg. v. Museum für Varde und Umgebung, 2006).

Nachwort

Die Orte Nybøl und Norby sowie alle Figuren und die Handlung dieser Geschichte sind frei erfunden. Dies gilt auch für die erwähnten Sänger, deren Liedtexte und Melodien, sowie für die Bücher und Zeitschriften mit Ausnahme der *Berlingske Tidende*. Etwaige Ähnlichkeiten mit tatsächlichen Begebenheiten und lebenden oder verstorbenen Personen wären rein zufällig.

Nach meinem Debütroman am *Wiedersehen in Norby* zu schreiben, hat mich durch das so besondere letzte Jahr getragen. An helle Frühlingsnächte zu denken und mich an den zarten Duft wilder Dünenrosen zu erinnern, war genauso tröstlich wie meine virtuellen Ausflüge in das Dänemark der Zwanzigerjahre. Vielleicht hat die Sehnsucht nach meinen Lieblingsorten in Jütland meiner Fantasie sogar einen Extraschwung beim Schreiben gegeben, genauso wie die wohlwollenden Rezensionen zu meiner *Reise nach Norby*. Jetzt gebe ich das *Wiedersehen in Norby* an Sie, liebe LeserInnen, und wünsche Ihnen viel Vergnügen mit neuen Geschichten von der Westküste und aus Kopenhagen. Vielleicht mögen Sie mir ja ein, zwei Sätze zu meinem Roman schreiben? Ich würde mich über Ihren Besuch auf www.anne-m-weilandt.de freuen!

Einen Roman zu schreiben ist bisweilen ein Geduldsspiel, nicht nur für die Autorin. Ein großes Dankeschön an euch, liebe Familie, insbesondere an meine Tochter Laura und an Kay, für euren Beistand und für euren Rat. Einen herzlichen Gruß auch an Denis und Dank für unsere Künstlerfreundschaft! Dem Team bei BoD danke ich wieder für alle Hilfe und Unterstützung und meiner Lektorin und der Grafikdesignerin für ihre engagierte Arbeit. Und nicht zuletzt danke ich Gott für die Kraft zum Schreiben. (Und für die richtigen Einfälle im rechten Augenblick!)

Februar 2021
Anne M. Weilandt

Über die Autorin

Anne M. Weilandt ist Theologin und lebt und arbeitet in Hamburg, verbringt aber schon seit ihren Kindertagen gern Zeit in Dänemark. Neben der Beschäftigung mit dänischer Kultur und Geschichte schöpft sie die Ideen zu ihren Romanen vor allem aus ihren Eindrücken von der Westküste und von Kopenhagen, diesen immer noch so unterschiedlichen Welten. Sie liebt Streifzüge durch die stillen, weiten Heidelandschaften Westjütlands ebenso wie die Suche nach besonderen Orten für ihre Geschichten in Esbjerg, Varde oder Kopenhagen. Aber auch in Hamburg geht sie gern den zahlreichen Spuren dänischer Geschichte nach, die Zeugnis von der engen Verbindung ihrer Heimatstadt zum Königreich Dänemark ablegen. Gerade arbeitet Anne M. Weilandt an ihrem nächsten Roman.

Für alle, die gern von Anfang an in Norby dabei sein möchten, hier die Empfehlung zum ersten Band:
    Anne M. Weilandt Reise nach Norby

»Ein Buch voller Sommer in Dänemark und eine anrührende Geschichte. Ich habe mich gern mitnehmen lassen.«

»Ein wirklich schönes Buch, sehr interessant und spannend. Nun warte ich auf die Fortsetzung.«

Im www.Bod.de/Buchshop, bei www.anne-m-weilandt.de
und überall, wo es Bücher gibt. PB 304 Seiten (€10,99)

ISBN 978-3-7494-3919-5 oder als E-Book (€4,99)

ISBN 978-3-7494-0341-7